LA STAGIONE

la Stagione

Alessio Forgione, *Giovanissimi*

Jessica Andrews, *Acqua salata*

Tristan Garcia, *La parte migliore degli uomini*

Anna Siccardi, *La parola magica*

Jenny Offill, *Tempo variabile*

Liz Moore, *I cieli di Philadelphia*

Roberto Camurri, *Il nome della madre*

Charlotte Wood, *Il weekend*

Tony Laudadio, *Il blu delle rose*

David James Poissant, *La casa sul lago*

Antonio Franchini, *Il vecchio lottatore*

Chiara Marchelli, *Redenzione*

Dan Chaon, *Il riflesso del passato*

Kent Haruf

La strada di casa

Fuori Stagione

Roberto Camurri, *Acqua* (solo eBook)

Chiara Marchelli

REDENZIONE

la prima indagine di Maurizio Nardi

NN5

Le citazioni a p. 190 e successive, relative all'anoressia, sono tratte da Rudolph M. Bell, *La santa anoressia. Digiuno e misticismo dal Medioevo a oggi*, Laterza, Bari 2002.

www.nneditore.it

Alla bellezza, per come è

1° luglio 2019

Camminando lungo la strada verso Porta Menseri, stamattina presto si sarebbe incrociata poca gente: l'uomo con le taniche di plastica che ogni giorno fa rifornimento d'acqua alla fonte, il cassiere della Conad che va a prendere il caffè al bar prima di aprire, una coppia di turisti olandesi alla ricerca del campeggio, un ciclista arrancante in salita stravolto dalla temperatura che già a quest'ora è di ventisei gradi. Il sole non è ancora forte, ma non tira un alito di vento e c'è un'afa densa e indigesta.

Un'estate terribile, diranno quando tornerà l'autunno e si farà tutti quanti uno sforzo innaturale per mandare avanti il passo, come se di quest'estate l'unica cosa di cui poter parlare fosse il caldo anomalo che ha investito la città.

Per riprendere fiato, chi si trovasse in giro a piedi si fermerebbe sul ciglio della Provinciale, la sagoma della Badia alle spalle, la voragine delle Balze di sotto. Non ci fosse foschia, si vedrebbe fino a Villamagna.

Oggi invece la luce del mattino è una luce fioca, già stanca il 1° luglio, greve sopra il verde dei boschi. Scuri, folti: ha fatto un maggio freddo e piovoso, un giugno lento. La natura pulsa ed espira, non si vedrebbe molto attraverso le foglie di lecci e platani; si immaginerebbero i sentieri, i campi, i prati ancora rossi di papaveri.

Non si riuscirebbe a distinguerlo.

Bisognerebbe passare ai piedi delle Balze, uscire dai sentieri, infilarsi tra erbacce e cespugli di ginestra, spostare rami, ragnatele e spine, graffiarsi le gambe, piegare la schiena, raggiungere il cumulo di rocce, scivolare sull'argilla e la sabbia per arrampicarsi fino in cima e poi ridiscendere, per trovarlo in fondo al fosso, rotto e rivoltato malamente su se stesso, manco si fosse accartocciato prima di cadere giù.

Ma questa mattina non c'è nessuno, tantomeno in quella gora isolata.

Quindi a scoprirlo è un cane, uno dei cani di Cesare, che Cesare ha portato a fare un giro perché in inverno si è preso una brutta infezione ed è bene che torni forte in vista della stagione dei tartufi.

Il cane si avvicinerà, monterà sbuffando e slittando, abbaierà prima incerto poi disperato, qualcuno dai borghi gli lancerà imprecazioni: «Sempre a sbraitare per niente 'sti cani maledetti», in più quest'anno c'è la volpe che gira nelle valli, i cani latrano ogni notte e di mattina, entrando nelle aie, s'inciampa nei resti di una gallina, un coniglio selvatico, un merlo.

Quando Cesare raggiungerà il cane con un insulto in bocca, si immobilizzerà a metri di distanza. Lo tirerà per il collare, correndo giù si farà male a una caviglia e, sordo ai guaiti del cane strattonato e confuso, telefonerà immediatamente.

«C'è un morto, venite».

2 giugno 2019

«L'immagine è impressa nella memoria, nitida davanti agli occhi: una ragazza poco più che ventenne, nuda nello specchio della stanza dei genitori, in un condominio della città che ha lasciato.

«La ragazza si guarda senza emozioni e senza muoversi. Semplicemente si osserva, e capisce: quello che ha fatto non è servito a niente.

«La verità è lì, nello specchio dove la cerca, la vede in tutta la sua chiarezza.

«Com'è iniziata.

«Tutti siamo affascinati dagli inizi. Sono importanti, promettenti. In ogni inizio c'è l'energia della speranza: un amore, un lavoro, una nuova città. Anche in quelli che aprono al pericolo c'è un senso di attesa. L'illusione di avere trovato una maniera, infine, di stare nel mondo.

«Guardo al mio inizio e soltanto da poco mi rendo conto che prima di quello ce n'è un altro, e prima un altro ancora. Come una bambola russa: la apri e scopri che al suo interno ce n'è una più piccola, e così via, fino a quando arrivi alla più piccola di tutte e ti accorgi che l'inizio vero è sfuggente, mobile: un seme microscopico che devi stringere gli occhi per vedere, e che ha una potenza prodigiosa.

«Soprattutto in queste situazioni si vuole sapere: come ti è venuto in mente?

«Cercavo un modo, ed eccolo là, così semplice.

«E adesso sono qui, nel mio male, sperando che la mano tenga il tratto e non si faccia debole.

«Chiariamo subito un paio di cose.

«Non è vero che abbiamo appena mangiato.

«Non è vero che il corpo è sano e sta bene.

«Non è vero che dormiamo benissimo.

«Non è vero che non abbiamo fame.

«Siamo anoressiche.

«E siamo onnipotenti».

Giorgia spegne, mette la freccia.

La sensazione è sempre la stessa. Il sollievo che prende la forma di un soffio più lungo, come se, superando il dosso che dalla Provinciale immette nella discesa piena di buche, indietro rimanesse già qualcosa. Prima ancora di parcheggiare, sgranchirsi gambe e schiena, scaricare i bagagli, guardare la vallata sotto le finestre di casa. Anche l'aria è diversa. La vegetazione si chiude, i rumori si ritirano, gli odori cambiano: erba, giunchi, cipressi, pini.

Due curve e sarà arrivata.

Si china a vedere se le luci delle altre case sono accese: non sa se ci siano anche turisti oltre alla vicina, che le ha messo le chiavi sotto lo zerbino. Quest'anno il padrone di casa non ha potuto aspettarla, ma ormai non ce n'è più bisogno: è la terza estate di fila che Giorgia prende in affitto la casa, la conosce benissimo e Leonardo si fida. Un periodo indemoniato al lavoro, ha detto, lascio le chiavi a Bice, te le dà lei, fammi sapere se hai bisogno di qualcosa. Benissimo così: trovare la casa pulita, il letto fatto, salire di corsa e spalancare le persiane del primo piano che danno su tutta la valle. Togliersi i vestiti del viaggio e non rimetterli per un mese. Il rito di ogni estate: uscire da una cosa, entrare in un'altra. Domani passerà in trattoria a farsi vedere, in centro a fare la spesa. Stasera però no, stasera siederà sul terrazzo con un bicchiere di vino posato sul muretto. Si è chiesta come sarebbe venire a vivere qui, ma chissà se funzionerebbe. Volterra forse deve rimanere questo: un luogo separato dalla realtà, in cui infilarsi come Alice nello specchio.

Rallenta, le piante si curvano a sfiorare i finestrini dell'auto: alte, floride. Chissà se i vicini di Milano uccideranno la sua come l'estate scorsa. Sei settimane? hanno chiesto stamattina mezzo addormentati. Sì, ma bagnandola, ha risposto lei. È che nel palazzo i due ragazzi sono gli unici a cui può chiedere. E se poi gliela ammazzano, pazienza. Oggi aveva solo voglia di partire. Ha aspettato così a lungo questo momento che ha quasi timore di muoversi.

Arriva di fronte al cancello, infila il muso dell'auto nella strada che cala ripida verso gli orti. L'anno scorso una coppia di tedeschi si era bloccata in fondo allo sterrato facendo la stessa manovra e avevano dovuto chiamare il carro attrezzi. Mentre ci pensa si rende conto di essere andata troppo giù: in retromarcia gli pneumatici slittano sulla ghiaia. Ritenta, niente. L'auto non si muove, anzi: pare essersi spostata leggermente verso il basso.

Giorgia spegne, guarda avanti: negli orti non c'è nessuno. Si volta, il gradino della discesa è oltre le ruote posteriori. Non lo scavallare, si era raccomandato Leonardo il primo anno.

Riavvia il motore, sgasa, inserisce la marcia: la polvere sollevata dalle gomme si mescola a un odore di bruciato.

Mette il freno a mano, esce. Fa il giro dell'auto, si accovaccia a guardare sotto le ruote, intorno: magari trova un'asse, qualcosa.

«Ma porca puttana».

Le tocca chiamare il soccorso stradale.

Apre la portiera, prende il telefono e, mentre sta per comporre il numero, vede qualcuno avvicinarsi.

«Serve una mano?».

Una donna.

«Mi sono bloccata con la macchina».

La donna scende verso di lei: «Succede spesso».

«Lo so. Abito qui» dice Giorgia indicando il casolare dietro il cancello.

«Non l'ho mai vista». La donna osserva l'auto, le mani sui fianchi. «Torno subito».

E se ne va.

Giorgia rimane lì, il telefono in mano. Dovrebbe suonare ai vicini e su da Donato: forse con il camioncino.

Il telefono trilla: un messaggio.

Arrivata bene?

Suo padre. Sta per chiamarlo, chiedergli cosa fare. Scrolla la testa: Cosa vuoi che mi dica, pensa. Di chiamare il carro attrezzi e farmi furba.

Sì, tutto bene. Ci sentiamo domani.

Se telefona non rispondo, pensa, e in quel momento sente il rumore di un'auto che si avvicina. Si volta di scatto, forse è il tartufaio che va dai cani giù a valle. Invece è la donna di prima, che parcheggia a un metro da lei ed esce con un cavo in mano. Senza una parola, si china tra le macchine, armeggia per un momento e poi, rialzandosi, dice: «Quando ti suono, metti in folle».

Giorgia sale, abbassa il finestrino. Sente il motore avviarsi, pronta a togliere la marcia. A un certo punto, uno scossone: l'auto della donna fa retromarcia, il cavo si è teso, il clacson suona. Giorgia mette in folle e l'auto scende ancora di più. Ma si ferma quasi subito e, dopo un momento di resistenza, con fatica comincia a indietreggiare.

«Metti in retro» sente gridare.

Giorgia inserisce la marcia, gli pneumatici fanno presa e con un sussulto l'auto risale. Procedono lungo lo sterrato, fino a quando non sono entrambe in piano.

La donna scende, stacca il cavo.

«Grazie infinite».

«Figurati. Giù per di là ce la fa soltanto il carro armato di Cesare. Sai quanti turisti ci finiscono?».

«E ci sono finita anche io». Giorgia ride sollevata.

«Mi chiamo Malina» dice la donna «abito sotto Bice».

Giorgia si volta a vedere oltre il giardino: non sapeva che l'appartamento fosse occupato.

«Immagino che non avrai niente in casa» continua Malina «vuoi venire da me per un boccone?».

Giorgia rimane interdetta, la donna la guarda: «Sei stanca».

In effetti avrebbe soltanto voglia di scaricare i bagagli e farsi una bella doccia. Ha già mangiato, due pezzi di focaccia di Piacenza nemmeno un'ora fa.

Ma non può dire di no.

«Vengo volentieri» risponde «è che non ho niente da...».

«Sistemati tranquilla» risponde Malina. «Ti aspetto».

La casa di Malina è piccola e male illuminata. Il soggiorno è occupato quasi del tutto da un tavolo coperto da una cerata a fiori, dietro c'è una credenza con i vetri smerigliati e gli sportelli che non chiudono bene. L'angolo cottura è ricavato in una nicchia: sui fornelli spenti sono impilate pentole e padelle. In fondo, due porte chiuse e, poco più in là, un camino.

«Che bello, il camino».

Giorgia non sa come altro commentare. Pensa alla casa di Leonardo, alla luce che vedrà domattina entrare dalle finestre ampie, le travi e i mattoni preservati dalla ristrutturazione, i pavimenti in cotto e il terrazzo, da cui si ha una vista che taglia il fiato. Quella che avrebbe voluto godersi in questo momento.

«Accomodati». La donna la fissa: «Spero ti accontenterai».

Giorgia si siede, la osserva muoversi tra credenza e cucinotto. «Da quanto abiti qui?».

Malina le mette un bicchiere davanti, una bottiglia di vino.

«L'estate scorsa non ti ho vista».

«Sono tornata un anno fa» risponde la donna. «Mi hanno detto che tu eri andata via da qualche giorno».

Posa sul tavolo un cestino nel quale sono sistemati un coccio pieno di una purea marroncina, dei crostini, una ciotola di olive verdi, un'altra di pomodori secchi.

«È hummus, l'ho fatto io. Se non ti piace non c'è problema. Ne ho fatto in più a pranzo e mi è avanzato».

Giorgia la guarda mentre serve da bere.

Ha gli occhi chiari, sgranati su un viso abbronzato e tondo incorniciato da capelli neri raccolti dietro le orecchie da due mollette. Se non ci fosse stata lei, Giorgia sarebbe ancora in macchina a fondere il motore.

Sorride, ha quasi freddo.

«Come si sta bene. A Milano quest'anno si moriva già ad aprile».

«Vuoi un golfino?».

«No, è un sollievo».

Malina beve un sorso, aspetta che Giorgia si serva.

Giorgia è sazia: tutta quella focaccia, non lo fa mai, ma oggi ne aveva proprio voglia. Adesso non ha più fame, però mica può dirle, Senti grazie non mi va.

Intinge un crostino, guarda la sbobba marrone in bilico sulla punta. Ancora non sopporta quando la vogliono ingozzare a forza.

«Hai già mangiato?».

Malina guarda lei, poi il crostino.

«Sì, per strada. Ma assaggio volentieri...».

«Non ti preoccupare. Poi, come vedi, non è chissà che cena».

Giorgia morde, mastica, si sorprende. «È ottimo».
Malina sorride: «Bice mi ha detto che vieni qui in vacanza».
«Da tre anni. Tu sei di Volterra?».
«Sì».
Giorgia la guarda intingere il pane nell'hummus e indicare i pomodori: «Quelli te li do, se ti piacciono. Io ne ho tre vasi grandi così».
Poi beve un sorso di vino e si gira verso la vallata.
I cani, come rispondessero al suo sguardo, cominciano a latrare tutti insieme.

1° luglio 2019

Quando il comandante si arrampica fuori dal fosso, riconosce subito l'uomo che ha telefonato. Cesare Ceccacci, tartufaio. "Cece", lo chiamano. Maurizio si ricorda di lui per la storia dei cani avvelenati, qualche anno fa. Tra tartufai si erano ammazzati i cani a vicenda e ne era venuto fuori un bordello di denunce dove alla fine era colpa di tutti. Quella storia l'aveva fatta seguire a Mileto. Fosse stato per lui, oltre alle multe, li avrebbe convocati a uno a uno e gli avrebbe infilato i loro cazzo di tartufi su per il culo. La squadra aveva perso tanto di quel tempo che ancora oggi, quando questo Ceccacci lo incrocia al ristorante Del Duca, abbassa gli occhi per la vergogna. Un bravo tipo, in fondo. È quello che ci ha rimesso di più. È che Maurizio va al ristorante quando è stufo di Volterra. "La selezione naturale", la chiama: il ristorante è troppo caro e sofisticato per i volterrani, e trovarsi i tartufai a mensa gli dà noia.

Quindi è lui che ha telefonato.

Maurizio si avvicina.

«Signor Ceccacci, buongiorno».

Cesare comincia a parlare, ma Maurizio non lo ascolta: cerca il maresciallo, che trova ai bordi del fosso.

«Mileto» saluta e il maresciallo risponde con un cenno.

Chi lavora con Maurizio Nardi lo sa: non bisogna stargli addosso. Intralciare osservazione e ragionamenti. Fare rumore. Quando ha finito, chiama lui. Impossibile non sentirlo. La sua voce da baritono che stona con l'aspetto da ragazzino esploso di botto: largo, nodoso, gli occhi nocciola, la testa tonda piena di ricci castani e grigi, il naso a gavitello, le labbra rosa sugli incisivi diastemici. Ti ci passa un treno in mezzo, lo prendevano in giro da piccolo. Adesso ci è rimasta incastrata una briciola di pane, che Maurizio cerca di levarsi con l'unghia del pollice osservando intorno: la pattuglia ha circoscritto la zona, il medico legale sta esaminando la scena. Maurizio spera che trovi qualcosa che risolva all'istante la questione: inequivocabili indizi di incidente o suicidio, non importa.

«Ha già parlato con il mio collega, immagino?» chiede a Ceccacci.

Cesare fa sì con la testa.

«Aspetti qui». Poi raggiunge Mileto: «Che dice il tartufaio?».

Il maresciallo non fa in tempo ad aprire la bocca che dai massi scende il dottore. Il solito saluto breve, anche se era un po' che non si vedevano. Ultimamente solo furti, una montagna di furti, qualche truffa e qualche frode. Ci siamo tutti impoveriti, dice ogni volta che arriva una nuova denuncia, non alza la testa manco la delinquenza.

Il medico, Arturo Simoncini, è un uomo tarchiato, completamente glabro salvo un paio di sopracciglia che sembrano due piumini. Ha un naso storto e piccolo, labbra pallide, dimenticate. Gli occhi sono l'unica cosa rilevante che ha. Occhi bellissimi, dice la moglie di Maurizio. Erano compagni di scuola alle superiori e Maurizio è convinto che abbiano avuto una storia che Lara non gli vuole confessare.

«È una donna, quarant'anni circa. Ha una ferita lacero-contusa alla base del cranio, segni di strangolamento sul collo e sui polsi. Sarò più preciso quando potrò visionare il cadavere all'obitorio, ma è chiaro che c'è bisogno di una visita esterna, e pure di un'autopsia. Qua è morte violenta, Nardi».

«Mileto, hai avvisato il magistrato?».

«Certo».

«Viene?».

«No».

Maurizio accenna un movimento seccato della testa, quel no per cui tutti lo conoscono al Comando. A raccogliere pomodori, sbraita ogni tanto. Datemi gli africani, che hanno più voglia di voi.

«Dice di richiamarla».

«Dopo» risponde Maurizio.

Mileto annuisce, sa che quando si tratta del comandante e del magistrato non bisogna fiatare. Riferire esattamente e staccare la radio. Smorzare anche la bellezza. Troppo chiassosa per questo lavoro, scherza Nardi. Però è vero che a Mileto non lo manda quasi mai in giro. Per mescolarsi bisogna passare inosservati, o esser brutti. Tu con quegli occhi fai girare anche i pali.

«Ha già autorizzato lo spostamento del cadavere» aggiunge Mileto quasi sottovoce. «Stanno arrivando i necrofori».

«Abbiamo scoperto chi era? Ceccacci l'ha riconosciuta?».

«Comandante, ma l'ha vista?».

Già. Caduta probabilmente di faccia, come si fosse tuffata in carpiato, tutta rivoltata com'era. Sta di fatto che il viso non c'è più.

«Denunce di scomparsa nel frattempo?».

«Ho chiamato in caserma: ha telefonato una donna, Saveria Franchi. Dice che la figlia stanotte non è rientrata».

«Minorenne?».

«Quarantatré anni».

Maurizio squadra Mileto: «Ed è così strano che non rientri una notte?».

«Pare che la madre fosse molto agitata, evidentemente non è normale. In caserma volevano aspettare a raccogliere la denuncia, ma...».

«Quando abbiamo finito qui vai a casa sua e falla venire in obitorio. Io intanto sento il capitano».

Maurizio si allontana, Cesare lo segue con lo sguardo, non sa cosa fare, se può telefonare a casa: doveva portare i bambini in piscina, sua moglie sarà furiosa. Tiene il cane stretto alla gamba: è agitato in mezzo a tutte quelle tute bianche, ogni tanto guaisce.

Cesare si avvicina al maresciallo: «Scusi, quanto ancora...».

Mileto fa un sorriso nascosto, gli hanno sempre fatto pena quelli a cui capita di scoprire i cadaveri: «Ancora un po' di pazienza».

Cesare si rimette dov'era, si accuccia ad accarezzare il cane mentre osserva Nardi tornare e dire che il capitano arriva ma ci vorrà un po'.

«Tanto vedrai che ce la mollano a noi» aggiunge prima di voltarsi e dire a Cesare che può andare. «Rimanga in zona» aggiunge «è probabile che avremo bisogno di lei».

«Da quanto è morta?» chiede poi a Simoncini.

«Sei, dieci ore».

Nardi sospira: almeno è roba fresca. Fosse in putrefazione sarebbe una rogna interminabile.

«Avete raccolto tutto?».

«La rilievi sta continuando. Io per adesso ho finito».

A occhio, la donna è morta per soffocamento e un colpo alla nuca: legata, strangolata e poi, forse, finita con una spranga.

Nardi racconta tutto questo al capitano, arrivato da pochi minuti. Chiamerà l'unità investigativa di Pisa: se è omicidio, non spetta a Volterra. Il capitano annuisce in silenzio, poi si allontana a telefonare.

Quando Nardi lo vede tornare dopo un pugno di minuti, capisce subito.

«Nardi» dice il capitano. «A Pisa sono presi da un'indaginc

enorme sulla criminalità organizzata». Allarga le braccia. «Tocca a voi».

Un'indagine *enorme*.

Mileto sarà contento: si annoia, a Volterra. Abituato alle grandi città, Roma, Palermo, Torino prima di finire qua, passa le giornate a fare e disfare fascicoli.

«Coraggio» conclude il capitano «cerchiamo di fare bella figura».

E questo è quanto. Se la vedano loro. Sente quasi nostalgia per l'indagine Inferno, come l'ha chiamata con Mileto, che langue ignorata sulla sua scrivania da almeno due settimane. Il nome gli era venuto guardando la foto di uno degli spacciatori del vecchio manicomio. Un giro ostinato, su cui già avevano indagato e che ogni tanto bisogna ripulire. Una mansione di routine, un fastidio da sbrigare quando si hanno il tempo e la voglia. Come lo rimpiange ora.

Maurizio sospira, guarda: la striscia bianca e rossa dei carabinieri, le auto della pattuglia, Mileto che si muove lungo i bordi della zona circoscritta, Non si sa mai cosa si può trovare, aveva risposto le prime volte che Maurizio gliel'aveva visto fare. La rilievi sta fotografando, tracciando una piantina del posto con le misure, prelevando oggetti e tracce.

Se quando dormi fumi, dimmi cosa pensi.

Lo recita ogni volta che li vede svolgere un sopralluogo. Un automatismo, uno tra le migliaia che ha sviluppato nel corso degli anni. Quando era alla scuola sottufficiali, Nardi aveva imparato che per descrivere l'ambiente durante un sopralluogo si deve seguire un ordine preciso: dal generale al particolare, da destra verso sinistra, dal basso verso l'alto. E poi c'erano i sette caratteri che non riusciva a memorizzare. Così aveva inventato una filastrocca: *Se quando dormi fumi, dimmi cosa pensi.* Se: sede, quando: quantità, dormi: dimensione, fumi: forma, dimmi: direzione, cosa: colore, pensi:

posizione. C'erano poi anche trasparenza, levigatezza ed elasticità, ma non erano mai davvero prese in considerazione. La sua filastrocca funzionava talmente bene che la usava tutta la classe. Chissà se l'insegnante l'ha poi adottata nei corsi successivi.

Deve telefonare al magistrato.

Recupera il numero, che sul cellulare sta sotto *AAAPM* perché sia il primo. Fa piacere vedere che non ci sono io in cima alla lista, aveva commentato Lara quando se n'era accorta. Sapeva tutto, sua moglie, per questo poteva scherzare: Adesso sei con me. Lui aveva fatto un tentativo di recupero inserendo un *AAAALARA*, ma lei gliel'aveva fatto cancellare: Sembra che urli.

Mentre il telefono squilla, Nardi pensa alle cose di cui si stavano occupando in questi giorni: bisognerà mollare tutto e mettersi su questa indagine. Perché è omicidio, è evidente.

«Anche tu troppo da fare per venire fin qui?».

La donna all'altro capo del filo potrebbe sospirare, fargli notare che non l'ha salutata, chiesto come sta. Ma il magistrato è come lui: rapido, istintivo e, all'occorrenza, feroce. Sono entrambi convinti che sia per questo che non sono riusciti a stare insieme. Le cose che si sono detti per lasciarsi sono pretesti.

«Cos'è successo. Nel dettaglio».

«Mileto che ti ha detto?».

«Che c'è un cadavere. Dai, Maurizio» una piccola pausa che Nardi sa essere un sorriso «fai uno sforzo».

Un sorriso breve. Se lo vedi, bene, altrimenti è tardi. Sempre tardi, con tutti e due. Non sarebbe mai potuta funzionare. Con Lara è diverso: quando una allarga, l'altro stringe; quando uno scende, l'altra sale.

Nardi avverte un formicolio sul collo, ma, come sempre quando si tratta di Isa, non capisce se sia irritazione o nostalgia. Con un gesto della mano che chi vedrà da lontano penserà sia per scacciare una mosca, comincia il resoconto di quel che hanno trovato e del poco che sanno. Sa che la infastidisce, ma usa la voce d'ordinanza con cui si rivolge a colleghi e superiori. Tutta gente che tiene a distanza per lavorarci meglio. Possibile che tu non sappia mai trovare una mezza misura? gli dice ogni volta. Aveva solo da venire.

«Ha una ferita alla base del cranio e mostra segni di strangolamento. Ha fatto una morte lenta. È probabile che sia stata stordita chissà dove, portata lì, soffocata e buttata nel dirupo. Oppure uccisa prima e scaricata già cadavere. È irriconoscibile. Simoncini ha già prelevato campioni di saliva per il dna. I vestiti li abbiamo repertati e se mi autorizzi li mandiamo al RIS con un corriere appena la rilievi finisce».

Ma lei, a questa sua voce meccanica che è tutta un rimprovero, non bada: «Avete identificato il cadavere?».

«Non ancora. Non aveva documenti addosso. Abbiamo una denuncia di scomparsa fresca di stamattina».

«Il nucleo investigativo passa la palla?».

«Sì. Hanno un'indagine *enorme* di mafia».

«Che altro state facendo?».

«Tra poco vado in obitorio con Simoncini, Mileto lo mando dalla donna che ha sporto denuncia. Poi faremo il solito iter: vedremo se ci sono telecamere in zona, andremo in giro a chiedere. Comincio dal tartufaio che ha trovato il cadavere».

«Chi è?».

«Cesare Ceccacci. A naso non c'entra niente, però...».

«Non ti fidi».

«Esatto».

Maurizio dovrebbe aspettare i risultati dell'autopsia, ma che è omicidio lo sa già. Il medico è stato chiaro: segni di contenzione sui polsi e di strangolamento sul collo, il cranio sfondato. O ha fatto una sessione di sadomaso prima di buttarsi nel burrone, o qualcuno l'ha legata e uccisa.

Bisogna capire chi. E perché.

Perché.

In tutti questi anni ne ha sentite di tutti i colori: soldi, gelosie, vendette rimaste a macerare e poi finalmente esplose, sfortuna. Una rapina andata storta, una serata in discoteca finita con il morto: drogato, investito, ammazzato di pugni perché la cocaina era tagliata male e ha dato alla testa a un ragazzino che passerà il resto dei suoi giorni in carcere senza ricordare cos'ha fatto di preciso. Doversi affidare alla memoria degli altri perché nella sua c'è un buco e non c'è verso di trovarci quel che è successo, il momento in cui la sua vita ha fatto una sterzata brutale e lui è diventato un altro, uno che non conosce e che però lo ha privato di tutto: i pomeriggi al mare, la pelle morbida di una ragazza, le serate a ballare e bere, un tiro o una pasticca ogni tanto, il cornetto alle quattro di mattina prima di crollare a letto sereno, svegliato dall'odore delle lasagne che divorerà senza parlare a nessuno, sotto lo sguardo preoccupato della madre e quello infuriato del padre. Lasciatemi divertire, sbufferà, sembra che non siate mai stati giovani, voi.

«Per domattina alle nove deposita la prima informativa» dice il magistrato.

«Mi servirà il tabulato del cellulare della donna, appena capiamo chi era».

«Aspetto l'informativa per disporre l'autopsia, sto già preparando l'incarico. Tu intanto tienimi aggiornata».

Maurizio scrolla le spalle e fa il consueto appunto mentale: identità della donna, tabulato dell'ultimo mese. Aspettare il conferimento d'incarico per l'autopsia. Come si chiama la donna che ha chiamato in caserma? Saveria Franchi. Non la conosce.

«A domani» e chiude la conversazione. «Mileto. Dammi il numero di Ceccacci».

Lo compone, quello risponde subito: con la strizza che si è preso andrà anche a cagare col cellulare.

«Questo pomeriggio può venire in caserma?».

«È successo qualcosa?».

Che domanda è?

«Ho un paio di cose da chiederle».

Se lo immagina, "il Cece", mettere giù e chiamare subito la moglie, sfogarsi con lei: Non potevano chiedermele lì? Mi lasciano arrivare fino a casa per farmi uscire subito dopo? È così che lavorano? Andiamo bene, ah sì, proprio bene. Ma io non potevo farmi i cazzi miei?

Questo si chiederà, Cece, arrivando in caserma. Con il pranzo mal digerito, una litigata con cui avrà scaricato la tensione sulla moglie, che a sua volta sarà arrabbiata perché è tutto il giorno che si sbatte per stare dietro ai figli e quindi che si dia una mossa in caserma, invece di andar tanto su di giri.

Maurizio guarda l'ora: ormai sono le undici. La rilievi ne avrà ancora per un po', i necrofori stanno preparando il cadavere, qui per lui non c'è altro da fare.

Dà appuntamento a Simoncini in obitorio e si avvia con Mileto fuori dal bosco.

Fa già un caldo tremendo.

3 giugno 2019

Al risveglio Giorgia è disorientata e poi, stirandosi, ricorda dov'è.

Si alza, apre la finestra: il cielo limpido, luminoso. L'aria fresca.

Piega il plaid, dà aria alle lenzuola. Stanotte i cani hanno abbaiato, si è svegliata in continuazione e ogni volta ha faticato a riaddormentarsi. Speriamo non sia così tutte le notti, pensa, ma ricorda anche quello che le ha detto Malina: c'è la volpe nelle valli.

Non ha voglia di andare al supermercato subito: un caffè con calma, poi il giro dei saluti. Non che sia chissà quale tragitto: le piace venire qui anche per star tranquilla. Passeggiare, leggere sul terrazzo, qualche gita al mare di Baratti o San Vincenzo. Sedersi in un bar sfogliando una rivista.

Affacciandosi dà un'occhiata verso casa di Malina. Chissà se c'è. Una sera di queste dovrà ricambiare l'invito, ringraziarla dell'aiuto. Lei quella presenza di spirito non ce l'avrebbe mai avuta. Bisogna essere fatti così per vivere da queste parti. Bice ha gli stessi modi pratici e spicci. Addirittura si raccoglie le olive da sola, taglia i cespugli con la motosega, il prato con il tosaerba a scoppio.

E poi vedere qualcuno ogni tanto sgombrerebbe la tentazione di passare questo mese per i fatti suoi. Si isola troppo, a sentire gli amici. Il problema è non esserne capaci, ribatte lei. Dover cercare sempre compagnia, ficcarsi dentro bar rumorosi all'uscita dall'ufficio, combinare fine settimana di gruppo condividendo fotografie di grigliate e aperitivi. “Montanara”, la chiamano in agenzia. Sei tutta papà, direbbe sua madre. Che in questo posto si procurerebbe subito un giro di conoscenze con cui bere il Crodino in piazza, discutere di un libro, pranzare la domenica, girare per mercati e antiquari. Non si stancava mai della gente, le piaceva da matti. Così diceva: A me la gente piace da matti.

Le sarebbe piaciuta anche la casa. Un casolare ristrutturato su due piani, una portafinestra gigantesca sul davanti, che Leonardo ha ricavato dal vecchio portone della stalla, la stufa da basso, i mobili in noce, il tappeto persiano che copre tutto il pavimento della sala. Avrebbe spalancato la credenza in cucina, il guardaroba in camera da letto, tirato fuori lenzuola ricamate, tovaglie e tovaglioli di lino. Non come lei che mangia sul legno nudo e compra le salviette di carta. Quel che avrebbero senza dubbio fatto insieme sarebbe stato sedersi in terrazzo al tramonto, un bicchiere di vernaccia in mano, spettegolando un po’.

Ma a queste cose cerca di non pensare troppo spesso. Sua madre ha avuto la premura di farla abituare all’idea: una malattia lunga, che dall’inizio non si era lasciata fraintendere.

Va in bagno, si lava il viso, indossa i pantaloni della tuta e una canottiera, chiude la cerniera della felpa, si guarda allo specchio: gli occhi castani, i capelli corti che vanno tagliati prima del caldo, le labbra sottili, i denti un po’ troppo sporgenti, però bianchi e dritti, il naso arcuato di suo padre. Pare che la sua voce passi lì: compressa, serrata.

Scende in cucina, che è silenziosa e già piena di luce.

Sul tavolo vede il barattolo di pomodori e l’avanzo di hummus che Malina le ha dato e non sa se mangerà. Tra focaccia e ceci, stamattina ha una pancia così. È la tua immaginazione, direbbe Claudio. Ma Claudio non c’è più e quindi lei ha tutta la libertà di stare come vuole.

Tre anni esatti. Lui è andato a vivere in Canada, lei ha venduto tutto ciò che possedevano insieme e si è trasferita dalla parte opposta della città. Eppure la notizia brucia. Si sposa, le hanno riferito. Con la donna che tanto sfotteva. Telefonava da Montréal e le raccontava di *sugar mama*. Così la chiamava.

Giorgia non gli diceva degli uomini che frequentava. Perché non glieli distruggesse o, peggio, non la richiamasse a sé. Il cane che si è allontanato troppo.

E adesso si sposa.

«Basta» dice. «Adesso sei qui».

La voce che fuga le ombre.

Tira fuori la cuccuma dalla dispensa, il pacchetto di caffè che ha portato da casa.

Nella quiete della mattina, a cui deve abituarsi ogni volta, le viene in mente il traffico di quest'ora su viale Tibaldi, il grigio dell'aria sporca, che qui è fatta di una sostanza diversa: trasparente, appuntita. Pare di essere in montagna, direbbe la sua padrona di casa. Una donna lunga e secca afflitta da allergie croniche, che ogni giorno la sveglia dal piano di sotto con un carosello di starnuti da far tremare le pareti. Si siede, si guarda intorno e pensa al suo appartamento vuoto, immerso nel buio delle tapparelle abbassate: il vecchio divano di Lillaz in sala e il tavolaccio in cucina, le tende, le lenzuola, le sedie spaiate recuperate dal bar dove va a prendere il caffè. Le stavano caricando su un furgoncino, Giorgia non ha neppure dovuto pagarle. Ma che ci fai, che son vecchie? aveva chiesto il proprietario. Sbeccate e un po' zoppe, ma di un bel legno solido.

E poi i libri. Li ha fatti arrivare da Aosta, finalmente, anche quelli di scuola. Servono sempre, soprattutto con il suo mestiere. Non avrebbe mai immaginato di finire a scrivere testi per aziende, alberghi e stilisti, ma tant'è. È uno stipendio, costa poco sforzo e permette di salvare le energie per altro: la montagna, per esempio. Da ragazzina la detestava. Non è mai stata come certi suoi compagni di scuola, che appena potevano andavano a sciare. Sci club, gare, naso spellato, berretto e maschera alla Piero Gros. Sulle piste lei ha sempre avuto freddo e quelle rocce scure le mettevano angoscia. Fino a quando è andata via: l'università e il lavoro a Milano, dove ha potuto tirare una riga e capire cosa le piaceva e cosa no. E la montagna, a quel punto, è arrivata: gli spazi, l'aria, il silenzio, l'incanto di ciò che è semplice ed essenziale. La mia parte sana, dice. Con tutto quello che è seguito, preservare qualcosa.

Il caffè sale, lo versa, lo beve in piedi guardando dalla portafinestra: i boschi di lecci, roveri, cerri, meli; le poche case sparse nelle vicinanze, l'albicocco, il fico e i due cipressi davanti a casa, gli ulivi dietro, nel campo di Bice. Ci fanno l'olio, a novembre. L'anno scorso Leonardo gliene ha spedita una bottiglia. Anche a lei piacerebbe farlo, prima o poi. Imparare a fare l'olio, la marmellata, riconoscere le piante, disboscare il giardino senza dover chiedere a Donato, che fa i lavori di manutenzione per Leonardo. Cittadino com'è, dice di lui, non distingue una trave da un pollo.

«Non capisco perché vai a Volterra anche quest'anno» ha ripetuto suo padre ieri. «Non potevi andare al mare con le tue amiche?».

«Ma che mare con le amiche, papà. E poi Volterra è bellissima, lo sai».

«E ci devi andare da sola?».

«Con chi vuoi che vada?».

Il padre è rimasto zitto. Convinto che si nasconda là a consumare chissà quale dolore. D'altronde non era con lui che parlava di Claudio; e non è a lui che ha consegnato la sua pena quando la madre è morta: aveva già da pensare per sé.

In realtà è il contrario, vorrebbe dirgli. Un riparo rabberciato all'inizio, quando un'amica le aveva segnalato questa casa. Lei e Claudio si erano appena lasciati: inconcepibile rintanarsi a Lillaz dal padre. Bisognava togliersi di torno, andare a spurgare sola. Ma poi la sofferenza era scivolata via.

Adesso questo posto è l'unico che sento davvero mio, papà.

Mamma avrebbe capito, pensa lavando la tazzina.

«Bentornata!».

Ines le viene incontro con la mano tesa. Non è cambiata, neppure il taglio di capelli: corto e biondo sotto il fazzoletto colorato, il viso abbronzato, gli occhi azzurri accesi e il sorriso bianchissimo. "L'americana", la chiamano, per quella bellezza che, non fosse tagliata dalle rughe, sarebbe da rivista.

«Quanto si ferma?».

«Un mese, sono appena arrivata».

«Poi se ne va un po' in montagna?».

Ines è innamorata della Valle d'Aosta. Potesse, le ha detto un giorno, chiuderebbe baracca e burattini e si trasferirebbe a Cogne. Potrebbe aprire un Da Ines alpino, aveva risposto Giorgia. Ines aveva scosso la testa stringendosi il grembiule in vita, Con mia figlia chi si può muovere. Benedetta. L'ha vista qualche volta. Le hanno detto che era uguale alla madre: splendida, due occhi grossi come fanali. Adesso ha il viso cavo, i capelli spenti, gli zigomi appuntiti a tirare sotto la pelle grigia, il blu degli occhi diventato opaco, sabbioso. Un incidente, le hanno raccontato, il fidanzato morto sul colpo e lei in carrozzina.

«Prima faccio una settimana al mare».

«E dove va di bello?».

«Ad Arenzano. Così spezzo anche il viaggio».

«Non ci sono mai stata. Ma sa, io sono da montagna... va sempre a Lillaz?».

Giorgia sorride: «Sì, salgo il 5 luglio per il compleanno di mio padre».

«Come la invidio».

«Se vuole venire, posto in macchina ne ho. Chiude due giorni e si fa una piccola vacanza con noi. Mio padre sarebbe molto contento, lo sa che ha una passione per lei».

Ines ride: «Suo padre ha bisogno di una moglie che gli cucini».

«Si figuri! È proprio una cotta».

Ines ride ancora, scuote la testa: Quante sciocchezze, pensa. Quante sciocchezze che non mi posso più permettere. E dire che una volta. E dire che la felicità.

Dalla cucina spunta l'aiuto cuoco, un indiano che Ines ha assunto due anni fa. Lui e il figlio. Fanno un fritto più buono del mio, dice.

«Si accomodi dove vuole, vengo a dirle cosa c'è».

Giorgia la deluderà. A ogni specialità fenomenale di Ines – tortelli al muffone, pappardelle alla lepre, lampredotto, cinghiale, trippa – lei dirà di no. Chiederà il baccalà rifatto, ma senza ceci, e le verdure alla griglia. È ancora troppo presto per certe cose. Ormai sono passati anni, dovrebbe essere libera. Ma libera non sarà mai, pensa talvolta.

Ai tavoli ci sono poche persone, tutte del posto tranne una famiglia bionda che ha già due bottiglie di Chianti sul tavolo.

Va verso il fondo, all'angolo della sala ancora vuoto.

Il cameriere viene a salutarla, chiede se vuole del vino, le porta una ciotola con la giardiniera di quest'anno.

Giorgia inizia a piluccare, sorseggia il Sangiovese per cui deve ancora sviluppare il palato. Troppa liquirizia, risponde quando le chiedono perché. A me piace l'acciaio.

Il telefono trilla, un messaggio: suo padre che le chiede come sta. *Ho appena parlato di te*, risponde. *Qui perfetto, casa in ordine e viaggio tranquillo. Adesso sono da Ines.*

Salutamela, risponde lui.

Si divertono a scherzare su questa storia della cotta. Chissà se ha mai pensato di risposarsi, si è chiesta Giorgia. La domanda che i figli di vedovi si fanno quando i genitori iniziano a invecchiare. Senza capire che è troppo tardi e che l'occasione, se mai c'è stata, è stata rifiutata proprio perché a loro, a questi figli preoccupati ed egoisti, non sarebbe andata giù.

Quando rialza lo sguardo dal cellulare, due donne si stanno sedendo al tavolo di fronte.

«Malina?».

Malina si volta, gli occhi subito sbarrati: «Ciao, Giorgia».

Viene a salutarla, le presenta l'amica, Elisabetta.

«Che coincidenza» dice poi.

Giorgia crede di averle detto che stasera sarebbe venuta qui, ma forse si sbaglia.

«Vuoi unirti a noi?».

Giorgia è colta alla sprovvista: «Non vorrei intromettermi...».

«Ma scherzi?» risponde Elisabetta. «Io lei la vedo sempre».

Giorgia ride. Ma sì, pensa.

«Allora volentieri» dice recuperando il bicchiere.

Ines arriva, appoggia le mani sullo schienale della sedia vuota: «Belle signore, cosa vi porto?».

Hanno mangiato, bevuto, chiacchierato: Malina lavora nell'archivio della biblioteca, Elisabetta come guida turistica per la proloco.

«Torre del Maschio, museo etrusco, pinacoteca, giro delle porte, teatro romano, Palazzo Viti, chiesa di San Francesco. Pure il cimitero e il manicomio».

«Manicomio?».

«Il manicomio di Volterra» dice Malina. «Non lo conosci?».

«No».

«Lei porta i suoi gruppi» continua «vanno a vedere i graffiti e farsi venire qualche brivido. Ci sono pure cantanti che girano video di canzoni dementi. E la notte, gente che si buca e fuma. È diventato una schifezza».

Elisabetta non la contraddice, d'un tratto l'aria è spessa, solida.

«Non si rendono conto». Dopo un momento rialza lo sguardo: «Ordiniamo un dolce?».

Giorgia scuote la testa con le mani sulla pancia, Elisabetta ci pensa: «Se ce lo dividiamo».

Malina si alza: «Vado a chiedere cosa c'è».

Elisabetta la guarda andare via, poi si volta verso Giorgia: «Argomento sensibile».

Giorgia vorrebbe sapere di più, ma Elisabetta la anticipa: «Così sei a Volterra in vacanza?».

«Sì. Rimango un mese».

«Bello».

«Vi conoscete da molto?».

«Io e Malina? No. È tornata l'anno scorso, prima non l'avevo mai vista. L'ho conosciuta proprio qua, all'inizio faceva la cameriera. Ci siamo messe a chiacchierare e quando ho saputo che parla spagnolo e francese la volevo portare alla proloco. Ma non ha voluto. Preferisce stare nei sotterranei della Guarnacci. Non è una... l'avrai già un po' capita, immagino».

Spagnolo e francese. Non l'avrebbe detto.

«Era sprecata per fare la cameriera, soprattutto da Ines».

«Non ti piace?».

Elisabetta si guarda intorno, curva gli angoli della bocca in giù: «Mi sembra di stare nel tinello di mia nonna».

Giorgia ride.

«E poi fanno sempre i soliti piatti. Stasera dovevamo andare in pizzeria, ma lei ha insistito per venire qui».

Dolore.

Buio.

Non riesco a muovermi. Provo ad alzarmi, il corpo è bloccato, non posso aprire gli occhi, respirare bene.

Mi sveglio. Sollevo le palpebre, provo di nuovo a spostare le braccia.

È tutto buio. Respiro forte.

Ho le mani incrociate sullo sterno, strette contro il busto. Ho qualcosa in bocca, legato sopra. Non la chiudo.

Ansimo. Le braccia fanno male. Sento il naso colare, un blocco nella gola.

Cos'ho addosso?

Un vortice in testa, una sostanza densa sugli occhi, non vedo niente, non riesco a tenerli aperti.

Mi sveglio di nuovo.

Quanto tempo è passato?

Un sonno pesante, cado e ricado.

Torpore nelle mani. Lungo la schiena fino ai piedi. Dentro la testa.

Mi scuoto, riapro gli occhi: dove sono. C'è una finestra in fondo? Non distinguo, gli occhi continuano a chiudersi, la testa cade di lato. La risollevo, una fitta attraversa la fronte. Un ronzio fisso, sordo, nelle orecchie.

Il freddo. Fa freddo. Riprovo a muovere il corpo, un'altra fitta, dalle gambe, nelle braccia, fino al collo. Aspetto. Respiro sempre più forte, ma ho qualcosa sulla bocca, intorno al corpo, il muco scende in gola, do un colpo di tosse, soffoco.

Il respiro accelera, la tosse. Calma, respira lentamente.

Riapro gli occhi, mando indietro la testa e guardo sotto le palpebre che non rispondono. C'è una luce fioca in fondo, è una finestra? Il ronzio aumenta. Il corpo è bloccato da qualcosa, ma non vedo cosa.

Respiro. Male. Qualcosa sul petto. Le braccia, strette.

Non riesco a muovere nulla.

Sento un rombo basso: arriva dalla testa, no, da fuori.

Ascolto.

Dentro, nei timpani, il rimbombo si allarga a onde fino alla fronte. Spinge, picchia, ho un puntello dietro gli occhi.

La testa mi fa sempre più male, ogni cosa fa male.

Ho sonno, continuo a addormentarmi.

Svegliati.

Sto sognando?

Adesso mi sveglio.

Apro gli occhi di nuovo: buio, freddo, scariche di un dolore elettrico, sconosciuto.

Dove sono.

1° luglio 2019

In obitorio Simoncini ha cominciato: una volta spogliato il cadavere, i necrofori puliscono la faccia, la testa, il corpo. Il medico visita il cadavere in silenzio, lento. Quando finisce con una zona mormora, come facesse una spunta. Non se ne accorge, probabilmente. Palpa e bofonchia mentre controlla se ci sono lesioni. Osserva la ferita nella zona occipitale, ripulita dal sangue. La osserva con attenzione, usando una luce e una lente per capire la sezione della ferita e ipotizzare il corpo contundente.

«Ferita lacero-contusa probabilmente procurata da un corpo pesante» dice senza sollevarsi. «Potrebbe essere una chiave inglese, o un attrezzo simile. Sarò più preciso in sede di autopsia».

Il mantra di Simoncini. Non solo un'attestazione ufficiale, ma una forma di rispetto per i morti: Provo a renderti giustizia con tutta la precisione possibile. Quando raserà la testa, scuoierà il cranio e osserverà la sezione dell'osso.

Maurizio prende nota a penna sul verbale, scatta le foto con il cellulare. Non ha mai con sé la macchina fotografica. Sei un ottimista, dice Lara.

Simoncini volta il corpo su un fianco per vedere se ci sono tracce sulla schiena, scende sui genitali in cerca di lacerazioni, segni di violenza. Si sofferma sui lividi a polsi e caviglie.

«Lacci, direi. Potrebbe essere stata legata dopo morta perché non ci sono ematomi ed ecchimosi».

Anni fa, durante una delle prime visite esterne in obitorio a cui Maurizio aveva preso parte, quando il medico legale aveva fatto la stessa osservazione, Nardi aveva chiesto come faceva a dirlo. Il medico, un vecchio signore macchiato di nicotina, aveva sollevato lo sguardo sopra gli occhiali e aveva risposto: Nardi, quando uno è morto, il sangue non circola più.

Simoncini prende le palette sterili, le passa sotto le unghie della donna, raccoglie il materiale organico. Spediranno tutto a Roma. Nardi scrive, più tardi compilerà un verbale completo da mandare al magistrato, nei prossimi giorni aspetterà i risultati degli esami del RIS sul materiale organico e sui vestiti repertati: macchie di sangue, sperma, capelli.

Per ora ascolta, fotografa e scrive. Ha imparato a guardare i cadaveri come fanno i medici legali. Brani di corpo che vanno esaminati come fossero organismi a sé, senza alcun significato, alcuna armonia o appartenenza. Una strategia come un'altra per difendersi, perché non è vero che ci si abitua. O almeno: lui non si abitua. Ogni volta che torna da una visita getta tutti i vestiti in lavatrice e la fa andare con l'acqua bollente. Finora ha rovinato sette maglioni e tre camicie. La sensazione che l'odore di morto gli si attacchi addosso. E il freddo, che attraversa le ossa. Per questo Lara in una zona dell'armadio gli ha allestito il guardaroba-obitorio: abiti vecchi, sformati, che gli stanno come un paltò lanciato sull'attaccapanni. Oggi, per esempio: è passato da casa e si è messo jeans scoloriti, camicia lisa, felpa bucata.

Simoncini invece è abituato. Se non avesse sviluppato una familiarità con la devastazione dei cadaveri che esamina, ormai sarebbe ammattito. Ogni tanto però qualche stranezza la fa. Come quando, nel bel mezzo di un esame esterno, aveva cominciato a manovrare il naso del morto. Lo piegava a destra e sinistra come fosse di gomma e, dando di gomito a lui, esclamava: Guarda, Nardi, guarda che roba!

Era quella volta che si era accanito sulla costola. Il cadavere aveva una costola rotta che aveva bucato il polmone. Simoncini l'aveva schiacciata e dalla bocca del morto era uscito sangue. Così aveva cominciato a fare come con il naso: schiacciava e guardava il sangue zampillare fuori, schiacciava e guardava il sangue. Poi aveva deciso che doveva provare anche Maurizio: Schiaccia, Nardi, ripeteva, schiaccia! e Mileto gli aveva chiesto per pietà di schiacciare che sennò facevano notte.

Ma ora è concentrato. Gli appunti illeggibili che sta prendendo questa sera li riporterà sul verbale insieme al suo nome e a quello di Simoncini. In sostituzione di quello della donna, scriverà *Persona di sesso femminile allo stato non identificata*. E poi la descrizione del cadavere vestito, che è per lui ancora oggi la parte più difficile.

Trattasi di persona di sesso femminile, dell'apparente età di anni 40. È vestita con un abito leggero di cotone con ampia gonna a fiori gialli senza maniche. Indossa un paio di scarpe da tennis verdi, slip di colore bianco e reggiseno di colore rosa. L'abito, sulla parte posteriore all'altezza della scapola destra, presenta una vasta macchia di sangue. Al polso è rinvenuto un orologio di marca Casio con cassa in acciaio e cinturino in finta pelle bordeaux. Al collo una catenina in oro giallo con immagine e data – 25 MAGGIO 1984 – scritta sul retro.

Perché si è persone anche attraverso gli oggetti, così irrilevanti, così sostituibili: l'orologio, la catenina, il vestito a fiori gialli. Scelti un giorno particolare, o ricevuti in dono, tramandati da un nonno a cui da bambini si era fatto promettere: Quando muori l'orologio lo dai a me. Un braccialettino comprato in spiaggia, una sciarpa lavorata a mano, una maglietta con i dinosauri, un calzino bucato, di cui certe madri, pure in queste occasioni, si vergognano: Scusi, dottore.

Il seguito è più facile. Il tono metallico di un linguaggio brutale e generico.

Il viso è fortemente deturpato a causa dello schiacciamento da schianto per caduta da un burrone alto circa 10 metri. Sul collo sono evidenti lividi da strangolamento con mani essendo ben visibili i contorni delle dita. Sul dorso non sono evidenti lesioni esterne. Si nota la probabile frattura della 2° e 3° costola, compatibile con la caduta nel burrone. Sul torace sono presenti inoltre macchie ipostatiche inamovibili, segno che il corpo è stato bocconi per oltre 10-12 ore dal decesso. Sulla schiena non si evidenziano lesioni. Sulla regione scapolare destra si nota una colatura di sangue provocata dalla ferita sulla regione occipitale. Si evidenziano sulle braccia escoriazioni compatibili con la caduta e strofinamento su pietre o arbusti. Su entrambi i polsi e sulle caviglie si notano lesioni causate da costrizione con laccio, tipo cavo o corda.

Epoca della morte: 7/9 ore dal rinvenimento.

Causa: collasso cardio-circolatorio a seguito di asfissia da strangolamento.

Quando hanno quasi finito, il cellulare di Nardi suona: «Comandante, sono con la madre della donna scomparsa. Stiamo venendo lì».

Maurizio getta un'occhiata a Simoncini, che annuisce.

«Vi aspettiamo».

È una donna bassa. Ovale. È questa la prima impressione che Maurizio ha guardandola. Anche gli occhi, che fissano lui e le pareti dell'ospedale con uno stupore bovino.

La camicetta è chiazzata di sudore sotto le ascelle, il labbro superiore bagnato, i capelli appiccicati alle tempie. È venuta a piedi, immagina Maurizio andando a prenderle un bicchiere d'acqua.

Appena scendono, la donna si stringe il colletto sulla gola, dà un colpo di tosse. Fa freddo, qui sotto. Non lo sente solo lui. È un freddo che neppure in queste giornate di canicola porta sollievo. Ci vorrebbe qualcuno a farle una camomilla, stasera; rimanere con lei per levarle di dosso questo gelo che, nonostante i trenta gradi a strozzare la notte, non passerà mai più.

«Signora Franchi, come il mio collega le avrà detto, questa mattina è stato rinvenuto il corpo di una donna che ha le caratteristiche di sua figlia. Non c'erano documenti, ma la sua denuncia ci fa ipotizzare che potrebbe trattarsi di lei, anche se ci auguriamo che non sia così. Se è pronta, possiamo procedere».

La donna segue Maurizio lungo il corridoio, entra nella stanza dove il corpo è coricato su un tavolo d'acciaio ed è coperto da un telo.

«Devo avvisarla che il volto è stato estremamente danneggiato dalla caduta e sarà necessario che lei verifichi altri segni particolari. Le mostrerò anche i vestiti e gli effetti personali che abbiamo rinvenuto».

Mentre parla, Maurizio si scosta per permettere alla donna di avvicinarsi. Lei non gli stacca gli occhi dalla faccia, come ci avesse perso qualcosa.

Poi, quando Maurizio tace, si gira verso il cadavere.

30 ottobre 1964

Cara mamma,

Ti scrivo per avvertirti urgentemente che c'è stato un errore terribile! Questo posto dove mi ha mandata il dottore non è il reparto dell'ospedale di Volterra dove ero già stata, si sono sbagliati! Ti prego mamma di fare come ti dico: vai dal dottore il Sig. Aldo Cencini che mi ha visitata l'ultima volta e digli che qualcuno ha sbagliato! Io non sò come è potuto succedere, c'eravate presenti anche voi quando quelli infermieri che mi hanno messo le mani addosso (e già questo ci doveva far capire!) hanno detto il REPARTO FEMMINILE DELL'OSPEDALE DI VOLTERRA. Ma non è vero! Questo posto è vicino all'ospedale coi reparti normali, e cioè laddove io dovrei essere a riposare quel poco per rimettermi in forze e tornare a casa a fare la brava figlia come non ho fatto ultimamente (e su questo avete piene ragioni, mamma!), ma non è un posto dove io, che sono NORMALE, posso stare... qui si rischia di diventare matti mamma. Vedessi che posto e sentissi cosa sento io ogni giorno e ogni notte. Non hai un'idea delle urla, urlano anche le guardie, tutto un urlo a destra e sinistra, e pure la notte che non si riesce a chiudere occhio. E ci legano! Ci legano ai letti e ci danno medicine che a me fanno male allo stomaco e mi mettono una fiacca che non riesco a tenere li occhi aperti.

Come poteva pensare il dottore che io qui mi curavo? Bisogna dirglielo mamma subito. E bisogna che mi venite a prendere presto prestissimo! Dillo anche al babbo, che appena saprà di questo errore che è stato fatto di sicuro vorrà subito chiedere l'automobile allo zio e correre qui a prendermi e portarmi a casa dove, stai pur certa, io potrò riposarmi meglio e quel tanto che basta per tornare a essere una buona figlia per te e il babbo e un'ottimissima sorella per la nostra cara Tilde... dille che mi dispiace di quello che ho fatto. Dille anche che non succederà mai più e che le voglio tanto bene.

Aveva ragione il dottore a dire che mi devo ricoverare, io questo non lo metto proprio in dubbio, ma in un ospedale mamma se proprio volete. Altrimenti a casa io me ne sto buona buona e so capire benissimo, adesso che sono stata qui questi ventinove giorni che sono stati eterni mamma non passavano più mi sono sentita tanto sola... saprei capire mamma quanto bene c'è nella nostra casa e nella famiglia io vi voglio così tanto bene. Adesso mi riposerei soltanto un pochino, stare qui è orribile!

E poi anche il mangiare è schifoso mamma... tu lo sai che io non sono una che fa tante storie, anzi ho sempre mangiato quel che arrivava in tavola per non dar nessun fastidio che capivo benissimo il sacrificio di portare in tavola ogni santo giorno tre pasti per noi due figlie ma questo mangiare mamma non può far del bene a un malato anzi! Ieri sera ci hanno dato un brodo che vedevi attraverso la scodella e un boccone di pane duro e poi del formaggio vecchio e un poco di uva. Come si può aspettarsi di far guarire qualcuno?

Soprattutto non si dorme mamma dovresti provare, ma non te lo auguro mai! come si dorme in queste stanzone dove siamo tutte insieme... ce n'è sempre una che ti viene a toccare la faccia o tirare via la coperta... sono tutte matte!

Mamma, io vorrei tanto continuare a dirti tutte le cose brutte di questo posto, ma mi hanno dato un foglio solo (dopo

un mese che lo chiedevo! Non pensare per favore neppure un minuto che mi sono dimenticata di voi, non è colpa mia se non ho potuto farlo prima!) ma lo spazio finisce e non voglio riempirlo di cose brutte e basta.
Però venite a prendermi presto, mamma e babbo. So che l'Egregio Direttore capirà che c'è stato un errore ma non importa capisco che può succedere e chiamerà il sindaco o il medico o chi decide queste cose per far scrivere un foglio e lasciarmi tornare a casa.

Mi manchi tanto mamma...
Scrivimi se puoi. Ti chiedo ancora scusa di tutte le cose cattive che vi ho fatto e ti giuro davanti a Dio Onnipotente che non succederà mai più.

La tua figlia pentita e guarita,

Rita

10 giugno 2019

«La volpe è entrata nel pollaio».

Malina si siede. Ha bussato alla porta di Giorgia, le ha chiesto se aveva visto o sentito qualcosa.

«Stamattina quando sono andata a dare gli avanzi di cibo alle galline, ho trovato una scena orribile. Sangue, pezzi dappertutto... se n'è portate via una decina e ne ha fatte fuori altrettante».

Allunga un braccio sul tavolo, il palmo della mano a tastare il legno. A prima vista non sembra così massiccia. Saranno gli occhi: chiari, sempre vigili. E invece le braccia robuste, le mani forti, grandi, le gambe che attraverso il cotone dei pantaloni paiono abituate a camminare. L'immagine di lei che lega il cavo tra le due macchine e la traina.

«Ma quando è successo?».

«Di giorno, probabilmente. Il baccano che hanno fatto, di notte l'avremmo sentito tutti. Quindi ieri».

«Non mi sono accorta di niente, sono stata fuori tutto il pomeriggio».

«Non immaginavo che uscisse in pieno giorno».

«E Donato?».

«Donato ha seppellito quel che era rimasto, ha pulito e fine. Prenderà altre galline, ma non credo subito. Dice che vuole mettere delle tagliole».

«Non sono illegali?».

Malina stringe il pugno. «Io non le capisco, queste cose» dice.

È cresciuta in campagna con gli animali, le ha raccontato: i suoi zii avevano bestie, un frutteto e una serra. Ieri mattina, di fronte alla porta, Giorgia ha trovato una bottiglietta di succo di sambuco che Malina ha spremuto dai frutti dell'albero davanti a casa. Deve averglielo lasciato all'alba, perché alle sette, quando Giorgia è scesa, era già lì. Una sera di queste, ha detto Malina, facciamo uno stufato con le taccole di Bice. Sono suoi, gli orti. Gli orti e gli ulivi. Tranne un pezzetto di terra lasciato andare, di Donato. Con lui Malina discute spesso, Dallo a Bice che almeno ne fa qualcosa, e lui la chiama "Chilometro Zero".

Giorgia guarda fuori: il cielo è cupo, minaccioso.

«Ti va un caffè?» chiede.

«Basterebbe lasciar passare la stagione» dice Malina «e prendere i polli quest'autunno. Magari la volpe cambia collina da sola».

«Pensi che Donato le metterà davvero?».

Malina recupera due briciole sul tavolo, che automaticamente si porta alla bocca.

«Sarebbe capace».

Giorgia la osserva spezzettare le briciole distratta, con il mento nel palmo della mano, poi versa i grani del caffè nel macinino, lo fa partire.

«Forse era solo esasperato, no?» dice sopra il rumore. «Magari invece compra una gabbia e libera la volpe fuori Volterra».

«Le volpi sono abitudinarie, tornerebbe qui».

«Ci sarà un ente che si occupa di queste cose. Potrebbe chiamarli».

«Dubito».

A Giorgia però Donato piace. È sempre cordiale con lei, discreto e rapido quando viene per i lavori. Il primo anno la faceva chiamare da Leonardo prima di passare, ma ormai sono abbastanza in confidenza. Nonostante Giorgia gli abbia detto di venire quando vuole, lui aspetta sempre di incrociarla per mettersi d'accordo. Non ha nemmeno voluto il suo numero. Tanto prima o poi ci si trova tutti qui fuori, dice.

Il borghetto sembra il paese di campagna dei suoi nonni, quando nelle sere d'estate Giorgia sfrecciava in bicicletta di fronte ai vecchi seduti all'ombra delle case. Di giornali se ne vendevano pochi, ma tutti sapevano l'essenziale: stato dell'inflazione, costo di muri e terreni, bandiera del nuovo sindaco, fondi per le scuole, matrimoni e decessi.

Malina sorride: «Per me è stato uguale. Ogni sera a cena gli zii si scambiavano notizie aggiornatissime e non avevamo nemmeno un televisore».

«Come mai vivevi con i tuoi zii?».

«Mia madre era malata ed è morta che ero ragazzina».

«E tuo padre?».

«Mai avuto».

Non ha chiesto oltre. Racconterà lei di più, se vuole. Quell'ombra che le ha chiuso il volto.

Ma chi non ne ha.

Malina è stata fulminea a cogliere la sua. Non sei una mangiona tu, aveva detto la sera da Ines. La sua amica era andata un momento in bagno e Malina aveva indicato il piatto mezzo pieno di Giorgia: Pesce e verdure e ne lasci metà.

Un'altra che mi guarda nel piatto, aveva pensato Giorgia.

«Mi sazio con poco» aveva risposto.

«Figurati, sono fatti tuoi».

«Ognuno di noi fa come può» aveva aggiunto.

E aveva cambiato discorso.

«Era successo anche a mio zio» dice adesso Malina mescolando lo zucchero nel caffè «le volpi quell'anno erano due, e non c'era stato modo di allontanarle. Avevano fatto disastri in tutta la campagna: pollai, gabbie dei conigli, pure i gatti nelle case. Entravano di notte, facevano macelli e sparivano. La volta che sono venute da noi le ho sentite: hanno fatto una razzia come quella da Donato».

Malina spalanca gli occhi verso un punto del muro: «Sembravano grida. E un rumore basso, pauroso. Mi sono convinta che fosse il respiro della volpe, il verso che le usciva dai denti azzannando il collo delle galline. Mia zia diceva che non era possibile e che me l'ero sognato, ma me lo ricordo ancora oggi, chiarissimo: come un rimbombo. Quando mi mandavano in chiesa e il prete parlava del male, io pensavo sempre a quel rumore lì. Come l'acqua sottoterra, hai presente?». Malina solleva gli occhi di colpo: «Hai presente?» ripete alzando la voce.

«Sì» risponde Giorgia, sorpresa.

Malina riabbassa lo sguardo: «Mio zio aveva messo tagliole ovunque. Le ha catturate tutte e due e le ha ammazzate a bastonate».

Giorgia sente un brivido sulle braccia.

«A bastonate?».

«Per non sprecare cartucce».

«Aveva un fucile?».

«Tutti in campagna avevano un fucile. Per tener lontani bestie e ladri».

Il cielo è ancora più carico, le nuvole sopra i campi nere, gonfie. A pochi chilometri, la pioggia le tira verso il basso in strisce scure. Si è alzato il vento, che si infila attraverso la finestra socchiusa.

Malina scatta in piedi: «Avrai da fare, ti lascio».

Senza dire altro, sciacqua le tazzine e se ne va.

Giorgia rimane alla portafinestra a guardarla passare. Quando arriva al cancello, Malina alza una mano senza voltarsi, sicura che Giorgia sia ancora lì.

Non ci sono rumori, solo cani in lontananza.

Non vedo niente: non ci sono luci.

Chino la testa a guardare in basso, ma non riesco a distinguere nemmeno i miei piedi. Formicolano. Anche la schiena, ho una punta tra le scapole, un dolore lungo la colonna vertebrale. La testa continua a ronzare, le orecchie si sono otturate. Mi fa male la gola, e i polsi, le mani. Provo ad aprirle e chiuderle, non riesco. Sono strette da qualcosa.

Calmati.

Respira.

Cerca di capire.

L'aria si ferma a metà, qualcosa preme sui polmoni, sulle costole, sul petto. Sono le mie braccia?

Faccio un altro tentativo di raddrizzarmi, un peso stringe e mi butta giù.

Il buio della notte, di un ripostiglio chiuso. Ma non sono al chiuso. Entra l'aria. Della notte?

Nessun rumore, solo i cani, lontano.

Provo ancora a parlare, non posso. Stringere le mandibole, qualcosa le blocca, bagnato, freddo. Il sapore di metallo, di saliva. Un odore di muffa. Inspiro. Acido. Salato. Sudore? Sangue? No, sangue no. Il sangue è dolce.

Gridare, solo un mugolio e il petto mi fa subito male.

Il respiro accelera. L'affanno di nuovo. Mi fermo. Immobile.

Cerca di capire.

Ascolta.

Pulsa di nuovo tutto appena tento di muovermi. La testa. Le orecchie. I denti. Le caviglie le dita le ginocchia.

Giro la testa ruotando il busto come posso fino a quando la guancia tocca un muro. Freddo. Mi volto dalla parte opposta: muro.

Provo a muovere le gambe, quel rumore che ho già sentito: un fruscio. Avevo pensato – sognato? – che fosse un animale, ma non sento odore di bestia, nessun grugnito, latrato, miagolio. Qualcosa attaccato alla gamba che scivola e mi blocca se spingo troppo le caviglie. Sono legate?

Il sangue pulsa, la testa pulsa, e le orecchie, gli occhi.

La voce non esce.

Solo una lacrima, lenta, scende.

Il respiro accelera di nuovo.

Provo a gridare, esce un gemito muto, gli occhi bruciano, tiro le gambe, il collo, mi giro con tutta la forza che ho.

Tossisco, immobile. Sudo.

Ansimo.

Di nuovo la luce, un fruscio intorno, un ingombro fra le gambe. Provo a stringerle, allargarle. Mi sento qualcosa addosso. Il fruscio e dei suoni: voci?

Apro gli occhi, le palpebre pesano, non riesco a tenerli aperti a lungo. Ci provo, cadono giù, riprovo. Il cervello registra ciò che gli occhi captano quando le palpebre si alzano. Non ti agitare e guarda dove sei. Cerca di capire dove ti trovi.

Alzo le palpebre, un lampo, un'istantanea di quel che c'è intorno, ricadono.

Una stanza vuota. Non ci sono mobili, non ci sono luci. Ho visto dei riquadri – piastrelle? – lungo le pareti, per terra. Dei buchi. Terra agli angoli. Un'apertura in fondo: una finestra? Non capisco.

Un rumore. Più forte dei fruscii di prima.

Non riesco a tenere gli occhi aperti a lungo. Mi addormento in continuazione.

C'è qualcuno nella stanza?

Una voce. Delle voci. Parlano piano? Non sento cosa dicono.

Qualcosa mi stringe un braccio, mi sposta. Uno sbuffo tiepido in faccia. Puzza.

L'ingombro tra le gambe scivola via, sento la pelle gelarsi di colpo. La sensazione delle natiche a contatto con una superficie dura, gelida. Provo a sbarrare gli occhi, non vedo niente.

Aiuto.

La bocca è bloccata, mi fa male.

Lacrime. Respiro con fatica. Il muco nel naso, tossisco.

Calma.

Lo dico io? Lo dice qualcuno?

Non riesco a parlare.

Non muoverti.

Sussurra? Chi sussurra?

Chi mi sposta le gambe immobili? Immobilizzate.

Il corpo gira, sbatto la faccia per terra.

L'aria gelida tra le gambe. Non ho più vestiti addosso?

Calma.

Concentrati.

Senti dolore?

Rialzo subito le palpebre. Sento dolore?

L'ingombro di nuovo, la sensazione di riavere il corpo coperto, stretto.

Un odore forte di feci.

Una voce, un verso. Un animale? C'è una bestia qui dentro?

Un rumore forte, qualcosa che sbatte, che tintinna.

Silenzio.

Grido più forte che posso.

Silenzio.

Tossisco.

Il muco dal naso, nella gola.

Le palpebre si chiudono. Non riesco a riaprirle.

Aiutatemi.

Aiuto.

Buio.

2 luglio 2019

Prima che salga il caldo, c'è una luce bellissima. Dura poco, poi si guasta: una mano che strofina un tratto e lascia una macchia sbavata al posto della nitidezza che c'era. L'aria punge appena, bisognerà aspettare fino a ottobre per rabbrividire di nuovo affacciandosi alla finestra, adesso accontentarsi di questo: un refolo svigorito che inclina appena il fumo del caffè.

Maurizio ha dormito male e si è svegliato presto, come ogni volta che comincia un caso complesso. Quando torna a casa fa finta di staccare, ma Lara lo conosce e sa che non si darà pace fino a quando non sarà finita. La mosca nel cervello di Vargas, l'ossessione. Lo stesso motivo per cui ha smesso di giocare a tennis in agonistica: incapace di mettere una distanza, proteggersi. "McEnroe", lo chiamavano. E lo stuzzicavano apposta per fargli perdere il controllo. Ma a tennis non aveva abbastanza talento, nel suo mestiere sì. Lara questo lo riconosce e, dice alle amiche, lo rispetta pure. Così ogni tanto riesco a uscire con voi, sorride quando iniziano a starnazzare, altrimenti non rinuncerei mai a una serata con lui. Una sa cos'è successo, a qualcuno bisogna parlare, lo dice sempre Maurizio riferendosi ai suoi casi, ma una è sufficiente. A parlare troppo, sostiene Lara, la gola si secca.

Maurizio finisce il caffè, il biscotto che ha seminato per tutta la cucina. Quando pensa cammina, qualsiasi cosa stia facendo in parallelo: parlare, telefonare, mangiare. Lara non gliel'ha mai detto, ma non si stupirebbe se, mentre fanno l'amore, lui si staccasse da lei e, assorto, si mettesse a camminare nudo avanti e indietro col pene dritto.

La relazione di Mileto, pensa. Le prime informazioni che la madre gli ha fornito sulla figlia. Si chiamava Antonella Franchi.

Gli torna in mente il viso della donna quando ha visto il cadavere, lo sguardo che si è stracciato. Non avrà mai più gli stessi occhi, Maurizio lo sa perché è sempre così. La stessa faccia, lo stesso corpo, che invecchierà di botto. Un presente sopportabile, un'ipotesi di futuro. Tutto schiantato insieme allo sguardo che ha fissato la figlia stesa sul tavolo dell'obitorio. Forse si ammalerà. Soprattutto lei, che è sola. A volte i mariti servono a distrarsi da quella pena orribile e svergognata. Alcune coppie si separano, ma è anche quella una specie di fiducia: proviamo a vivere in qualche modo da adesso in poi.

Quello che ha raccontato a Mileto. A questo deve pensare, concentrarsi, elencare le informazioni che hanno. Puntelli fra i quali, tra un po', tenderà fili e trame, se sarà fortunato.

Dopo il riconoscimento Mileto ha accompagnato a casa Saveria Franchi che, come spesso accade, gli ha parlato un po'. Il bisogno di confidarsi, trovare appoggio, ascolto. Qualcosa lo dicono sempre, gli avevano insegnato, tu non chiedere e aspetta.

Eppure non pensava avrebbe aperto bocca. Davanti a loro non ha pianto e ha detto il minimo indispensabile. Inebetita, rotta. Piangere no, tenersi lo sfogo per se stessa, la dignità. O forse incapace, in quella situazione così impensabile, di reagire. E gli viene in mente la vedova che, di fronte al cadavere del marito trovato nell'Era, gli aveva detto: Grazie, maresciallo. Adesso vado a farmi un bagno caldo perché ho bisogno di piangere.

Mileto al ritorno ha scritto la relazione ed è andato subito da lui.

«La sera del 30 la figlia è tornata a casa dal lavoro come sempre, ma la mattina dopo non c'era. Il letto era intatto e il cellulare in carica a casa».

«Non era sposata, quindi».

«Separata».

«Figli?».

«No».

A Maurizio preme sempre stabilire questo. Che sia allontanamento volontario, suicidio, disgrazia o omicidio, lui vuole sempre sapere se ci saranno figli a pagare per tutti.

Mileto ha continuato: «Quarantatré anni, ex cameriera in un bar di Saline, è stata licenziata due anni fa e da allora prendeva lavoretti dove capitava. Adesso faceva pulizie in giro ed era una specie di badante».

«Perché l'hanno licenziata?».

«Sostituita, a quanto pare».

Bisognerà capire perché, sentire il proprietario del bar.

«La donna da cui lavorava è immobilizzata a letto perché ha il Parkinson. La Franchi faceva tutto: pulizie, pasti, cambio, medicine».

«Medicine?».

«Antidolorifici e sonniferi, monitorata da un infermiere che va due volte a settimana».

Maurizio si prende un altro appunto mentale: Questa cosa va verificata.

«Di solito, quando finiva tornava a casa dalla madre e...».

«L'ex marito?».

«Abita da solo, a Pomarance».

Ex marito, pensa. Sentire anche lui.

«Alla madre non piace. Dice che è un mezzo delinquente, che non ha mai trattato bene la figlia».

«È violento?».

«Non ha parlato di violenza. Ha detto che non voleva

concederle il divorzio per non pagare gli alimenti. Discutevano spesso di questo, anche davanti a lei».

«Cercalo in banca dati e chiamalo. Ti ha detto altro?».

«Che sua figlia era una ragazza normale».

Una ragazza normale. I figli che restano ragazzi anche quando invecchiano. Normali anche quando sono dei mostri.

Maurizio chiude la finestra. Prima di uscire prepara la caffettiera per Lara e le mette in tavola la colazione. La chiamerà più tardi, per dire di nuovo di non aspettarlo a cena.

In macchina accende la radio. Il chiacchiericcio dei conduttori lo aiuta a concentrarsi e lo distende. Funziona per eccesso di stimoli, lui. Presta l'attenzione necessaria a capire che si sta discutendo di riscaldamento globale e poi parte a ricapitolare: faranno l'autopsia, non ci sono stati sequestri di oggetti, la rilievi si riserva di mandare il verbale del sopralluogo, Mileto ha sentito Ceccacci e con lui hanno finito, oggi dopo che è rientrato da Pisa tornano a casa della Franchi, poi bisogna passare al bar dove lavorava Antonella, parlare con l'ex marito, capire da chi lavorava adesso, controllare se ci sono telecamere vicino a dove è stato trovato il cadavere.

«Ciao, Maurizio».

Il PM sposta gli occhi dal computer un attimo dopo averlo salutato.

«Siediti, arrivo subito».

Si è tagliata i capelli. Ha fatto male, la ringiovaniscono ancora di più. È da quando è magistrato che lotta per essere presa sul serio, dovrebbe stare attenta a certe cose. Consultarsi con il parrucchiere, leggere una cavolo di rivista femminile: lo sa anche lui che le quarantenni ricorrono a frangetta e capelli corti per darsi una svecchiata. Con questo taglio sembra un elfo.

«Ho convocato Simoncini per il conferimento d'incarico, sta arrivando».

Isa dà una lettura veloce: «C'è niente che mi devi dire?».

«È tutto lì».

Lo guarda: «Stai bene?».

Non sa mai cosa risponderle. Allora dice di sì.

Lei torna a leggere, il telefono squilla: «Simoncini».

Il medico entra, ripete quello che Maurizio sa già e firma l'incarico.

«Mi servono quaranta giorni» dice.

Il magistrato solleva un sopracciglio e a Maurizio sembra uno di quei personaggi dei cartoni animati con gli occhioni e il nasino all'insù. Chissà se fa quell'effetto anche a Simoncini. Lui non sa, però, che il fine settimana si lega un foulard intorno alla gola e cavalca una BMW rossa in giro per la Toscana. Sai come la chiama il sito del concessionario? gli aveva detto ridendo. "Una dichiarazione di guerra a curve e chilometri". Una dichiarazione di guerra. Quella che sembra lanciare lei ogni volta che si misura attraverso il suo mestiere. Ma lo fanno tutti, in fondo.

«Stringa» dice Isa. «È sospetto omicidio, serve in quindici giorni al massimo».

«Ho bisogno di più tempo».

«E io di una vacanza in Messico. Come sappiamo, non è possibile. Quindici giorni, dottore. E ne ha d'avanzo».

Simoncini aggrotta le sopracciglia: sembrano ancor più due piumini pronti a spolverargli lo sguardo. Ma quello resta limpido sopra un sorriso forzato: «Ci provo».

«Ci riesca» conclude Isa distogliendo gli occhi.

Possono andare. È in mezzo a un processo difficile, non c'è bisogno di chiedere o leggere i giornali per indovinarlo. Tesa, stanca, scontrosa. Tutte ragioni per cui Maurizio si era innamorato di lei: come molti uomini, si era illuso di poterla proteggere.

«Particolarmente simpatica, oggi» commenta Simoncini appena fuori dal tribunale. «Con quel taglio mi fa pensare a una scolaretta doppiata da Schwarzenegger».

Nardi ride. Un po' gli dà fastidio se la si prende in giro, un po' è stufo di essere così esposto a ciò che sono stati. È passato un sacco di tempo, sono andati avanti tutti e due.

Però come si fa.

Sembra Peter Pan, cazzo.

«Controlla le telecamere in zona, anche le private: ville, distributori, uffici, banche. Fatti aiutare da tutti».

Prima che Mileto esca, Maurizio aggiunge: «Guardami se c'è il dossier, per favore».

Mileto è rapido, efficiente. Dopo qualche minuto chiama: no, il dossier non c'è. Non hanno nessuna informazione da cui partire. D'accordo, pensa, vediamo il telefono. Recupera il numero e il codice IMEI che Mileto ha estratto dal cellulare di Antonella, compila la richiesta dei tabulati dell'ultimo mese. Bisogna scoprire chi contattava, il suo giro di amicizie e conoscenze, da chi veniva chiamata, quanto spesso, a che ora.

In cinque minuti l'autorizzazione arriva. Forse Isa si sente in colpa per come l'ha trattato stamattina, o forse ha ripensato a quella volta in cui lui le aveva consigliato di portare anche qui dentro un po' della dolcezza che sapeva avere fuori, quando si lasciava andare. O forse, più probabilmente, era alla macchina del caffè e l'occhio le è caduto sul messaggio.

Nardi inoltra la richiesta ai gestori telefonici, bisognerà aspettare due o tre giorni. Adesso non rimane che muoversi. Controlla di non aver lasciato nulla di utile sulla scrivania, chiama Mileto e gli dice di incaricare qualche appuntato del controllo delle telecamere.

«Vieni con me dalla madre».

La casa è fuori dalle mura, in Borgo Santo Stefano. Una zona popolare, che sembra un pezzo di campagna: l'alimentari che fa da giornalaio, la bocciofila con il chiosco di bibite, la radio accesa, il campetto da pallacanestro e le altalene nel giardino. Nardi suona il citofono, si sente da qui: Saveria Franchi abita al primo piano. La tenda della portafinestra si tira, spunta un paio d'occhi rapidi. Il portone scatta.

«Vi faccio un caffè».

Saveria Franchi non domanda, ma nello svitare la caffettiera trema e sparge la polvere sul ripiano.

«Volete vedere la sua stanza?».

«Dopo. Grazie, signora».

Maurizio non dice nulla quando la donna gli versa un cucchiaino pieno di zucchero: «Prima avremmo bisogno di parlare un po' con lei».

Saveria Franchi mette una latta di biscotti sul tavolo, si siede.

«Vorremmo capire che abitudini aveva sua figlia».

«In che senso?».

L'impressione di rotondità svanita, adesso è fil di ferro.

«Aveva amici?» chiede Mileto.

«Pochi. Qualche amica dai tempi del bar».

«Come mai è stata licenziata?».

«Ne hanno presa una più giovane».

«E le amiche che aveva erano colleghe o clienti?» chiede Maurizio.

«Clienti, credo».

«Usciva la sera con loro o frequentava qualcuno?».

«Ogni tanto».

Stanca, fiacca. Le deve costare fatica anche solo respirare.

«Ci può dire qualcosa del suo lavoro?».

«Si occupava della Bacci. In questo momento non mi ricordo il nome... è molto malata, paralizzata a letto. Andava da lei e cucinava, puliva la casa».

«Le sembrava che andasse tutto bene là?» chiede Mileto.

«Sì, era contenta. Dopo il licenziamento si era messa a fare un po' quello che capitava, soprattutto le pulizie. Ma non le piaceva. Questo lavoro sì».

Maurizio scosta il caffè che non riesce a finire, appoggia una mano una sull'altra aggiustando la voce: «Sa se aveva una relazione sentimentale?».

«Non credo. Non lo so».

«E che lei sappia aveva preoccupazioni, problemi di qualche tipo?».

La donna stringe le labbra. Dietro, sta montando una delle migliaia di onde di dolore che d'ora in avanti la investiranno a tradimento, anche quando le sembrerà, per un momento soltanto, di pensare ad altro.

«Non mi sembra. Me l'avrebbe detto?».

Lo dice così, con un punto interrogativo. Come se il modo in cui è morta sua figlia le avesse indelebilmente storpiato la coscienza che aveva di lei.

«L'altroieri sera è tornata a casa come sempre, alle otto. A volte andava in pizzeria, ma non spesso. Mangiavamo, guardavamo un po' di televisione e poi mi dava la pastiglia per dormire. Non dormo, senza. Lei andava a letto più tardi, non so quando di preciso. La mia camera è al piano di sopra, la sua è giù. Io la vedevo solo la mattina dopo. Ieri, scendendo a preparare la colazione, l'ho chiamata e non c'era. Era strano, non dormiva mai fuori casa. Poi ho visto che il letto era fatto e che il cellulare era attaccato alla presa. Non esce mai senza perché sa che la chiamo. Ogni tanto ho bisogno che mi faccia delle commissioni».

Il presente, l'illusione momentanea che sia ancora e per sempre tutto normale.

Maurizio finge di non essersene accorto.

«Che ora era quando l'ha vista l'ultima volta?».

«Saran state le dieci, guardava un film alla televisione. Io sono andata a dormire».

La donna è curva sul tavolo, alza gli occhi cavi, il resto del corpo pare staccato.

Nardi si ferma.

«Possiamo dare un'occhiata alla sua stanza?».

Saveria si volta, indica con il dito: «È quella».

2 aprile 1965

Carissima mamma,

Sono sei mesi che sono ricoverata e ti scrivo oggi per dirti che sto molto meglio.
Le cure che ho ricevuto e le tante preghiere mi hanno dato il tempo di riflettere su quello che è successo e su tutte le difficoltà che so di avervi dato.
Ho tanto nuociuto a te e al babbo, e così anche alla mia amata sorellina Tilde... però ti prego di credermi che le cure del medico e delle infermiere hanno già fatto effetto e quindi ti chiedo mamma mia amata di parlare con il medico e con il Direttore Egregio per farmi uscire.
Potete venirmi a prendere quando vi fa più comodo nella giornata. Quando chiudete il negozio o anche prima di aprire. Qui si mangia sempre molto presto, ma non mi costerebbe nulla di nulla aspettare in camera mia che voi venite... bisognerà soltanto avvertire le guardie che io non posso scendere a mensa perché vi aspetto e di restituirmi i pochi beni con cui sono entrata qua che constano in una gonna rossa plissettata regalo del mio ultimo compleanno, una camicetta gialla che aveva uno strappo perché, come ricorderai, resistetti alla forza di quegli infermieri. Poi un paio di scarpe che non importa se lasciamo qui per chi ne avrà bisogno... non erano nuove e nemmeno più buone ma sono ancora sufficienti per chi è arrivata qui scalza e ti assicuro cara mamma che sono tante le donne invecchiate in questo posto che ci sono state mandate perché le famiglie non avevano il modo di tenerle in casa o sposarle.
Per questo mamma ti chiedo di venire a prendermi subito... io non sono <u>pazza furiosa</u> come le mie compagne di camerata

o povera come tante ragazze qui. Diversamente da loro sono andata a scuola. Questi mesi di cura mi sono serviti ho anche ricominciato a pregare! e mi sono rimessa completamente e saprò essere utile in casa e nel negozio come non sono stata per causa di quei malanni FISICI che mi hanno fatto tanto soffrire e che sono pesati così tanto su di voi... chiedi per favore scusa a Tilde per me fino a quando non lo potrò fare io di persona appena vi riabbraccerò tutti con gioia.
Salutami tanto anche il babbo e la zia Erminia e dille che prego ogni giorno che può guarire dalla sua brutta malattia... ditele anche però che è molto fortunata a non dover passare il tempo della cura qui insieme ai tubercolosi che mettono a prender l'aria che sale dal mare su ai padiglioni in collina. Io sto quiggiù, vicina all'ospedale attaccata alla strada. Così sarà anche meno faticoso per voi venirmi a cercare anche se forse il medico e il Direttore mi permetteranno di aspettarvi su una panchina appena fuori per potermi godere il piacere dell'attesa vostra e la gioia immensa che proveremo tutti nel ritrovarci.
Perché sono sicura che anche tu mia cara mamma sarai felice come me di ritrovarci e di vedermi guarita e piena di voglia di essere utile a te e al babbo e Tilde e anche alla zia Erminia che potrei andare a trovare ogni giorno e portarle le medicine che le servono...
Spero che tu vorrai rispondere a questa mia lettera. Ho scritto una lettera anche a Tilde il mese scorso, ma neppure lei mi ha scritto. Spero che non vi siete dimenticati di me come io non mi sono dimenticata di voi e del bene grande e benedetto che vi voglio. Ti aspetto dunque mia dolce mamma e nel frattempo prego per te e per tutti a casa.

Tua figlia, Rita Guerrieri

P.S.
Ho scritto anche il mio cognome non per stranezza, io sto bene mamma sto benissimo, ma a beneficio dell'Egregio Direttore che è molto buono con me e con tutte le ricoverate e che sono sicura che è un uomo molto giusto e saprà capire che deve permettermi di uscire AL PIÙ PRESTO così col cognome capisce che sono io e non ci saranno più errori come quelli commessi fino a oggi. Ma io non ce l'ho con nessuno Egregio Direttore e cara mammina sono tranquilla e guarita e non vedo l'ora di tornare a casa.

14 giugno 2019

«È iniziata con una dieta. Inizia sempre con una dieta. E pensi che sia quello l'inizio vero».

Malina la guarda: «Non è così?».

«No. Quando ti metti a dieta, il malessere ha trovato una forma. Ma c'era già».

Non sa perché gliel'abbia detto. Può darsi sia stata quella frase, Ognuno di noi fa come può, che le è rimbalzata in testa. La calma, la mancata evangelizzazione del, Devi nutrirti, essere sana, peserai sì e no quaranta chili. No, non pesa quaranta chili, non è mai pesata quaranta chili, non ha mai voluto uccidersi. Ma difendersi, sì.

«Un sintomo. Potevo scegliere la droga, il sesso, una nevrosi maniaco-ossessiva... che so, aprire e chiudere la porta di casa trenta volte prima di uscire».

«Avresti perso molti treni».

Giorgia la guarda, ride. «Capisci?» chiede poi seria.

Rimane faticoso parlarne. Sapere come farlo, cosa si sa, cosa è ancora lì, a guardarci e dominare.

«Ero andata in Belgio con una borsa di studio» riprende «la prima volta fuori casa per mesi. E si vede che stando lontana così a lungo qualcosa è scattato».

«Non stavi bene là?».

«No. Ero come... a parte. Andavano tutti d'accordo, facevano amicizia, erano insieme ai corsi all'università, erano *dentro*. Io invece frequentavo un programma di cui ero praticamente la cavia, i corsi non erano in inglese, ero sempre sola in biblioteca, abitavo sul Ring, lontano dal centro, dagli altri».

Sul Ring. Da quanto non ci pensa: l'anello di strade che circonda le città del Nord, il bordo da cui muoversi verso il centro, da cui guardare le vite degli altri.

Fuori c'è il sole, un'aria di inizio estate. Ogni tanto il vento soffia tra le foglie dell'albicocco, in casa entra il profumo di gelsomino e dell'erba che stanno tagliando in collina. Giorgia si alza, va alla finestra. Fare una passeggiata attraverso Borgo San Lino, salire in centro. La voglia improvvisa di difendersi da quanto sta raccontando: la salute, la bellezza.

Si volta verso Malina: «Poi ho conosciuto un gruppo di studenti» continua «ed è andata meglio. C'era una ragazza di cui sono diventata amica. Un giorno trova una dieta su un settimanale e, visto che io mi ero appesantita molto negli ultimi mesi, decidiamo di farla insieme. Lei smette quasi subito, io continuo. Non dimenticherò mai la sensazione di toccare di nuovo il ginocchio».

«In che senso?».

«Ero esaltata».

Una mattina di primavera quando, invece della carne che negli ultimi mesi le aveva avvolto il corpo, aveva di nuovo sentito le ossa.

«Nel giro di poco ho diminuito le porzioni, sottratto alimenti. Una mattina ho avuto una vertigine molto forte, intuivo che aveva a che fare con la dieta, non sapevo che si trattava di un calo di zuccheri. Stavo perdendo peso molto rapidamente, intorno a me cominciavano a dirmi di smettere, che stavo esagerando, che andavo benissimo così... ma ormai... non riesci a fermarti».

Infila le mani nelle tasche del vestito, si tocca i fianchi attraverso la stoffa. La rassicura ancora oggi, misurare il proprio perimetro.

«Come ti sentivi?» chiede Malina.

«Un dio. Hai la sensazione di controllare quel che è primario: l'istinto a nutrirti. Controllare la fame. Se riesci a controllare quello, pensi, puoi tenere sotto controllo tutto. Niente ti può più raggiungere. Niente ti può più fare male. Nemmeno le persone che ami. *Soprattutto* le persone che ami. Nessuno ti invaderà più. Nessuno più ti dirà come devi essere. Lì ci sei solo tu».

«Capisco... sì, posso capire».

Malina socchiude appena le palpebre. Pare rilassata, a suo agio.

Giorgia non ha mai visto nessuno reagire con questa naturalezza. Non che ne abbia parlato a molti, ma quelli a cui l'ha detto, hanno risposto subito. In modi diversi, ma hanno risposto: con il corpo, lo sguardo, le parole. La sorpresa, talvolta il rifiuto. Come una sua compagna di università, che l'aveva cacciata dalla stanza: «Ci sono persone che hanno problemi ben più seri dei tuoi. Quelle sono malate, non tu. Tu non hai il diritto».

Tu non hai il diritto.

Giorgia aveva impiegato mesi per staccarsi da lei. Dal suo giudizio, dall'offesa che, invece di allontanarla, l'aveva avvicinata ancora di più: Sono nuda davanti a te, amami.

Malina invece non le salta alla gola e non è in imbarazzo. Capisco, dice.

«Chissà la fatica. Anche solo ripensarci».

Giorgia la guarda, annuisce con energia: «Assolutamente. Ogni volta mi rendo conto che per anni la mia vita è stata controllata da quello».

«E adesso?».

Malina la guarda, Giorgia si chiude nelle spalle: «Guarire del tutto...».

I cani iniziano ad abbaiare. Un'esplosione, come fossero stati provocati.

«La volpe?» chiede Giorgia.

«Non so. Forse è passato qualcosa vicino al canile. Un cinghiale, una lepre. La volpe di solito esce con il buio, ma dopo le galline di Donato... ha ammazzato il gallo di Bice, lo sapevi?».

«No».

«Bice ha raccolto la testa là». Malina indica il prato oltre il muretto. «L'ha tolta appena prima che arrivassi tu. Ogni tanto ci trova degli escrementi. Chiuditi bene, di notte».

Giorgia osserva la collina, contro la quale è stata costruita la casa di Leonardo. Quattro scalini scendono dal terrazzo al prato che digrada verso il cancello, un sentiero unisce il retro della casa di Bice alla sua. La volpe dev'essere passata di lì, dopo aver catturato il gallo. Averlo trascinato sino al melo, averlo divorato, lasciando la testa.

I cani riprendono ad abbaiare, come non si abituassero mai.

La testa del gallo sotto il melo, sul prato. Il giorno del suo arrivo.

«Sai, parlare di quegli anni è un po' come ammettere quello che si sono presi».

«Cosa si sono presi?».

Giorgia la guarda e pensa che sono bastati pochi giorni e già le racconta queste cose. Che, dette agli sconosciuti, talvolta vengono fuori più pure: da lontano si vede con una chiarezza che da vicino è foschia. E poi l'avvicinamento di Malina, pratico e riservato. Di una che non vuole prendere.

«Tutto un pezzo di giovinezza» risponde. «L'età fertile in cui innamorarsi, fare figli».

Qualcosa dietro gli occhi, che non è visibile, che Malina non svela.

«Uscire nel mondo e farlo tuo, costruire un pezzo di esistenza che non c'era e partecipare, occupare uno spazio».

Giorgia sbuffa, come prima e dopo uno sforzo.

«Non sai quante volte mi sono sentita dire che sono fredda».

Giorgia guarda Malina, cerca di intuire se lo pensa anche lei.

«Ti farà ridere, ma avevo cominciato a registrare dei... dei monologhi, così, per vedere se sarebbe venuto fuori qualcosa di...».

Malina non ride: «Hai continuato?».

«No. Ne ho fatto solo qualcuno».

«Ti è servito?».

«Mi ha fatto pensare. Ci sono così tanti equivoci intorno all'anoressia... tanto per cominciare, lo sai che il significato di anoressia è sbagliato? *Mancanza di appetito*. In filosofia invece non descrive un'assenza di fame, ma di desiderio. E da una parte è così: diventi apatico, pensi solo a cosa mangiare e cosa non mangiare. Hai una fame incolmabile. Ma poi non è vero nemmeno quello: non è vero che non desideri. Desideri così tanto che non...».

Giorgia si osserva le mani, passa i polpastrelli sulle unghie scuotendo piano la testa.

«Ridursi a essere soltanto pensiero per impedire al mondo di devastarci di nuovo. Difendere chi siamo, cancellandoci. E, cancellandoci, gridare la nostra presenza. Assurdo, no?».

Malina si sporge: «No, non è assurdo. Non è affatto assurdo».

Giorgia la guarda stupita e, di colpo, si chiede se anche lei.

«Dimmi del Belgio».

«Del Belgio?».

«È un posto che mi ha sempre incuriosita. Come la Svizzera. Si pensa sempre che sia pieno di svarionati».

Giorgia sorride: «In effetti».

Dell'arrivo non si ricorda nulla. È andata in aereo? In treno? Comincia a ricordare dall'incontro con quella ragazza spagnola, in una sorta di centro di smistamento per studenti stranieri. Doveva andare via prima del previsto, cercava una persona che le subentrasse in casa, pescava nella fila dei nuovi arrivati per trovare qualcuno. Giorgia le aveva chiesto dov'era la stanza, quanto la pagava. A Leuven non era mai stata, non aveva idea di quali fossero le opzioni: era partita così, senza informarsi, tirandola in lungo fino all'ultimo minuto. All'università la aspettavano, non capivano perché non fosse arrivata all'inizio del semestre.

La ragazza – come si chiamava? – l'aveva convinta quasi subito. Facciamo questa cosa più rapidamente possibile, si era detta Giorgia, che il tempo acceleri e me ne possa andare. Non si era ancora resa conto di quanto fosse spaventata. Dal mondo. La mia ostrica, diceva.

«La stanza era in una casa a due piani. Al piano terra abitava il signor De Smet, al primo c'erano due stanze, la mia e quella di un'altra studentessa, si chiamava Anja. Studiava Medicina, la vedevo la mattina a colazione. Il signor De Smet faceva il bucato per noi, ogni tanto ci dava delle fette di torta alle mele. Un uomo solo, innamorato di una ragazza che ogni tanto lo veniva a trovare. Quando le tende del suo appartamento erano chiuse, voleva dire che lei era lì e non lo potevamo disturbare. Non ho mai capito se avessero una storia».

Il signor De Smet.

Non pensa a lui da anni. Gli occhi pallidi, uno spruzzo di capelli bianchi spettinati, l'aria di disperazione appiccicata anche ai vestiti. Controllava che la sua bicicletta e quella di Anja fossero nell'atrio ogni sera prima di andare a dormire, verificava che non avessero bisogno di qualcosa all'Unic di Heverlee quando ci andava. Era stata Anja a dirle di quella storia di Nathalie. Gli chiedeva soldi, ogni tanto. Anja lo aveva detto con disprezzo: Nathalie doveva essere poco più grande di loro, il signor De Smet aveva sessantacinque anni. Giorgia l'aveva incrociata solo una volta, sulla porta di casa. Una ragazza brutta, trasandata. La faccia tonda, lo sguardo slavato, i vestiti raffazzonati da un banco del mercato, i capelli crespi ed elettrici. Nathalie l'aveva a malapena salutata mentre si infilava in casa del signor De Smet chiudendosi immediatamente la porta alle spalle.

«In casa io ci stavo poco. La mattina andavo nella biblioteca dell'università, a pranzo mi trovavo all'Alma, la mensa, con gli altri. Uscivamo la sera, a mezzanotte. Andavamo al Tir Na Nóg, un pub irlandese dove restavamo fino a notte fonda. Io il Kantus non l'ho mai fatto, qualcuno degli altri sì: giravano tutti i locali della città e bevevano fino a quando collassavano. A me piaceva ballare. Di giorno correvo e di notte ballavo».

Il parco di Leuven. Andava a correre su una pista che portava in mezzo a un bosco, dove ogni tanto spuntava qualche coniglio. Aveva scoperto che una palestra offriva dei corsi di aerobica gratuiti agli universitari, li frequentava prima di correre. Gli amici la guardavano con ammirazione, la ragazza che era diventata sua amica aveva invece capito, provava a dirle di riposarsi, andarci più piano. Una volta avevano quasi litigato. Una discussione nata perché Giorgia aveva smesso di uscire con gli amici quando era per mangiare. Mangiava a casa, da sola. Non vista. A pranzo in mensa si serviva sempre della stessa cosa: un piatto di riso in bianco, un contorno di cavoli rossi crudi, un cucchiaio di salsa allo yogurt, che avrebbe abolito presto. La sera un'insalata.

«Sei diventata uno scheletro» aveva detto l'amica quel giorno.

Giorgia si era guardata il braccio, compiaciuta: «Ma va'».

«Guardati, sei magrissima».

«Sono giusta».

«Devi smetterla con la dieta».

«Smetto quando è ora».

«E quando?».

Giorgia mangiava pochissimo davanti a loro e quando andavano in Grote Markt a mangiare le *frites*, lei non li seguiva più.

«Mi fanno schifo tutte quelle salse».

«Fai a meno» aveva insistito l'amica.

«Non mi va. E poi ci andate sempre prima di cena, io voglio mangiare normalmente».

«Non è tardi, a cena mangi lo stesso».

«Ma sei matta? Non sono mica un porco».

«Vieni una volta, no? Stiamo tutti insieme, prendiamo una birra. Poi fai come vuoi, ma...».

«Esatto» aveva detto lei. «Faccio come voglio».

L'amica taceva, preoccupata. Una volta soltanto aveva insistito: «Devi mangiare, Giorgia. Così non risolvi niente».

Giorgia l'aveva guardata con freddezza, squadrando quel suo corpo grasso, sudato dentro i vestiti leggeri.

«Non mi pare che mangiando si risolva granché».

A quel punto si era messo in mezzo un amico del gruppo, rimasto indietro ad aspettarle: «Senti, noi andiamo. Se vuoi venire, bene, sennò fai un po' il cazzo che vuoi».

«Non vengo».

L'amica non si era mossa: «Io vi aspetto qui».

«Perché?» aveva chiesto lui.

«Guarda che non ho bisogno di un guardiano» aveva detto Giorgia.

«Non è per...».

«Vieni via» il ragazzo aveva preso l'amica per un braccio «lasciala perdere».

«Me la fai ascoltare qualche registrazione?».

La voce di Malina la raggiunge dentro la zona di disagio in cui si è infilata. Ricordare il Belgio le fa ancora effetto. La bellezza della città, i cieli grigi e piovosi, la borsa di studio, gli studenti che venivano da tutta Europa, le cene spagnole, le mattine pigre guardando l'orizzonte senza fine fuori dalla finestra, le biblioteche, le gite in Olanda, i fine settimana sul mare del Nord. Ognuna di queste cose è stata afferrata e torta. Come togliere l'acqua: rimane la polvere, un colore opaco e smorto che del pulsare della vita non trattiene nulla.

Giorgia esita. Le registrazioni sono poche, appunti letti dentro il telefono. Non sa neppure perché abbia cominciato.

«Magari un'altra volta».

«Come vuoi».

Poi, subito dopo, Malina fa un sorriso.

È un lampo, ma a Giorgia non sfugge l'insofferenza.

«L'hai messo il Lexotan?».

«Sì».

«E allora perché non dorme?».

La testa ricade, è stato un momento. La sensazione che nella stanza ci fosse qualcuno.

Ho mangiato: una crema di verdure? Semolino? Purè di patate? Qualcosa di morbido, freddo. Il cucchiaio che qualcuno mi ha messo in bocca tenendo su la fronte con una mano.

La bocca mi fa male: gli angoli, il palato. La lingua tocca le gengive gonfie, la gola brucia.

«Tieni» sento.

Poi: «Apri».

Dita a tirarmi giù il mento, il bordo freddo di un bicchiere, una bottiglia, una borraccia, non capisco.

Acqua.

Bevo.

«Basta» dice un'altra voce.

Sono due? Tre?

Rimettono il bavaglio, è un bavaglio, non vogliono che gridi. Girano intorno, sistemano cose. Non apro gli occhi per provare a capire, far credere che sto dormendo.

Fai attenzione.

Ascolta.

Sto per riaddormentarmi, sento già lo stordimento salire.

Lexotan. Mi mettono il Lexotan nell'acqua per farmi dormire.

Il corpo è indolenzito, le natiche e la schiena mi fanno male. Da quanti giorni sono qui? Mi sveglio di quando in quando, vedo la luce, il buio, poi la luce.

Raccolgono qualcosa da terra, sento un rumore metallico, l'odore del cibo che ho mangiato, qualche cucchiaio di una pappa fredda, puzza di sudore. Non il mio. Non è il mio odore.

Ho freddo.

«Hai preso tutto?».

Un uomo? Una donna? Sussurrano, non sento, non capisco. Sono voci che conosco? Riconosco qualcuno, qualcosa di familiare?

Fai attenzione.

Stanno uscendo.

Hanno controllato tutto: il bavaglio, le caviglie e i polsi. Una mano mi ha premuto sul petto, sfiatato i polmoni. Mi hanno spinto sulla schiena, tirato qualcosa, ho sentito un dolore acuto alle braccia, una stretta.

«Molto bene» una voce mi ha bisbigliato nell'orecchio. Una donna?

Poi i passi si sono allontanati, il bagliore di una lampadina o una torcia per un attimo, o forse la luce di fuori, forse una porta che si è aperta e chiusa. Dove sono?

Buio.

Freddo.

Silenzio.

15 giugno 2019

Oggi è rimasta in casa tutto il giorno. I cani hanno latrato ancora, ha dormito poco, fatto sogni bizzarri. Qualcosa che aveva a che vedere con dei lupi e la campagna dei suoi nonni. Aveva voglia di aria fresca. Scrollarsi di dosso l'impressione lasciata dai racconti sullo zio di Malina, l'immagine di lei bimba: la testa sotto le lenzuola mentre le volpi maciullano le galline nel pollaio.

Alle finestre di Malina non ha visto luci, fuori non c'era nessuno. Giorgia ha proseguito.

Ines l'ha accolta con il solito sorriso aperto e dolente. Ha chiesto di suo padre, della vacanza a Volterra: si sta riposando?

Non c'era molta gente, Giorgia si è seduta vicino alla cucina, da dove ogni tanto Ines sbucava per fare due chiacchiere. È rimasta tutta la sera, ben oltre il tempo necessario a mangiare il risotto che Ines ha raccomandato: «Gliene faccio meno, ma lo assaggi».

Un risotto ai funghi, che in questo mese spuntano nei boschi nemmeno fosse autunno. «Maggio piovoso e adesso giugno così» ha detto Ines indicando fuori. Fresco, la sera quasi freddo. Per Giorgia, almeno, che lo patisce. Ha anche guardato nei cassetti di Leonardo per cercare un maglione.

«Siete diventate amiche».

Ines si è seduta al suo tavolo a fine serata, lasciando che il cameriere e i cuochi si occupassero di pulire sala e cucina.

Amiche. Era da tempo che Giorgia non stringeva un'amicizia nuova, o che non ci pensava. Sempre stata lenta, lei. Facile a fare conoscenza, millimetrica a fidarsi. Lasciare entrare. Per questo vive bene a Milano: un luogo abbastanza grande da non soffocarla e permetterle di muoversi inosservata, prendere le misure dell'altro, nascondersi. La fa ridere, ogni tanto, il finto calore della città: tutti sorridenti, amichevoli, energici. Sembrate la pubblicità dell'Aperol, pensa quando tutte quelle smorfie la infastidiscono. Non vi ricordate nemmeno il nome della gente, "grande" di qua e "tesoro" di là, come si chiama la barista a cui chiedi il cappuccino ogni giorno, come mi chiamo io? Virate di collera improvvisa, che la colgono quando pensa di essere tranquilla. Colpa dello stress, direbbero. La colpa è di tutt'altro, invece, qualcosa che negli anni le ha instillato e alimentato una rabbia violenta, che soltanto da poco ha preso a uscire. Prima stava tutta in profondità, a vorticare dentro.

Amiche. Di certo, sente che hanno qualcosa in comune. Non ha ancora capito cosa, è una questione di pancia, il linguaggio primitivo di chi si riconosce annusando. La mia collera, pensa. È come se Malina la capisse. Il fuoco al posto del ghiaccio.

Poi è vero, per l'amicizia ci vuole tempo. Amico è qualcuno di cui ti fidi ciecamente, a cui consegni una parte di te. Ci vuole tempo. Ci vogliono le prove che non rimarrai solo, che non cercheranno di fagocitarti, che non ti verrà chiesto di essere qualcun altro, qualcuno che corrisponda alla loro visione di te. Alzare l'asticella di un centimetro alla volta, dirti, Al prossimo salto sarai perfetta, alla prossima prova ti vorrò bene. Questo faceva Claudio, che eppure l'ha amata. Questo hanno imparato quelli come lei e Claudio essere il linguaggio dell'amore.

Malina non le sta chiedendo niente. Nemmeno se il succo di sambuco l'ha poi bevuto o versato nelle piante.

«Malina ha una storia tosta alle spalle».

La voce di Ines la fa trasalire.

«Le ha detto di sua madre?».

Tutto bene? Ti diverti?

Il messaggio del padre è arrivato un'ora fa.

Benissimo. A parte che c'è una volpe che gira per le colline e fa strage di polli. Stasera sono tornata da Ines, ho mangiato un risotto ai funghi strepitoso. Ha chiesto di te. Magari riesci a fare un salto qui prima della fine del mese. Andiamo a mangiare da lei.

Non ci è più venuto. Solo l'anno scorso, ancora rintronato dalla morte della moglie. Uno stupore, nemmeno avesse subìto un affronto a tradimento.

Aveva passato settimane a muoversi più lento, ragionare a spezzoni. Il lutto gli aveva saccheggiato l'agilità della mente e del corpo, come si fosse guastato. C'erano voluti mesi perché i meccanismi del suo pensiero riacquistassero fluidità e i gesti si compissero senza singhiozzi. Aveva accettato di venire a Volterra in quello stato di sbigottimento: lasciandosi portare, come un cieco che ha perso il bastone.

Giorgia ricorda bene le mattine con lui: sveglia all'alba, caffè forte, Fai delle sciacquature, diceva, scarponcini e cappello. Papà, non andiamo in rifugio. Io cammino così.

E partivano. All'inizio intorno alle mura di Volterra, poi sempre più in là, fino a Montebradoni, Roncolla. Una volta a Saline, ma avevano dovuto chiamare un taxi per tornare indietro: al padre erano venuti dei crampi terribili che si erano distesi soltanto dopo ore. Mangiava poco, beveva appena. Una sera Giorgia l'aveva portato da Ines che, delicatamente, lo aveva persuaso a ordinare un piatto di carne.

Deve rimettersi in forze, aveva detto con gentilezza, deboli e stanchi non serviamo a nessuno.

Non m'importa più niente di nessuno, signora, aveva risposto lui, ma subito dopo aveva stretto una mano di Giorgia e si era scusato.

L'anno successivo Giorgia avrebbe voluto che tornasse a Volterra almeno per una settimana, ma lui aveva rifiutato.

Per lui le vacanze erano in montagna, lontano dal caldo e dalla ressa. Non c'è ressa a giugno, gli aveva risposto lei, ma il padre aveva rinviato e poi, alla fine, il mese era trascorso.

È vero, d'altronde, che la montagna gli fa bene. E Lillaz è un incanto. Ogni mattina suo padre va alle cascate a leggere o sedersi su una roccia in alto, finché non sente caldo. Lo stesso rito mattutino da anni, quando la moglie era viva. Giorgia non insiste: qualsiasi cosa lo sollevi, per lei va bene. La montagna aspra della Valle d'Aosta anche in vacanza, il vento. Più gli elementi sono austeri, meglio gli si confanno. Suo padre detesta la campagna piatta e il mare d'estate. Ha bisogno di scontri, opposizioni, resistenze. Soltanto lì trova un interlocutore all'altezza della sua pena.

Giorgia lo immagina in baita da solo. Sono le dieci, si starà preparando per dormire. La cena fredda, Hanno ragione i tedeschi: pasto caldo a pranzo e pane e salame a cena, la passeggiata nelle vie del paese, il saluto al proprietario dell'albergo dove alloggiavano prima di comprare casa. Due parole, una stretta di mano. Il silenzio dello chalet, che diventerà presto scomodo, costruito fuori dall'agglomerato di case in centro, sulla salita quasi dentro il bosco.

Tu come stai? Sei andato a fare qualche giro? È già iniziato il festival?

Potrebbe chiamarlo, scrivergli più spesso. Invece manda questi messaggi lunghi che lui deve leggere inforcando gli occhialoni da bolscevico, come diceva sua madre.

Il trillo della risposta: *Non ancora.*

La verità è che vorrebbe sua madre, qui con lei. Adesso che ha attraversato il dolore più violento, il primo, quello che l'ha travolta quando era convinta di essere preparata, avverte il sibilo di quello destinato a rimanere, subdolo e sottile, che come uno sfiato sgorga in superficie attraverso fessure schiuse. Dimmi di quando eri giovane, le chiedeva. E la madre raccontava di quella volta che era salita in montagna con un fidanzato e, in mezzo a una litigata feroce, lui era scivolato e si era rotto una caviglia, e lei aveva aspettato che si scusasse prima di chiamare i soccorsi. Oppure del suo lavoro appena diplomata: la maestra in una scuola di paese dove in classe faceva sedere anche la bidella, una ragazza che aveva la quinta elementare e non aveva potuto continuare a studiare. Dell'incontro con suo padre, che era stata una coincidenza dietro l'altra e tutte le sue amiche lo chiamavano destino. Delle sere trascorse a chiacchierare sotto le coperte con la sorella: dirsi i segreti, fare progetti di felicità, darsi una carezza. Delle notti passate a guardare lei appena nata nella culla, sorvegliarla come se potesse volatilizzarsi o rompersi.

Poi, d'un tratto, le parole di Ines su Malina.

Come deve essere stato, pensa, crescere così. Portarsi dietro quella storia.

2 luglio 2019

Un cenno del capo. In trasparenza, tutto rovinava al suolo, ma in superficie solo quello: un sì muto. È con i vestiti che è venuta fuori la tenerezza. Per questo è penoso avere a che fare con gli oggetti dei morti: più di un corpo sfigurato, contengono la sostanza dei vivi.

Saveria Franchi ha accarezzato l'abito della figlia, ne ha steso le pieghe prima di ritirare le mani («Devono essere esaminati, signora»), come se Antonella, ancora ragazzina, l'avesse buttato in mezzo alla stanza e lei l'avesse raccolto per riporlo nell'armadio.

È difficile liberarsi di quelle immagini, ogni volta. Lo sguardo di un genitore, più di quello di un figlio, lo rincorre fin dentro il sonno: un buco nella notte.

E un buco è il tempo trascorso dall'ultima volta che Saveria Franchi ha visto la figlia all'ora in cui il corpo è stato ritrovato ai piedi delle Balze.

Al bar dove Antonella Franchi aveva lavorato il proprietario non c'era, solo una ragazza di circa venticinque anni dietro il bancone.

Hanno parlato anche con una donna che ha detto di essere un'amica di Antonella. Non si sentivano da tempo, non era facile incastrare gli orari da quando Antonella era stata licenziata.

«Sa perché è stata licenziata?» ha chiesto Maurizio.

Raffaella Sanzi ha indicato la barista: «Hanno preso lei». Poi, abbassando la voce: «Sarà anche più brava coi cocktail, ma di certo è molto più disponibile di Antonella a prendersi il cazzo del padrone».

Mileto ha dato un colpo di tosse, la spietatezza fra donne lo mette sempre in difficoltà.

«Grazie, signora. Possiamo richiamarla, nel caso avessimo bisogno?».

«Quando volete».

Il proprietario nel frattempo è arrivato, la fronte bassa corrucciata, preoccupata: «Cos'è successo?».

Rimanere vaghi, essere sempre quelli che fanno le domande: la sottile ma indiscussa asimmetria del potere.

«No, Antonella non ha mai dato problemi, sì, era brava... ho cambiato perché c'era bisogno di una maggiore professionalità. Giada è diplomata bartender, la clientela apprezza, c'era necessità di dare maggiori alternative, una preparazione certificata».

Lo spiegone senza pause che certamente l'uomo deve aver rifilato ad Antonella prima e a tutti quelli affezionati a lei poi. Per dimenticarsene presto e affezionarsi allo stesso modo a quella nuova.

Nardi e Mileto hanno fatto le solite domande: che persona era, se avevano avuto questioni con lei, a che ora finiva il suo turno. Antonella non ha mai creato problemi, non frequentava brutta gente. Al medico Maurizio chiederà anche i risultati dell'esame tossicologico, per capire se era una faccenda di droga, ma si stupirebbe, non sembrava una che si drogava o che aveva qualche tipo di contatto con il crimine.

Bisognerà anche sentire la donna di cui Antonella si prendeva cura, se è in grado. Clelia Bacci, sposata con Donato Bacci, senza figli.

«Fa' una cosa, Mileto, manda un'interrogazione alla banca dati e dimmi chi è 'sto qua».

Ma poco o nulla anche lì: una multa per eccesso di velocità, nessun arresto o frequentazione strana. È stato fermato una volta sola in un night dove c'erano prostitute, nient'altro.

Invece l'ex marito non l'ha convinto. Dario Scarselli. È arrivato con qualche minuto di ritardo, nervoso. Secco, scattante, una coda di cavallo stempiata, dita gialle e alito cattivo. Ha detto che quella sera è andato in un bar con degli amici, sono rimasti fino alle undici, poi ognuno a casa sua.

«Qualcuno l'ha vista rientrare?».

«No».

Era tardi, dice, e vive solo.

«Aveva problemi con la sua ex moglie?».

«Problemi? Che tipo di problemi?».

«Non so, mi chiedo se discutevate per qualche ragione particolare ultimamente».

«Chi le ha detto che discutevamo?».

Teso, sulla difensiva. L'hanno tenuto in caserma tre ore. Alla fine Maurizio aveva voglia di mettergli le mani addosso.

Hanno mandato un appuntato a chiedere al bar: è stato visto quella sera, era con amici, è uscito intorno alle undici. Era ubriaco? Sembra di no. Corrisponde a quello che ha detto. Ma non vuol dire, Scarselli può aver bevuto dopo, oppure semplicemente non ha rovesciato gli sgabelli del bar e per un barista è tutta la sobrietà necessaria. Però nessuno ha notato in che direzione è andato, e nessuno lo ha visto entrare in casa e uscirne la mattina successiva. In più, ha un precedente per rissa.

Uno che mena le mani.

Anche se non è caduto in contraddizione.

A nulla è servita la strategia che Nardi mette in opera quando ha di fronte un sospettato: prendere un fascicolo voluminoso, uno qualunque, iniziare a sfogliarlo in silenzio mentre quell'altro sta lì, ad aspettare dopo alcune domande a cui non sa se ha risposto come doveva. Ogni tanto Maurizio si sofferma su una cosa, ne sottolinea un'altra, mostra a Mileto un appunto, Mileto annuisce e tace, grave, gli fa vedere una foto, che foto? come fanno ad avere delle foto? e Mileto la prende, osserva l'immagine e osserva il sospettato, non fa commenti, la restituisce marmoreo. Gli ripetono le stesse domande più volte, all'ennesima risposta tracciano un circoletto su un foglio senza guardarlo, lui vorrebbe chiedere perché, ma quelli passano alla domanda successiva, gliel'hanno già fatta, E – non ricordo esattamente – lei cos'è che aveva risposto? La tensione sale, l'odore nella stanza cambia, il sospettato deglutisce secco, a volte vuole bere, fumare.

Come Scarselli, che a un certo punto ha chiesto una sigaretta.

«Non si può fumare qui» ha detto Mileto.

Maurizio come sempre ha fatto finta di pensarci.

«Ma sì, per stavolta. Mileto, prendi un posacenere».

Quello fuma zitto, chiuso nelle spalle.

«Possiamo venire a casa sua, signor Scarselli?» ha chiesto Nardi alla fine.

«Perché?».

«Per dare un'occhiata».

Scarselli non è uno che ha tante remore davanti alle forze dell'ordine. Ha bestemmiato, sbuffato, si è dato una grattata alle palle: «Ma che cazzo volete da me».

Il mozzicone partirà per Roma, di modo che il RIS possa estrarne il dna.

Camera da letto, bagno e cucina con soggiorno. Un odore stagnante di sudore e fumo, mobili vecchi, che di sicuro erano già lì, alcuni vestiti buttati sul letto sfatto.

Nardi e Mileto hanno preso l'IMEI del telefono, Che cazzo è 'sto codice *mei*, diceva Scarselli smanettando sul cellulare che non ha voluto toccassero, hanno fatto richiesta dei tabulati appena tornati in ufficio, Però urgente Isa, ha insistito Maurizio, a me questo non piace per niente.

È tutto quello che hanno e sono alla fine del secondo giorno. Male. Più tempo passa, più diventa difficile risolvere un omicidio. Gli elementi si confondono, o vengono confusi: il tempo funziona da solvente, le prove si disperdono, nascoste o portate via dal vento, un acquazzone, un animale che sfila una scarpa con sopra il sangue dell'assassino.

Maurizio non dorme, sta alla finestra a fissare nel buio. Per quale ragione uccidere una persona così?

La dinamica ormai è chiara: Antonella Franchi è stata tramortita, strangolata e buttata nel burrone, ma perché? Una rapina andata storta? La borsa non c'è, può essere. Un femminicidio? Può essere anche questo. Può essere tutto, tranne un incidente o un suicidio. È stata uccisa, su questo non ci sono dubbi.

La strada è deserta, in lontananza si sentono i cani latrare. Ma cosa gli è preso? Meno male che lui e Lara abitano dentro le mura dove, una volta chiusi i ristoranti, si vive tranquilli. Maurizio china la testa, scrocchia le ossa. Gli fanno male i deltoidi, avrebbe bisogno di un massaggio, che Lara gli camminasse sulla schiena. O di una bella sigaretta, ma ha smesso di fumare sette mesi fa. Oggi, a momenti, per distrazione se ne accendeva una con Scarselli. Una fatica bestiale.

Comunque questo Dario Scarselli non lo convince proprio. Se fosse stato davvero lui ci sarebbe da dargli del coglione. Possibile che sei talmente cretino da uccidere la tua ex moglie così?

Però hanno sentito anche gli amici con cui era al bar: hanno confermato l'alibi fino alle undici, poi nulla.

Il buco.

Con chi è uscita Antonella dopo aver messo a letto la madre? Scarselli l'ha chiamata per parlare e poi l'ha ammazzata? Ma per cosa? Se devi discutere con il tuo ex marito, non lo vedi di notte, a meno che Scarselli invece non lo fosse, ubriaco. Se l'ha incontrata a quell'ora, deve comunque averla chiamata.

Maurizio si raddrizza, sospira: Vediamo cosa esce dai tabulati.

10 dicembre 1967

Mamma e Babbo,

Non so quale torto gravissimo vi ho fatto per meritare questo silenzio...
Oggi è il mio compleanno e in cuor mio speravo tanto di trovare un piccolo pensiero, una lettera Vostra. Ho sognato di Voi e di Tilde, che spero bene. Starà crescendo e a me dispiace così tanto non poterle essere sorella come vorrei perché sono chiusa in questo posto da dove non mi fanno uscire perché dicono che sono MALATA. Ma malata di cosa? I miei accessi d'ira, come li chiamano loro, sono la ragione che mi legano al letto ogni notte? Stateci voi qui dentro insieme alle donne che puzzano gridano e sbavano e poi vediamo come reagite! Perché Mamma cara e Babbo devo stare ancora qui? Io sto bene! Non c'è più nessuna ragione per punirmi come state facendo... ormai lo dovete sapere che posto è questo, perché mi ci volete tenere? Io posso sparire dalle Vostre vite se è questo che volete. Prenderò un treno per Pisa, andrò a cercare un lavoro là. Si potrebbe anche chiedere alla zia Erminia se ha ancora quella cugina a Siena dove potrei andare a servizio, non chiederei nemmeno una lira, soltanto di che mangiare e un letto dove non essere legata come un cane alla catena del cortile. Non me lo vogliono neppure dire come si chiama la mia malattia... isteriche ci chiamano le infermiere quando perdono la pazienza ma io non sono isterica! io non grido dalla mattina alla sera senza ragione, non mi attacco alle sbarre della camera come una cagna in calore...

Ho qualche incidente delle volte. Quando la disperazione ma chi non sarebbe DISPERATO? diventa insopportabile allora è vero lo ammetto con dolore e tanto pentimento faccio cose che poi chiedo perdono al Signore Benedetto. E Lui mi perdona e se LUI mi perdona chi sono questi dottori e queste guardie per continuare a punirmi come se ho ammazzato qualcuno? Non so da quanto tempo non mi fanno uscire... c'è un bel parco qui fuori, non fa ancora così freddo da tenerci dentro almeno a quelle più sane come me potrebbero far prendere un po' di aria. Invece no ci chiudono dentro una stanza e ci fanno girare in tondo in fila indiana. Fa troppo freddo per uscire e dovete fare movimento ma ci vogliono soltanto sfinire. E se il tempo è bello sapete cosa fanno? Ci fanno girare in tondo nel cortile fuori e io il parco non lo vedo mai.
Oggi ho chiesto al medico di farmi fare una passeggiata e darmi un bicchiere di vino. Lo sapeva che era il mio compleanno ma io gliel'ho detto lo stesso e lui ha risposto che appena sarò guarita potrò bere e uscire quanto mi pare e piace ma devo portare ancora un po' di pazienza. Quanta? ho chiesto. Quanta pazienza devo portare Mamma?
Qui il tempo non passa mai, la vita fuori la sento, non è che non la sento e forse è questo il peggio. So che fuori da questo posto dove non dovrei stare Voi andate avanti e io sto qui a marcire. Invecchio velocemente sai Mamma? Ho tutta la faccia piena di rughe... sono i segni del dispiacere ma non ti spaventare so che andranno via subito quando torno a casa da Voi o dalla cara zia Erminia o a Pisa o a Siena.
Ho imparato a fare tante cose qui: pulire i piatti e le pentole, mondare le verdure anche se cucinare no. All'inizio mi mettevano

in cucina con le cuoche poi non più perché una volta ho rovesciato una pentola d'acqua bollente. Per punirmi mi hanno rinchiusa due giorni dentro una stanza buissima ma io non l'ho fatto apposta! invece loro dicevano che volevo uccidere la cuoca... chi è il pazzo? È ragionevole che voglio uccidere la cuoca? Quel giorno forse ero arrabbiata e allora tremolavo un po'... ma LA VERITÀ *è che sono le medicine che mi fanno tremare sempre e per svagatezza mi è scivolato il pentolone dalle mani.*
Mi hanno chiusa dentro una stanza orribile piena di ragni e diavoli che mi hanno picchiata a sangue tutta la notte... botte terribili! sulla testa, che ancora ho un taglio che ha sanguinato tanto, i morsi sulle braccia e sulle gambe che se eravate qui a vederli Vi arrabiavate tanto e mi portavate subito a casa con Voi. Quando hanno visto come ero conciata sapete cosa hanno fatto? Mi hanno chiusa dentro una camicia coi lacci e mi hanno dato tante di quelle medicine che non mi ricordavo neppure come mi chiamavo! Adesso sto meglio cari Mamma e Babbo state tranquilli spero di non avervi preoccupato ma dovete pur sapere come trattano Vostra figlia in questo posto! Ho paura ogni notte che il diavolo torna a picchiarmi o che vengono il medico e gli infermieri e mi buttano dentro la prigione.
Mamma, Babbo, perché non mi volete più bene? Sono ancora la Vostra figliola e Vi giuro VE LO GIURO SU DIO! *che appena uscita da questo brutto posto me ne vado lontano da Voi per non arrecarVi più nessun fastidio e non esserVi pesante... Ma se Voi vorrete, soltanto se Voi lo vorrete, sarà una gioia grandissima e benedettissima tornare a casa da Voi e riprendere a essere una figlia devota e una sorella paziente per la mia adoratissima Tilde...*

Vi prego allora di rispondermi se volete mandarmi a Pisa o tenermi in casa con Voi. Scrivetemi presto, io farò come Voi deciderete ma non lasciatemi più qui.

La Vostra figlia che vi vuole tanto bene,

Rita

P.S.
Se non ricevete questa lettera è perché il Direttore e il medico l'hanno nascosta e bruciata.

16 giugno 2019

Giorgia si siede in terrazzo con il computer sulle gambe e una tazza di tè. È ancora presto, il cielo oggi è di un azzurro intenso, uniforme. L'aria più tiepida. Beve un sorso, inizia a leggere.

"L'ospedale psichiatrico di Volterra nacque nel 1888 in seguito all'istituzione di una sezione per dementi all'interno del ricovero di mendicità dell'ex convento di San Girolamo. Nel 1902 venne chiamato 'Frenocomio S. Girolamo' e nei decenni successivi conobbe un notevolissimo sviluppo, tale da essere considerato uno dei manicomi più grandi d'Italia, con oltre centomila metri cubi di volume".

Giorgia sfoglia il documento, scorre.

"Nel 1931 i malati provenivano dalle province di Pisa, Livorno, La Spezia, Savona, Imperia, Viterbo, Nuoro, Rieti e in parte anche dalla provincia di Roma. Le presenze medie giornaliere passarono dalle 150 del 1900 alle 4794 del 1939. I padiglioni, a mano a mano che venivano costruiti per ospitare i ricoverati in continuo aumento, venivano battezzati con i nomi dei più celebri studiosi e alienisti del tempo e tutt'oggi sono conosciuti con questi nomi: Verga, Kraepelin, Scabia, Charcot e Ferri. Una curiosità: il Charcot comprende una singolare stanza blu dove, nelle giornate di pioggia, gli infermieri facevano passeggiare gli ammalati in circolo e radenti alle pareti perimetrali, per fare in modo che si stancassero. Di conseguenza, un solo infermiere posto al centro della stanza bastava per tenerli tutti sotto controllo. Il Verga, invece, veniva chiamato internamente ‘La fossa dei leoni’: qui erano le donne a girare in tondo sotto la sorveglianza delle guardie”.

Soffia sulla tazza, guarda verso la casa di Bice e Malina. Le imposte sono aperte, devono essere entrambe sveglie.

“Il manicomio era dotato di un proprio acquedotto. Nel 1901 venne installato un impianto di illuminazione a gas di benzina con generatore interno all’istituto, sostituito nel 1910 dall’energia elettrica. C’erano fognature, arredi urbani, rotonde, giardinetti”.

Un posto stupendo, le ha detto Ines. Una città nella città. Peccato che da quando l’hanno chiuso sia in totale stato di abbandono. Di giorno ci entrano una ONLUS e la proloco ma è tutto pericolante, io non ci andrei. Dicono ci sia anche un brutto giro.

“Sotto la sua direzione, Scabia contribuì in modo originale alla limitazione dei mezzi di contenzione fisica del malato e alla terapia del lavoro, che prevedeva lo svolgimento di un’attività pratica in vista della guarigione o della stabilizzazione della malattia. Fece inoltre costruire all’interno dell’ospedale una falegnameria, un panificio, una lavanderia, un’officina elettrica, una calzoleria, botteghe di stagnai e fabbri, vetrai e una fornace per la fabbricazione dei mattoni. Nel 1933 venne istituita una moneta a uso esclusivo dei ricoverati lavoratori per gli acquisti dentro l’ospedale psichiatrico; ne furono coniati 70.988 esemplari”.

Giorgia scorre, non sapeva nulla di questo posto. Nessuno gliene aveva mai parlato.

Prima di tornare a leggere, sente un rumore: la porta di Bice che si chiude. Starà andando al lavoro.

“Per un certo periodo funzionò anche un ufficio postale autonomo. I malati venivano impiegati nei lavori edili e agricoli, nelle officine, nella lavanderia, nella cucina, negli scavi in terreno archeologico. Ogni anno veniva organizzato il Carnevale dei pazzi, che consisteva in feste da ballo e recite a cui prendevano parte ricoverati, infermieri e personale sanitario, cosicché il malato potesse scaricare in attività estroverse le sue anomalie psichiche".

Ci saranno delle foto?

"L'obiettivo era quello di preparare il malato al reinserimento, quando possibile, nella società. Questo portò allo sviluppo del cosiddetto manicomio aperto, inteso come sistema dove il malato non era costretto all'interno con la forza. Il cancello di entrata era spesso aperto, le strade comunali e provinciali attraversavano l'istituto e non mancavano i contatti tra i malati e il mondo esterno. Si concedeva ai ricoverati di andare al cinema in città o al bar, di fare piccole compere nei negozi esterni all'ospedale; inoltre vi erano malati-maestri che andavano nei poderi limitrofi per insegnare a leggere e a scrivere ai figli dei contadini, mentre altri erano impiegati negli uffici tecnici del manicomio o nella contabilità".

Giorgia sente dei rumori, guarda giù: Bice sta percorrendo il vialetto di fronte e risale verso il prato. Avrà bisogno di qualcosa? Si alza per salutarla, ma Bice da sotto non la vede e apre il cancello, entra, cammina verso la porta. Non suona. Giorgia si sporge: Bice è ferma fuori. Sembra che stia guardando in casa.

«Bice» la chiama.

Quella alza la testa di colpo, spaventata. Si confonde, la saluta. «Cercavo i gatti» dice «vengono sempre da questa parte».

«Non li ho visti».

«Ah, grazie».

Giorgia rimane in piedi sul terrazzo a guardarla tornare indietro. L'andatura dondolante, la schiena larga e curva.

Dopo un po' sente il motore di un'auto che si allontana.

Dà un'occhiata intorno in cerca dei gatti.

Strano, pensa.

Si risiede a leggere.

"Fino al 1963 all'interno dell'ospedale psichiatrico di Volterra veniva applicata senza riserve la legge n. 36 del 14 febbraio 1904, che disponeva il ricovero in manicomio dei soggetti affetti da malattie mentali che risultavano pericolosi per sé o gli altri o che suscitavano pubblico scandalo, strutturando così un rigido custodialismo. Questo accadeva anche sotto la direzione di Scabia".

Giorgia si fa attenta, rilegge, continua.

"Negli anni si inasprirono il regime poliziesco e il verticismo organizzativo. La struttura sanitaria e assistenziale era di tipo gerarchico e piramidale: ognuno era responsabile delle proprie azioni solo nei confronti delle persone da cui dipendeva direttamente. Era il primario che distribuiva gli ordini a tutto lo staff: gli infermieri eseguivano le disposizioni ricevute e i pazienti le subivano. Non c'era nessun tipo di rapporto tra di loro. Il clima era carcerario: gli infermieri venivano chiamati 'guardie' o 'superiori', avevano il ruolo di custodia e di sorveglianza, le finestre dei reparti erano protette da sbarre che di notte venivano chiuse a chiave".

Scende, scorre.

"Dal 1963 si svilupparono le prime idee di riforma e le prime pratiche alternative anti-istituzionali per arrestare il rigido regime che si era instaurato. Queste idee inizialmente furono seguite solo da pochi operatori. Alla fine del 1973 il consiglio di amministrazione dell'ospedale psichiatrico di Volterra pose le basi per un reale processo di superamento di tali norme grazie alla realizzazione di una comunità terapeutica. Il progetto iniziò a partire dal 1975".

Giorgia conta, dovevano essere quegli anni.

"Con la legge Basaglia inizialmente ci furono dei problemi da affrontare: il malato, dopo aver trascorso lunghi anni di internamento in ospedale psichiatrico, non era più in grado di vivere fuori. Quanto più era durato il periodo di permanenza all'interno dell'istituzione, tanto più era difficile il reinserimento all'interno della società. Inoltre alcuni cittadini si opponevano alla dimissione e alla presenza di ex ricoverati tra loro. La nuova legge veniva quindi applicata con difficoltà e lentezza".

Finisce il tè, sta per chiudere il computer quando gli occhi le cadono sulle ultime righe del documento.

"Le lettere che i pazienti scrivevano ai familiari durante la loro degenza in ospedale non venivano spedite, ma raccolte nelle rispettive cartelle cliniche. Non furono mai consegnate".

Quando arrivano mi sveglio.

Sono vigile finché non mi danno da mangiare. Poi il sonno di piombo.

Comincio a non sentire più il braccio sinistro. Mi sposto, provo a muovermi.

Un'ombra passa in fondo.

L'ombra – è un uomo? – ha qualcosa in mano.

Parla tra sé, non capisco.

Apro gli occhi.

No, bisbiglia. Si volta nella mia direzione. Chiudo gli occhi. Ascolto, con chi parla?

La voce gira via da me, riapro gli occhi.

Un uomo. Sta curvo su qualcosa. Lo conosco?

Parla con qualcuno. Non vedo altre persone, cerco nel buio, non vedo nessuno.

Si volta di nuovo, abbasso le palpebre.

Riesco a non addormentarmi. Sempre allo stesso punto della giornata. Prima che arrivino, forse è mattino, o sera. Non capisco. La luce a intermittenza. Dormo quasi tutto il tempo. Ma c'è questo momento. Prima che mi diano da mangiare, il Lexotan.

Vengono una volta al giorno.

Ho sete.

L'uomo si china, continua a sussurrare. È un uomo, sì. Non distinguo altro.

Sollevo un po' la testa, la appoggio alla parete. Riesco a tenere le palpebre abbassate senza chiuderle per intravedere qualcosa.

Non chiuderle. Guarda. Tra poco mi darà quella pappa, solo questo per tutto il giorno, il Lexotan nell'acqua, mi riaddormenterò per ore.

La testa gira.

Ho sete.

Fame.

Un dolore cavo allo stomaco, non sento più il braccio. Mi fa male la schiena, la parte inferiore del corpo. Ogni tanto mi cambiano di posizione: mi sdraiano, mi mettono su un fianco, sull'altro, mi siedono.

L'uomo si avvicina, parla. Non con me.

È qua.

Non chiudere gli occhi.

Paura. Se mi scopre.

Non chiudere gli occhi.

L'uomo si china.

Chiudo gli occhi.

«Ci sei?» dice.

Parla con me?

Non rispondo.

«No» dice. «Dorme».

Resta lì, sento un brusio. Sta parlando al telefono?

«Col cazzo» alza la voce.

La conosco?

Roca. Metallica.

Rifletti.

Non capisco.

L'accento è di qui. Non l'hai mai sentita?

Non ricordo.

«Puzza di merda, cosa vuoi che...».

Accucciato di fronte a me, parla al telefono.

«Adesso glielo do».

Sento qualcosa sfiorarmi il volto, spalanco gli occhi.

«Cazzo!».

Gli cade il telefono, scatta in piedi.

Lo guardo, fatico a sollevare la testa, le palpebre.

Lo guardo.

Recupera il telefono, una mano a coprirsi la faccia.

«Questa è sveglia, cazzo».

Gli rispondono.

Cammina avanti e indietro, gli dicono qualcosa, mi guarda. Si china su di me.

«Ma porca puttana...».

Sento che gli parlano dall'altra parte.

Si agita.

Cammina. Respira rapido.

«Va bene».

Silenzio.

Non bisbiglia, non parla. Non si muove.

Tengo gli occhi chiusi, aspetto.

È vicino. Lo sento. Il suo odore. Acre. Fuma. È sporco. Suda. Cos'altro. Nulla, non sento nulla.

Aspetto.

È qui, davanti a me.

«Non aprire gli occhi».

Un soffio fetido in faccia.

«Hai capito?».

Parla con me?

«Hai capito?».

Uno sputo sul labbro.

Mi tocca il braccio destro. Un dolore acuto, sussulto.

«Non aprire gli occhi» ripete.

Annuisco.

Il fruscio, qualcosa intorno alla testa: le sue mani.

Mi toglie il bavaglio: «Ti ammazzo se gridi».

Annuisco.

Mi lega il bavaglio sugli occhi. Umido.

Sento la punta del cucchiaio spingere sulle labbra.

«Apri».

Le socchiudo. Non riesco ad aprirle, gli angoli bruciano. Tagli.

Mi fanno male i denti, la mandibola.

Il cucchiaio entra, posa una poltiglia sulla lingua.

La bocca è una piaga: non riesco a masticare.

«Manda giù, cazzo».

Deglutisco.

Ho sete.

Mi mette in bocca un'altra cucchiaiata. Poi un'altra prima che io finisca di inghiottire. Tossisco, sputo. Impreca di nuovo, spinge il cucchiaio contro le labbra.

Non riesco a respirare.

«Apri».

Non riesco.

Spinge ancora una volta.

«Cazzi tuoi» dice.

Fa un movimento, mi ritraggo. Il cuore accelera, esplode.

«Bevi».

Il bordo della borraccia, apro la bocca: ho sete. Bevo e so che il Lexotan l'hanno sciolto qui.

L'uomo mi fa bere tutta l'acqua, aspetta. Resta immobile davanti a me.

Puzza di sudore, alito di sigaretta, anche i vestiti.

«Il braccio» sussurro.

«Cosa?».

«Il braccio. Non lo sento».

L'uomo resta fermo un attimo, poi si alza. Toglie il bavaglio agli occhi, mi butta qualcosa sulla testa. Una maglietta? Riallaccia il bavaglio sulla bocca.

Sento che prende degli oggetti intorno a me, si allontana verso il fondo della stanza. Qualcosa si apre: una borsa, uno zaino?

Si muove veloce, impreca.

È agitato.

Una vibrazione.

«Cazzo».

Torna verso di me.

Sento che recupera qualcosa da terra, accanto alle mie gambe.

«Ho finito» dice a qualcuno.

Il telefono. Era qui. Vicino a me. Il suo telefono.

«Sì» dice.

Silenzio.

Torna, sento che si piega. Mi annusa.

«Te l'ho detto. Puzza di merda».

Ascolto.

«All'edicola».

Non sento niente dall'altra parte.

Si agita di nuovo, un fruscio, un rumore di metallo. Lo capisco sempre quando vanno via. Una chiave? Un catenaccio?

«Tra un'ora» dice.

La stoffa del panno che mi ha buttato in testa annebbia i suoni. Non lo sento più.

Un lampo di luce fioca, dei rumori.

Silenzio.

Sudo. Sudore freddo, acido. Il cuore pulsa contro lo sterno. Non riesco a respirare bene, allargare il petto.

Ansimo.

Veloce.

Sempre più veloce.

Boccheggio.

Il bavaglio, la stoffa sulla testa.

La scuoto, provo a farla cadere.

Non c'è aria.

Soffoco.

La stoffa scivola giù. Un asciugamano.

Piango. Non devo piangere, il catarro soffoca, il muco non fa passare l'aria.

Calma.

È andato via.

Calmati.

L'offuscamento.
Le palpebre pesanti.
La testa cade.

Buio.

3 luglio 2019

I tabulati del telefono di Antonella Franchi arrivano alle dieci. La prima cosa da cercare è il numero di Scarselli. Il software è rapido, il risultato arriva subito: tra la sera del 30 giugno e la mattina del 1° luglio non c'è. Maurizio verifica se ci sono altri contatti tra i due numeri nel corso dell'ultimo mese e quelli sì, li trova. Ma sporadici, e nessuno in orario notturno. I due si parlavano, probabilmente per la questione del divorzio: le telefonate non duravano mai troppo, tranne una, fatta alle due del pomeriggio, dopo la quale Antonella ha ritelefonato all'ex marito, che ha rifiutato la chiamata.

«Qui non c'è nulla».

Mileto alza la testa da alcuni fascicoli, lo sguardo assonnato di quando è concentrato su qualcosa. È un uomo di una bellezza spiazzante. Nardi se ne accorge in momenti del genere, quando gli occhi del maresciallo si ammorbidiscono. Era praticamente sposato, gli hanno detto, ma non sa cos'è successo. Sa solo che negli ultimi anni è passato da una domanda di trasferimento all'altra.

«Il marito della malata» dice. «Richiamalo. Proviamo a capire cosa faceva esattamente Antonella a casa loro».

Donato Bacci arriva sporco, la maglietta macchiata di calce e sudore. Quando si siede strofina le mani sui pantaloni come avesse appena posato la cazzuola. È un uomo tozzo ma imponente, con due spalle che paiono cadergli sulle braccia piene di nervi. Le mani sono forti, le dita gonfie, i polsi grossi.

Maurizio si siede di fronte a lui.

«Scusi se l'abbiamo disturbata al lavoro, signor Bacci. Abbiamo bisogno di farle qualche domanda su Antonella Franchi».

Bacci alza gli occhi a guardarlo.

«Lavorava da lei, giusto?».

«Aiutava mia moglie».

«La aiutava o la assisteva? Aveva un contratto regolare?».

Bacci si muove sulla sedia, a disagio: «No, veniva ad aiutare, così... che contratto. Era per amicizia».

«Ma la pagavate?».

Donato tace.

«Signor Bacci, che Antonella Franchi fosse in regola o meno in questo momento non è importante. Voglio sapere se veniva a casa vostra abitualmente per assistere sua moglie».

Quello manda in avanti il mento. Potrebbe essere un sì come un vaffanculo.

«Perché, cos'è successo?».

Maurizio è abituato, ignora la domanda, prosegue.

«Quanto spesso veniva da voi?».

Bacci lo osserva attento, adesso. Cauto. Non ancora nervoso, pensa Maurizio, ma meno arrogante.

«Due volte alla settimana».

«Quando?».

«Il lunedì e il venerdì. Un giorno in più se c'era bisogno».

«Lunedì non è venuta» aggiunge poi.

Maurizio lo osserva.

Capelli grigi, fitti e secchi. Faccia tagliata dalle rughe e dal sole. Mandibola sporgente, a dargli un'aria meno intelligente di quanto meriti: ha due occhi accesi, quest'uomo, vigili. Quando parla scopre una fila perfetta di denti inferiori. Quelli di sopra sono storti, gialli.

«Che lavoro fa, signor Bacci?».

Non si vede? pare chiedere Donato. Maurizio capta l'ironia che gli passa negli occhi, fa finta di niente.

«Il muratore».

«Presso la ditta per cui lavorava oggi?».

«No. Prendo quello che arriva. Sono stato licenziato anni fa».

Maurizio lo guarda.

«La crisi». Muove una mano a dire, Non ha importanza, non cambia niente.

«Si ricorda cos'ha fatto la notte del 30 giugno?».

Donato rimane disorientato dalla domanda improvvisa, tentenna.

«Ero a casa» dice poi.

«Tutta la sera?».

«La domenica sto sempre a casa. Il lunedì mi alzo presto».

Maurizio lo osserva. Tace. Aspetta.

«Ha presente tutti i giorni del mese, signor Bacci?».

«Ce l'ho presente perché c'era la partita. Sono andato al bar a vederla e poi sono tornato a casa».

«Quindi è uscito, signor Bacci. C'è qualcuno che lo può confermare?».

«Chiami il bar».

«E qualcuno che può confermare che dopo è rientrato a casa?».

«Vivo solo con mia moglie».

Immobilizzata a letto, spenta dal Parkinson.

Gli fa ancora qualche domanda sul suo lavoro e su quello di Antonella, ma niente, conclude, niente di utile. Che ogni tanto vada a puttane non basta per farne un assassino.

«Grazie» lo saluta. «Firmi il verbale e può andare».

Il resto del pomeriggio trascorre a ripassare il poco che hanno e girare per Volterra e dintorni: tornano al bar di Saline dove aveva lavorato Antonella, raccolgono i nomi delle sue amiche e le chiamano in caserma per farsi fornire l'alibi del 30 sera («Sfarfalla gli occhioni, Mileto, tanto in servizio non si capisce che sei frocio»), risentono il proprietario, che inizia a scocciarsi di avere i carabinieri nel locale, incrociano l'amica di Antonella, la prima che hanno conosciuto.

Guidando verso la caserma, Maurizio avverte i soliti bruciori: lo stomaco inizia a dargli fastidio, deve passare in farmacia a prendere il Maalox. Mentre scende dall'auto, squilla il telefono.

«Ho finito».

È Simoncini.

«E?».

«Ti confermo che è morta per asfissia quando era già tramortita. Le hanno dato una botta tremenda in testa».

Maurizio immagina l'accaduto: se era soltanto frastornata, se n'è resa conto fino alla fine.

«Per come la vedo io, l'hanno imbavagliata perché gridava, stordita con un attrezzo, strangolata, legata ai polsi e alle caviglie, avvolta in un lenzuolo o simili e scaricata giù dalle Balze».

«Si deve essere difesa» aggiunge Simoncini «se siamo fortunati l'ha graffiato».

Il materiale che il medico ha estratto da sotto le unghie, mandato al RIS.

«C'è altro?» chiede Nardi.

«Purtroppo no».

Entra in ufficio, si siede. È stanco. Guarda l'ora: «Mileto» chiama «vai a casa della Franchi e sequestra il computer. Poi manda qualcuno a Pisa per la copia forense».

Mail, foto, ricerche su internet, amici su Facebook, documenti salvati e cancellati: bisogna ricostruire la vita della donna, capire chi era.

Speriamo venga fuori qualcosa da lì, pensa.

«Comandante».

Mileto è sulla porta, il cellulare in mano.

«Mi hai sentito? Vai a casa...».

«Raffaella Sanzi» dice Mileto passandogli il telefono.

Raffaella Sanzi, pensa veloce Maurizio, Raffaella Sanzi Raffaella Sanzi.

Il bar di Saline. L'amica della Franchi.

«Pronto».

«Comandante?».

«Buongiorno».

«Buongiorno».

«Dica».

Perché non parla?

«Pronto» ripete.

«Sono l'amica di Antonella, ci siamo conosciuti...».

«Sì, signora Sanzi. Mi dica».

«Senta, io non so se faccio bene a chiamarla, magari è solo una mia idea e non dovrei nemmeno...».

Maurizio si spazientisce. Quando arrivano queste telefonate, spesso è gente che vuole essere rassicurata. La Sanzi li ha visti a Saline già due volte: si sarà spaventata. Un maniaco magari vicino di casa, uno squilibrato che va in giro a uccidere le donne sole come lei e Antonella.

«Antonella non me l'ha mai raccontato, ma credo che avesse una relazione».

Una relazione.

«L'ho vista con un uomo, una sera. Era molto tardi e...» la donna esita «... non è che erano in... atteggiamenti intimi, ma ho visto che lei usciva dalla macchina di un uomo e...».

Maurizio aspetta, ascolta.

«... si è tirata giù la gonna».

Maurizio afferra una penna, cerca un foglio.

«Sa chi è? Lo conosce?».

«No».

«Me lo può descrivere?».

«Non precisamente. Era in macchina. Forse cinquanta, sessant'anni... ma non vedevo bene».

«Grazie, signora» dice Maurizio. «Se le viene in mente altro, mi chiami subito».

25 febbraio 1969

Cara Mamma,

Ti scrivo per dirti che ti perdono e che non c'è bisogno che ti vergogni. Tu mi vuoi ancora bene lo so è che il Babbo è morto e non hai la possibilità di mantenere due figlie così tieni Tilde che è più piccola. So che Tu per proteggermi dal dispiacere mi vuoi nascondere la Verità... ma io faccio dei sogni che mi dicono tutto quello che succede fuori e Dio in Persona mi ha detto che Babbo è morto sotto un treno ma tu stai tranquilla perché lui ti voleva tanto bene e non l'ha fatto per colpa tua. Io dopo questa notizia che mi è arrivata appunto in sogno mi sono tanto dispiaciuta e non ho più mangiato per molti giorni. ~~Mi forzano qui a~~ Il medico si è preoccupato e così ho ripreso a mangiare e lui per qualche pomeriggio mi ha fatto portare su alle panchine del Ferri a prendere aria insieme ai catatonici ma poi è successo un incidente e mi hanno riportata qui. È che io ho sentito un fortissimo caldo Mamma e ho dovuto togliermi tutti i vestiti e per il dispiacere della morte del Babbo forse ho anche gridato... non mi ricordo bene. Sono arrivati i guardiani e mi hanno portata quiggiù in infermeria dove il medico mi ha rifatto l'elettroshock. Ormai lo so come si chiamano queste cose perché io non sono ritardata pazza o malata Io sono NORMALE Mamma e qui mi stanno facendo diventare pazza loro mettendomi i ragni nella zuppa e i diavoli in corpo. Sono le medicine Mamma e io non sono più me stessa certe volte. Ma ti sembra una buona ragione per bruciarmi il cervello? Mamma io ormai ho capito che non mi potrai venire a prendere presto perché avrai tante cose da fare adesso che il Babbo non c'è più... mi dispiace soltanto che non posso venire al funerale non mi ci faranno venire di sicuro. Come ti ho detto però cara Mammina io capisco che non puoi riprendermi a casa con Voi perché Tilde ha bisogno adesso più che mai delle tue attenzioni. È sempre stata più fragile di me. Così gracile. ~~Non ero io che esageravo adesso te lo posso dire è lei che~~ Anche quando scherzavamo lei piangeva subito e Voi ve la prendevate con me che sono più robusta ERO più robusta Mamma cara perché sono stata in ospedale per un piccolo incidente che è successo nelle docce e che ti voglio raccontare io prima che il medico ti dice cose che non sono vere. Lui non c'era e quindi non sa quello che sto per dirti. Dato che tutte le ricoverate sanno che io sono SANISSIMA e che potrei uscire da qua quando voglio se non era che adesso soprattutto non puoi venirmi a prendere, loro mi odiano e disprezzano tantissimo... dovresti sentire cosa dicono di me! mi chiamano con nomi che non ti voglio dire perché so che soffriresti molto in quanto mia Mamma. Ma sono senza cuore, ecco questo lo devi sapere, e si raggruppano tra loro per parlare male di me o peggio. In combutta con le infermiere mi mettono insetti morti dentro il mangiare e nel letto e una volta pure un topo morto! Ho gridato gridato gridato di notte per lo spavento e il dispiacere di tutta questa cattiveria verso di me. Ma cosa centro io se loro sono matte e io sono sana? Però c'è un limite a tutto cara Mamma come ci avete insegnato tu e il Babbo un bel gioco dura poco! Così all'ennesima (ennesima!) cattiveria da parte loro (nelle docce appunto come ti dicevo più sopra) io non ho più potuto resistere. ~~È stato il diavolo che mi~~

Il Direttore ha detto che adesso che sono uscita dall'ospedale devo comportarmi bene perché sennò mi rinchiude nelle cantine del manicomio e si mangia la chiave... bisogna che tu dici al Signor Sindaco che mi fanno queste cose. Mi minacciano, mi avvelenano, mi picchiano e mi fanno friggere il cervello solo perché si sono sbagliati e vogliono farmi diventare pazza così non vanno in galera per tutti i crimini che hanno commesso contro di me! Mamma io vorrei tanto mandare dei fiori sulla tomba del mio caro Babbo... fammi per favore sapere quanto costa un bel mazzo di gladioli bianchi e io appena esco da questo posto terribile ti rimborso per intero.

La tua figlia devota,

Rita

20 giugno 2019

«Ho pensato molto a quello che mi hai detto».

Giorgia si ferma, un piede fuori dall'auto.

Sono appena arrivate, in auto Malina non ha aperto bocca se non per commentare il tempo: un giugno lento, che sembra tirarsi dietro l'inverno.

«Sarà faticoso parlarne. Con me, intendo. In fondo non mi conosci e mi stai affidando molto di te».

Giorgia non sa cosa rispondere. Malina sorride, le allunga la borsa.

«Passiamo dalla pineta» dice.

Il profumo di aghi e resina sale dalla terra umida: la notte scorsa dev'essere piovuto. Si affacciano su una piazzetta con un bar, lo superano e arrivano alle scale che scendono al mare. Si fermano. Da quest'altezza la vista è libera da case e negozi: solo il mare, la spiaggia che d'agosto è puntellata di ombrelloni bianchi, salvagenti e pedalò. Ora è deserta, il bagnasciuga coperto di alghe portate dalle correnti della notte – sì, ci dev'essere stato un temporale – e il cielo ingombro di nuvole grigie e viola.

«È un posto di stronzi» dice Malina «ma guarda che bellezza. D'altronde gli stronzi spesso hanno buon gusto».

Hanno deciso di fare questa gita oggi. Partire presto, colazione in spiaggia. Troppo freddo per costume e sdraio, ma ideale per scendere loro due sole in riva, mettere i piedi nell'acqua ancora gelida, farsi caffè e cornetto con la pelle che ha già preso l'odore di sale.

Il mare più bello è a giugno e settembre, dice il padre di Giorgia. Oggi scatterà una foto per lui, anche se il cielo e il mare sono cupi, l'orizzonte confuso. Ma a lei piace. L'assenza di una linea precisa tra l'uno e l'altro, in un movimento naturale che le sembra di avere sacrificato per troppo tempo.

«La malattia?» chiede Malina.

«Sì, ma cambiamo argomento. Altrimenti sembra che non ho nient'altro da raccontarti».

Malina si ferma, si volta: «Te l'ho chiesto io». Pare offesa. «Ho fatto male a dirti quella cosa, prima? Non è che adesso smetti di parlarmi?».

«Figurati» risponde subito Giorgia «è solo che non voglio... non so, approfittare».

«Di cosa, di un'amica?».

Giorgia scrolla la testa. Soggezione e vergogna, per un attimo.

«Scendiamo, dai» dice Malina.

Arrivano allo stabilimento, chiedono di sedersi al tavolo più vicino al mare.

«Senti, mi spieghi quel che stavi dicendo? Mi interessa».

Giorgia la osserva. I capelli neri tirati indietro da una fascia colorata, gli occhi spalancati, le guance rosse. Ha notato che sembra una bambina, talvolta. Una bambina innestata nel corpo di un'adulta.

«Raccontami» la voce ammorbidita, lo sguardo addolcito «davvero mi interessa».

«Ma perché?».

Malina si stringe nelle spalle: «Perché è interessante. E perché ti riguarda».

Un'amica. La sensazione, d'un tratto, di disequilibrio.

«Tu invece di te non dici molto».

«Non ho molto da raccontare, io. Ho una vita noiosa».

«Non è vero» risponde subito.

Malina la guarda.

«Sei stata via molto tempo. All'estero anche?».

«Sì, in Spagna e in Francia».

«Dove esattamente?».

«Posti piccoli. Le grandi città non sono mai state per me. In Spagna stavo a Besalú, la conosci? È vicino a Girona. È molto bella, una cittadina medievale piena di stradine. Il ponte sopra il fiume è molto simile a quello di Colle Val d'Elsa. In Francia invece abitavo in Camargue, a Aigues-Mortes. Ma ho vissuto un po' anche ad Arles e Saintes Maries de la Mer».

«Ti piaceva stare lì?».

«Molto, soprattutto in Camargue. Elisabetta dice che è un posto per i fanatici dei cavalli e gli scappati di casa».

«E cosa facevi?».

Malina la guarda, un inizio di sorriso: «Un po' quel che capitava, ma una volta anche la guida turistica».

«La guida turistica?».

«Non mi ci vedi, vero? Nemmeno io. È stato disastroso. Questi grupponi di persone che si muovono in greggi ebeti, ripetere sempre le stesse cose... la gente in vacanza diventa sempre un po' scema, hai notato?».

Giorgia ride: «Ti sarebbe piaciuto fare altro?».

Malina si stira, inspira a fondo: «Per un po' ho pensato di fare dei corsi, che so, specializzarmi in qualcosa. Poi» dice soffiando l'aria «ho lasciato stare».

«E come mai?».

«Tu hai avuto deliri di onnipotenza. Io l'opposto».

Giorgia aspetta, ma Malina non sembra avere voglia di dire altro. Vorrebbe sapere qualcosa in più su di lei. Le ha raccontato così poco.

«Quando te ne sei andata da Volterra?».

«Da ragazza, appena la zia è morta. Con i soldi che mi ha lasciato, sono partita».

«E poi sei tornata. Ti invidio».

«Perché?».

«Perché hai scelto di tornare qui. Certo, tu ci sei nata... non sai quante volte ho pensato di mollare tutto e trasferirmi».

Malina la guarda attenta: «E chi te lo impedisce?».

«Non sono cose che si fanno così».

«E come si fanno?».

«Ci deve essere una ragione, oltre al desiderio... che so, un lavoro, per esempio».

«Quello lo trovi».

Giorgia sorride, sospira: «Non è così facile».

«Non è neppure così difficile. Dovresti rimanere e basta. Non partire proprio» continua «semplicemente».

«Già» dice. «Tu come mai sei tornata?».

Malina dà una scrollata di spalle: «Qualche problema di troppo. Ma arriva la tipa o no?».

Si volta a cercare la cameriera, che è al banco a chiacchierare con la barista. Malina la chiama: «Stiamo aspettando».

«Ci siamo solo noi due, cazzo. Ti pare?».

Giorgia guarda la cameriera, stanno parlando di loro.

«Cos'è che cercavi?».

«Scusa?».

«In quegli anni, quando eri malata».

Giorgia riflette. Cosa cercavo.

«Volevo... *fermare*» risponde. «Congelare, cristallizzare».

La cameriera torna con i caffè e le brioche. Li posa fissando il tavolino e non risponde a Giorgia quando la ringrazia.

«Quello che facevo al mio corpo» riprende «fermarlo in uno stato senza età... volevo fare la stessa cosa a ciò che avevo intorno. Niente rapporti, niente viaggi, niente di niente».

Il cielo preme sulla testa, sull'acqua. Una pressione quasi tangibile, che spinge sul petto. Malina aspetta che vada avanti.

Giorgia guarda verso il mare, raccoglie i pensieri.

«Non c'è più un vero contatto con l'esterno. Solo con te».

Guarda le nuvole e il mare che si mescolano: il grigio, il blu e il nero si confondono all'orizzonte, fanno sembrare tutto maestoso. Chissà in montagna, pensa, se ci sarà il sole o se sarà così. È stupendo lassù con questo tempo. A sua madre metteva angoscia, lei e il padre l'hanno sempre adorato.

«Più ti assottigli tu, più la linea che ti separa dal resto si ispessisce. È come proteggersi dalle esperienze per non soffrire. Dire no. E quindi dire no al cibo, agli istinti, alla vita, alla conoscenza, all'abbandono. Se è sempre no» continua «pensi di proteggerti e quindi di non soffrire più».

Malina tira fuori il telefono, fotografa Giorgia con la spiaggia alle spalle.

«Ne sei uscita?» chiede mostrandole l'immagine.

Giorgia fa una smorfia. Ha sempre l'aria tesa di fronte all'obiettivo.

«Non se ne esce mai».

Dà un morso al cornetto, lo mastica piano, finisce il caffè.

«Le colazioni me le concedevo anche allora. Dopo, quando erano già anni. C'è un'evoluzione. All'inizio è una specie di fondamentalismo ideologico» sorride «uno stato di purezza, togliere senza compromessi, *scoprirsi* diversi. Per questo ti illudi che sia la soluzione: perché cambi moltissimo. Poi, con il tempo, anche se il risultato non è mai sufficiente, a meno che tu non ti voglia ammazzare, sai di avere raggiunto una specie di stabilità. E sai anche che tutto quello che hai fatto non è servito a niente. Però» dice chinandosi verso Malina «è diventata la tua strategia. La tua difesa. Quando c'è un'emergenza, scatta. Mi difendo controllando: quello che mangio, quando lo mangio».

Guarda intorno, inspira l'aria umida.

«Ma più di ogni cosa è un'assenza di senso. Il senso di

sé. La consapevolezza del proprio valore. Manca, in quelle come... nelle persone che diventano anoressiche. Ti identifichi con la malattia, l'anoressia diventa te perché ti permette di *essere* te. Non so se...».

Malina la ascolta con la fronte aggrottata, le labbra strette.

«Ho visto il video di una ragazza che diceva di avere continue conversazioni con *lei*. L'aveva personalizzata, identificata come quella che aveva pieno controllo. Questa ragazza è scesa fino a 27 chili, ha rischiato la vita. Io mai. Forse è anche questa la differenza tra una come lei e me: la presa di responsabilità. Non so. Non dare la colpa a nessuno a volte è peggio. Io non ho mai dato la colpa che a me».

«E adesso?».

Giorgia scrolla le spalle: «Provo a capire quando sono io e quando sono gli altri».

Il mare scuro, il cielo carico.

«Ma tu cos'è che volevi?».

Giorgia sorride sbuffando. Scuote la testa: «La perfezione».

Malina abbassa gli angoli della bocca: «Cazzo».

«Già. Più mi ci cacciavo dentro, più aspiravo a una perfezione che non avrei mai potuto raggiungere. Perché *deve* rimanere un'aspirazione. L'anoressia si risolve, e fallisce, perché è un'aspirazione condannata a non realizzarsi mai. Per questo attira specialmente le persone convinte che l'amore è un premio che bisogna guadagnarsi e alla fine è irraggiungibile. L'anoressia funziona secondo lo stesso meccanismo: tu sarai perfetta quando arriverai là dove non potrai mai arrivare».

«Te la faccio anche io una foto» dice d'un tratto prendendo il telefono di Malina, che si scansa.

«Facciamo una passeggiata?».

Si alzano, camminano verso il mare. Giorgia toglie subito le scarpe: «È fredda?» chiede Malina.

«Gelata!».

Giorgia ride, si china a immergere le mani, i polsi.

Malina resta sul bagnasciuga a osservarla. Giorgia le si avvicina, affannata, contenta: «Mi dispiace averti sommersa di parole».

Malina la guarda grave: «Dicevo sul serio, prima. Puoi benissimo rimanere, no? Chiedo a Elisabetta, lei conosce di sicuro qualcuno che...».

Giorgia si è bagnata la frangetta, il viso. Passa il dorso della mano sulla guancia, dove rimangono dei granelli di sabbia.

«Mia madre è stata anoressica» dice Malina staccandoli uno a uno.

Giorgia rimane immobile mentre Malina con un labbro tra i denti le strofina i polpastrelli sulla pelle.

«Adesso però basta» dice sorridendo «sarai stanca. Camminiamo fino in fondo, ti va?».

Si avviano in silenzio lungo la battigia.

Ecco perché fa tutte queste domande, pensa Giorgia. Vuole sapere, capire quello che forse nessuno le ha mai spiegato.

A un certo punto incrociano un vecchio con un cane.

«Il fantasma di Mastroianni» dice Malina. «Abitava là».

Una casa che spunta a malapena dal verde, costruita sulla scogliera e affacciata sul mare.

«Chissà se ci va qualcuno. Magari è diventata un albergo. O forse è rimasta vuota. Tu che dici?».

Giorgia è scossa, guarda distratta la finestra della villa da cui, ogni mattina, chi dormiva in quella stanza vedeva il mare.

Niente terra, niente gente: nient'altro che il mare.

Viene di nuovo lui. Lo riconosco appena entra: si muove lento, pesante, sbatte le cose. Non mi chiama mai per nome. Non mi parla.

Lei sì.

Ma non sento bene. Mi hanno messo qualcosa nelle orecchie: dei tappi? Lui. Ha paura che lo senta, che capisca chi è.

Non so quando vengono. Una volta al giorno? Di notte? Credo di notte.

Lampi di luce, rumori lontani.

I cani.

Quando mi sveglio cerco di capire: fuori, dentro, il corpo. Non sento il braccio sinistro. Ho dolori forti al ventre, mal di testa. Male al collo, ai muscoli, non sento più le natiche, la schiena. Muovo a malapena i piedi, ma li sento. Sposto le dita della mano destra, legata meno stretta contro il busto. Devo muovere quello che riesco, non sempre mi spostano. Lui quasi mai.

Non apro bene gli occhi. Le palpebre si incollano, spesse.

La tempia batte, l'occhio.

Ho sete.

Fame.

Potrei alzarmi? Non lo so. Ogni volta che tiro, una resistenza, un clangore, il corpo legato: lacci? Quando li allentano – lei, lui non mi tocca – sembra un lenzuolo. Mi hanno avvolta in un lenzuolo?

L'uomo è di fronte a me. Non apro gli occhi. È nervoso, impreca spesso. Mi colpirebbe se aprissi di nuovo gli occhi?

Slaccia il bavaglio, rutta. Sento un rumore ripetitivo, ormai so che è il cucchiaio che gira.

Socchiudo le labbra, di più non riesco. Ci passo sopra la lingua, è tutto gonfio: labbra, lingua, gengive.

Chiudo.

Abbasso la testa.

«Ho sete» dico.

Non voglio che pensi che sto cercando di capire chi è. Stringo le palpebre, ma lui si scosta.

Qualcosa in testa. L'asciugamano.

Non dice nulla.

Si allontana.

Quando torna mi appoggia la borraccia sulla bocca. Bevo. Devo mangiare. Sono debole, respiro male.

Il cucchiaio contro il labbro, i denti. Apro.

Non distinguo bene il sapore. Patate, ceci. Non so cosa sono queste poltiglie che mi danno.

L'uomo ha fretta. Ha sempre fretta.

Il cibo mi cade sul mento, ce lo lascia, non mi pulisce.

Devo fermarmi per mandare giù, lui preme sulla bocca.

Respiro con fatica.

Mi dà da bere, con le dita nere spinge contro la fronte per buttarmi indietro la testa, farmi bere tutto.

Tossisco, ansimo.

«Un attimo» chiedo.

Lui aspetta, batte il cucchiaio contro qualcosa di plastica, nervoso. Si gratta. Si gratta sempre. Ha un cattivo odore, di sudore, il rancido del fiato quando parla.

Poi di nuovo il bordo di ferro, il cibo freddo sul mento, ci passa sopra qualcosa, un panno? Scatto: ha sfregato sulle labbra, lacerate, gonfie.

Sbuffa, mormora. Si sforza di non parlarmi?

«Apri» dice alla fine.

Vuole farmi bere, dormire.

Lo sentirò a malapena uscire, i suoni già offuscati.

4 luglio 2019

«Signor commissario».

Maurizio è abituato, fanno tutti confusione.

«Luogotenente Nardi. Con chi parlo?».

«Sono Raffaella Sanzi».

L'amica di Antonella.

«La chiamo per dirle che... cioè, non sono sicurissima, ma lei mi ha detto che per qualsiasi cosa...».

Maurizio si alza, va alla finestra. In piazza dei Priori sta passando un armento di stranieri. Un matrimonio, a giudicare dalle pettinature Luigi XIV delle donne.

«Dica, signora. Non si preoccupi».

Gridano nomi e battute, si abbracciano, si fanno complimenti sugli abiti, sui cappelli, sulle borsette.

«Da quella strada di solito non passo e quindi non l'avevo mai visto. Se è lui, eh, perché, le ripeto, non sono sicura al cento per cento...».

Forza ciccia, vai avanti.

«Stamattina mi sembra di aver visto l'uomo che le dicevo ieri».

Maurizio blocca lo sguardo sullo sposo. Pacche sulle spalle, strette di mano, baci.

«Quello che ha visto in auto con Antonella?».

«Sì. Ma come le dico...».

«Dove?».

«Al cantiere sotto la Croce Rossa».

La sposa arriva insieme alle damigelle: un'esplosione di grida estatiche.

Maurizio chiude la finestra, è fuori dall'ufficio.

«Mileto» chiama «verifica veloce in quale cantiere lavora Donato Bacci».

Mileto torna nel suo ufficio, ne riemerge poco dopo: «Via Guidi».

«Richiamalo e fallo venire. Subito».

Cammina avanti e indietro, i pugni chiusi nelle tasche.

«Signor Bacci».

Nardi gli fa segno di sedersi, Mileto chiude la porta. Donato resta dov'è: «Stavo lavorando» sbotta «il mio capo mi fa un casino con tutti questi andirivieni. Non potete chiedermi tutto in una volta?».

Ha un odore forte. Ha appena fumato, sudato molto. In questi giorni il cantiere dev'essere un inferno.

«Stia calmo, signor Bacci. Al suo capo spieghiamo che l'abbiamo chiamata noi e se ha dei problemi gli dica di venire a parlarmi. Si accomodi».

Donato si siede, controvoglia. È talmente arrabbiato che, potesse, scaraventerebbe la scrivania in piazza.

«Sua moglie come sta?».

Donato sgrana gli occhi: «Mi ha fatto venire qui per chiedermi di mia moglie?».

«Risponda, per cortesia».

«Ma come vuole che stia! È malata. Sta che è malata».

Maurizio mantiene il tono di voce monocorde che adotta sempre in queste occasioni. «Le devo fare una domanda un po' particolare. Lei ha dei rapporti coniugali normali con sua moglie?».

«Ma che domande sono!» grida Donato. «Sono cose private, io mi rifiuto di...».

«Allora» lo interrompe Maurizio «lei è qui in qualità di persona informata sui fatti e mi deve rispondere».

Donato ammutolisce, la tensione abbandona le braccia che ricadono sulle gambe.

«No» risponde «è da molto tempo che non... mia moglie è malata».

Maurizio tira fuori un fascicolo, recupera un foglio che non gli mostra: «Da quanto vedo qui, lei frequenta i night». Sfoglia, finge di leggere, aspetta. «Quindi ogni tanto va a sfogarsi».

Donato scatta in piedi: «Ma come si permette! Adesso non sono neanche più libero di...».

«Lei è libero di fare quello che vuole» dice Maurizio «dico soltanto che forse va a cercare compagnia di quando in quando».

«Questi sono cazzi miei, chiaro?».

Suda, Donato. Gli occhi spalancati dalla rabbia, uno schizzo di saliva sul mento.

«Si sieda, signor Bacci». Imperturbabile, gli occhi sulle carte. Poi si china verso di lui: «Lei dalle ventidue del 30 giugno alle sette del 1° luglio con chi era?».

Donato si irrigidisce: «Gliel'ho detto, ero a casa».

«Ma nessuno lo può confermare».

«Certo, perché mia moglie è immobile a letto e io ero di sotto!».

E a questo punto Maurizio ci prova: «Signor Bacci, guardi che lo sappiamo che lei e Antonella Franchi avevate una relazione».

Bacci sbianca, le labbra si svuotano di ogni colore, la bocca si apre inerte.

Nardi non si muove, Mileto si sporge: «Io fossi in lei la verità a questo punto la direi».

Bacci si alza, la sedia sfrega contro il pavimento: «E allora? È un delitto? Sono cazzi miei, va bene? Non l'ho ammazzata io! Cosa vi siete messi in testa?».

Maurizio con un cenno della mano gli indica la sedia, quello ansimando ci si butta sopra.

«Nessuno qui ha detto che l'ha uccisa lei. Sta di fatto che ci ha tenuto nascosto il vostro rapporto e capisce che...».

Bacci batte un pugno sulla scrivania, apre la bocca per gridare di nuovo, ma non esce alcun suono.

«Mileto» dice Maurizio con calma «ci fai fare un caffè, per favore?». Poi torna a guardarlo, calmo: «Soffre di acidità, signor Bacci?».

Quello rimane interdetto: «No, perché?».

«Perché in alternativa al caffè possiamo offrirle una tisana al tiglio o... cos'è che abbiamo, Mileto? Valeriana?».

Donato li squadra tutti e due: Mi stanno prendendo per il culo?

«Il caffè va bene».

Quando Donato esce, prendono il bicchierino in cui ha bevuto e lo mettono da parte per mandarlo al RIS insieme a tutto il materiale raccolto dalla squadra rilievi. Nardi chiama il maggiore, ribadendo di nuovo la priorità sull'esame dei reperti.

«Nel pomeriggio» risponde quello.

E dopo qualche ora arrivano.

«Abbiamo isolato due dna dai vestiti» dice il maggiore del RIS. «Uno della morta, l'altro sconosciuto».

«Ti abbiamo mandato anche un bicchiere e un mozzicone: c'è abbastanza materiale?».

«Sì, stanno estraendo ora. Al massimo domattina ti dico».

Maurizio chiama il PM: «Roma dice che hanno isolato il dna di uno sconosciuto».

«Hanno scoperto altro?».

«Stanno esaminando ancora il materiale sotto le unghie, entro domattina mi fanno sapere. Non hanno trovato impronte sui vestiti».

«Violenza carnale?».

«No. Come aveva detto Simoncini».

«Bene».

Il sollievo nella voce di Isa, ogni volta che c'è di mezzo una donna.

«Cosa ne pensi?».

Maurizio guarda fuori: quelli del matrimonio ormai saranno a far cori in qualche osteria delle campagne volterrane.

«O è una rapina finita male o è un delitto d'impulso».

Sbracati, urlanti: la sposa avrà mostrato le mutande a mezzo ristorante, lo sposo si sarà rovesciato addosso un litro di Chianti e incespicherà in giro con la cravatta mozzata che, gli avrà assicurato un cameriere, è una tradizione toscana irrinunciabile.

«Mi stavo dimenticando» dice. «Abbiamo individuato l'amante».

«Ottimo. Del marito che mi dici?».

«Un figlio di puttana, ma non c'entra».

5 settembre 1970

Cara Mamma,

L'altro giorno dopo le preghiere ho pensato che forse ti piacerebbe ricevere un disegno. Un bel fiore di primavera come ce ne devono essere tanti adesso nei prati vicino a casa. Così ho chiesto le matite e i fogli alle infermiere, ma me ne hanno dato uno solo perciò il fiore te lo faccio qui sotto anche se mi mancano tutti i colori che volevo e poi se viene male sappi che non è perché non avevo voglia ma perché non ho la possibilità di farlo in brutta prima di disegnarlo bene. Io ai laboratori artistici come li chiamano qui non ci voglio andare perché ci sono le matte che mi fanno paura. Mi guardano con gli occhi ~~sbraia~~ storti e gridano con quelle bocche schifose sdentate Dovresti proprio sentirle Mamma Gridano possedute dal Demonio. Io dico al medico che quelle bisogna portarle in Chiesa e lui risponde che io devo pensare ai fatti miei che di Demonio ne ho una bella dose anchio. Ma ti sembra una cosa da dire a un ammalata? Ormai mi sono ammalata Mamma Non riesco a mangiare più quasi niente e i dottori si arrabbiano e le infermiere mi danno botte sulle mani e sulla bocca e dicono che se non mangio mi mettono nuda coi maiali
~~Cpiasci~~ Senti Mamma cosa mi dicono? ma a te interessa ancora di questa Tua figlia sofferente
Ecco il fiore per te

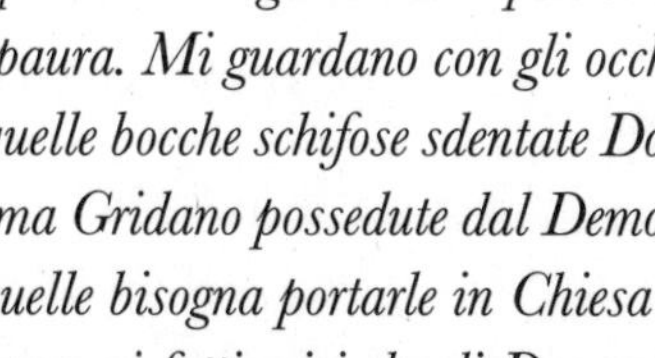

Spero che ti piace io meglio di così non ho potuto fare ci ho messo anche l'erba del praticello davanti casa che il Babbo bagnava sempre insieme ai pomodori e alle zucchine
~~IIIIIIIIIIIIIIIIII~~

~~IIIIIIIIIIIIIIIIII~~

Io adesso Mamma vado a fare una passeggiata insieme alla Iola e ti mando tanti saluti dal mare dalla spiaggia
Fa fresco ancora ma non importa il medico ci dà tante coperte colorate e possiamo mangiare la stiacciata con l'uva e col miele e cantare le canzoni alla Vergine Maria tutte insieme

La tua amata figlia (da Dio e so anche da te)

Rita

24 giugno 2019

«Ciao, papà».

«Come stai?».

«Pronto? Papà, dove sei?».

C'è confusione in sottofondo. Voci, rumori.

«Al supermercato ad Aosta».

«E che ci fai lì?».

«Sono passati i tuoi cugini. Gli ho dato la persiana della finestra».

I tuoi cugini. Una battuta che faceva la madre per distinguere i suoi, che chiamava "i normali", da quelli del marito. Sperduti in mezzo alla campagna a coltivare cavoli e patate, diceva. Producono anche il miele, rispondeva il marito, e lo vendono a mezza regione. Sarà, rispondeva lei.

«Che persiana?».

«Ti ricordi? La finestra davanti. La persiana si è scardinata quest'inverno e non l'ho ancora fatta riparare».

«E a Lillaz non te lo fa nessuno?».

«Fulvio è più bravo e più veloce».

Giorgia alza gli occhi al cielo. «Quando te la riporta?».

«Dobbiamo andare noi. Oppure vi trovate voi due quando vieni su a luglio».

«Papà...».

«Se combinate. Sennò scendo io e amen».

Si è irritato. Si tratta di un favore minimo, dopotutto. Chiamare Fulvio, accordarsi sul giorno in cui Giorgia passerà a casa del padre a recuperare scarponcini e maglioni per salire a Lillaz.

«E dove andavano?» chiede Giorgia ammorbidendo la voce.

Un rumore forte, un brusio.

«Papà?».

«Mi è caduto il telefono. All'abbazia di Aulps. Ci sono degli apicoltori del Chablais a cui vogliono proporre qualcosa che non ho capito».

Lo immagina, suo padre, mentre si muove nelle corsie della Cidac a fare la spesa monumentale di quando scende a valle. Ma su non ci sono negozi? chiede sempre Giorgia. Sì, ma per colpa dei turisti costa tutto un occhio della testa. E adesso dev'essere tra i francesi di passaggio, il carrello spinto con una mano, il telefono nell'altra, una lista della spesa approssimativa stropicciata nei calzoni e l'impazienza di finire prima possibile.

«Tu stai bene?» chiede.

«Sì, normale».

«Lavori?».

«No, è un momento tranquillo. Mi riposo».

Il padre tace, Giorgia si chiede se gli sia finito il cellulare tra le banane o se stia pensando a come dirle che dalle delusioni d'amore ci si riprende meglio ad alta quota. La rarefazione dell'aria seleziona i patemi, dice.

«Hai fatto nuove conoscenze?».

Ha deciso di prenderla larga.

«No» risponde lei.

«Eppure adesso ci dovrebbero essere tanti...».

«No, papà. Te l'ho già detto che a giugno ci sono pochi turisti. Per questo vorrei che venissi».

Uno squillo, un saluto a qualcuno.

«Sì, la tessera ce l'ho, aspetti che la devo trovare. Giorgia? Ti richiamo».

E mette giù.

Giorgia se lo figura trafficare con il portafoglio, cercare

nei pantaloni, far cadere il foglietto della lista, rendersi conto che ha dimenticato l'olio, chiedere alla cassiera di pazientare, mollare la spesa sul nastro con la coda di clienti dietro, fermarsi davanti allo scaffale e scegliere l'olio in offerta ma che sia anche buono e poi tornare alla cassa rispondendo agli sguardi di tutti con un'occhiata indignata e commentare ad alta voce: Se hanno tutta questa fretta, che vengano prima.

Giorgia da ragazzina si vergognava quando succedeva. E se non era questo, era qualche altra situazione imbarazzante in cui suo padre aveva un torto indiscutibile, ma pretendeva che fosse colpa degli altri. Soltanto sua madre si divertiva. Io faccio finta di non conoscerlo, diceva godendosi lo spettacolo di questo marito che navigava per il mondo placido e solido come una portaerei.

Le manca. Le mancano tutti e due. Ma alla nostalgia che sente nei confronti della madre non c'è rimedio. Talvolta prova a ribilanciare con il padre, ma né padre né figlia sono creature propense alle chimere: il dolore è cavo come il fondo del mare.

Pensa a quando, trascorsa la manciata di giorni al mare dopo Volterra, andrà a Lillaz da lui.

Si sveglieranno all'alba, prepareranno il caffè alla prima luce, faranno colazione mettendo in tavola pane nero, burro e miele, si vestiranno per una camminata o un'escursione in rifugio, pranzeranno al sacco. A cena Giorgia cucinerà, Qualcosa di caldo, papà, finché ci sono io mangiamo come si deve. E dopo, a un'ora in cui gli altri vacanzieri si mettono a tavola, giocheranno a carte per un poco prima di andare ognuno nella propria stanza a leggere un libro. Portami su quel che hai finito, dice sempre suo padre, qui vendono solo boiate.

Così, anche quest'anno, Giorgia arriverà con una sacca piena di libri, alcuni letti davvero e altri comprati apposta per lui.

Sta pensando a questo quando fuori dalla finestra vede Bice ferma in mezzo al prato. Giorgia muove la mano in un cenno di saluto. Lei si avvicina al vetro, si sporge e la fissa, una mano sulla fronte a parare il suo riflesso.

Poi si volta verso il cancello e se ne va.

«Vi sentite ancora?».

Il temporale è appena finito.

«No» risponde Giorgia. «Alla fine ha trovato un'altra».

Malina mescola la polpa delle melanzane con la menta, l'olio e il pecorino, il bicchiere di vernaccia ancora pieno.

Di Claudio, Giorgia non parla volentieri. Nemmeno alle quattro amiche che si è fatta a Milano. Ha ereditato un ritegno che non le permette di trascinare la sofferenza troppo a lungo. Perlomeno sotto gli occhi altrui. E non vuole dargli altro spazio oltre a tutto quello che si è preso nel corso degli anni. È entrato, ha derubato ed è uscito. Con lei che a lingua appesa ululava alla luna ogni volta che rimaneva sola. Non esagerare, aveva detto sua madre l'unica volta che gliene aveva parlato, Claudio ha delle responsabilità precise tanto quanto te. E poi umiliarsi... le aveva dato una carezza, Sei ancora tutta intera. Hai imparato. Non lo farai più.

Doveva esserle costato parecchio: Claudio non l'aveva mai convinta. Si sa cosa vuole? aveva chiesto all'ennesimo ritorno. Ti lascia e quando subodora che te ne stai andando, ti riacchiappa. Giorgia si era data dell'imbecille. In tre parole, la madre aveva riassunto una storia da cui lei non riusciva a sfilarsi da anni. È che Giorgia si era sentita donna con lui: completa, solida. Non l'aveva indovinato, il gioco di specchi: tu sei così perché ti ci faccio sentire io quando voglio; e non basterà mai. Farsi dire certe ovvietà dalla propria madre era stato peggio che essere sfottuta da una scolaresca di mocciosi. Cogliona, gridavano in coro.

Così aveva smesso, e quando la madre provava a chiederle come stava, tagliava ogni opportunità di conversazione.

Perché erano in due. Si erano trovati. Lui le chiedeva di essere sempre di più perché lei non si bastava mai. Come l'anoressia, che invece è senza interlocutori: l'aspirazione eterna a una perfezione che, proprio in quanto irraggiungibile, permette di non vivere. Se rimango in continua tensione verso qualcosa che non ho ancora raggiunto, non ho il dovere di *essere* qui, adesso: partecipare, essere ciò che sono, sufficiente e piena. Io sono un vuoto che va incavandosi sempre di più per poter diventare perfezione, un giorno. Ciò che sono adesso è sporco, basso, fatiscente, debole. Se lo elimino, se elimino il corpo, le sensazioni, la partecipazione, il movimento, la vita e gli altri, faccio sì che tutto quello che rimane sia puro, e niente avrà il potere di farmi morire. Però se il contrario della vita è la morte, come si può pretendere che la morte scacci se stessa?

Claudio non era un mostro, mamma: il mostro sono io.

«Un'altra vittima da massacrare» dice Malina aprendo il frigo.

Ha la voce inasprita, a Giorgia fa piacere.

Malina le versa ancora del vino. Il terzo bicchiere a stomaco vuoto.

«Per quanto tempo è stata ricoverata tua madre?».

Malina si arresta. Poi riprende ad amalgamare rapida gli ingredienti: «È entrata nel Sessantaquattro, è uscita nell'Ottantacinque».

Giorgia la guarda muovere la forchetta nella polpa, il viso una superficie immobile.

«I manicomi non hanno chiuso subito» dice Malina. «Alcuni padiglioni hanno funzionato per anni. Mia madre ha passato più tempo là dentro che fuori».

«Ma tu...».

Malina la fissa, aspetta. Ha uno sguardo d'un tratto duro. Cattivo?

«Scusa» dice subito Giorgia.

«Dimmi. Cosa vuoi sapere? Tanto se non te lo dico io sicuramente troverai qualche anima ben disposta che sarà pronta a raccontarti chissà quale storia».

Scucchiaia la crema sui crostini, i movimenti sono misurati, l'emozione, che Giorgia non riesce bene a definire, compressa nei gesti.

«Tu l'hai conosciuta?».

Malina le mette di fronte il piatto, si siede, beve un lungo sorso di vino. Quando posa il bicchiere le dita fanno ruotare lo stelo. Giorgia nota che sono grosse e corte.

«Sono nata in manicomio. Non te l'ha detto Ines?».

Giorgia è sorpresa: come fa a...

«Come faccio a sapere che te ne ha parlato lei?».

Malina fa un sorriso torto, gira il bicchiere a destra e sinistra, senza staccarne mai gli occhi.

«Te ne ha parlato lei, no?».

«Me ne hai parlato tu».

Malina sorride. Parrebbe allegra se non fosse per quella febbre dentro gli occhi: «Certo, te ne ho parlato io. Ti piace?» chiede indicando la tartina.

«Non l'ho assaggiata».

«Provala».

Giorgia prende il crostino, lo avvicina alla bocca, dà un morso: «È molto buona».

Malina annuisce, gli occhi di nuovo sul bicchiere, che rotea a destra e sinistra, destra e sinistra.

«Pare che io sia nata un paio di giorni prima del previsto e quando le si sono rotte le acque c'è stato un intoppo, non so» Malina fa un gesto con la mano «non ho idea. Ha partorito nell'infermeria del manicomio».

Si china in avanti, finisce il vino, un gomito su un ginocchio, l'altro appoggiato al tavolo. Scruta Giorgia, muovendo gli occhi su ogni centimetro del viso. Se non fosse sbigottita, Giorgia penserebbe che la sta provocando.

«Non lo sapevi che c'erano anche i bambini nei manicomi?».

Sì, lo sa, l'ha letto. Bambini nati dalla serva stuprata dal padrone, dalla schizofrenica abusata dal personale, dalla minorenne che in manicomio arrivava incinta, o con un bambino appena nato, o menomato, o quella che non poteva allevarlo e lo lasciava alla porta di un ospedale.

Malina si serve ancora da bere.

«A me è andata bene» dice «mi hanno mandata dalla zia quando si sono accorti che mia madre non mi allattava».

8-9 luglio 2019

Il tempo ha accelerazioni improvvise. Non è vero che si muove in avanti costante e omogeneo: la questione dei secondi e dei minuti e dei giorni è un codice guasto che vorremmo calcolasse la distanza dalla morte, ma si sa, non ci sono regole. Né logica o giustizia.

E così queste ore scattano in avanti senza che nessuno abbia fatto niente di diverso da prima. Un solo attimo di pausa stamattina, quando, alzandosi e guardando Lara che dormiva, Maurizio ha pensato ai figli che non hanno avuto. Al fatto che forse non è vero che era destino. Forse è Lara che si è protetta e, a suo marito che non capirebbe, non dirà mai che al destino ci ha pensato lei.

Alle sette e mezzo Maurizio arriva in ufficio e riprende in mano tutto: tabulati, carte, atti, appunti. Bisogna continuare a cercare lì dentro, vedere chi sono i contatti di Antonella, cosa hanno fatto quella notte. Manda un appuntato a riascoltare gli amici e il titolare del bar dove Donato è stato la sera del 30, cercare eventuali telecamere che possono essere sfuggite.

Però nulla. Ognuno dei suoi collaboratori conferma quello che sa già: i numeri che appaiono sui tabulati di Antonella e i pochissimi che hanno ricavato da Donato, le ricostruzioni di chi li ha visti di recente; il bar dove lavorava Antonella, le tre o quattro amiche che ripetono la stessa cosa, il proprietario e la barista che smette di essere gentile e offrire il caffè. Mileto è anche tornato a casa della madre, che stava seduta immobile dietro la portafinestra del balcone e si è mossa solo al terzo squillo del citofono.

A pranzo lui e Nardi sono scesi a prendere aria. Hanno mangiato in piedi, un panino divorato tagliando la piazza in obliquo, avanti e indietro sotto il sole rovente, affinché i pensieri fluissero dall'incaglio. Mileto passerà il pomeriggio a bere per farlo scendere, il panino, poco abituato al salame piccante e a masticare senza sedersi. Maurizio ha già inghiottito tre pasticche di antiacido perché lo stomaco non gli si torca come un cencio.

Poi, alle tre, arriva la telefonata.

«Nardi».

«Maggiore».

«Abbiamo individuato il secondo dna».

Maurizio si siede, una penna in mano. Non servirà, basterà un nome che già hanno oppure l'ennesimo "sconosciuto" e allora non avranno più niente di niente. Fulminea, a Maurizio passa davanti agli occhi l'immagine della madre di Antonella, l'attesa vuota alla finestra, le giornate disabitate da qualsiasi accettabile senso.

«È di Donato Bacci. Risulta sia sui vestiti che sotto le unghie della morta. Abbiamo tipizzato anche il primo dna che ci avete mandato, ma sui vestiti e sotto le unghie non ce n'è traccia».

Una spinta che Maurizio avverte nel cervello, come quando chi è alla guida schiaccia sull'acceleratore senza preavviso.

«Isa, mi serve un'intercettazione per Bacci. Il suo dna è sulla vittima».

L'ultimo ad averla vista, l'ultimo, probabilmente, a essere stato con lei da viva.

«Prepara una richiesta, Maurizio, la inoltro subito».

Nardi si mette al computer, compila il rapporto che manda

immediatamente via fax al PM: richiesta di intercettazione telefonica a scopo di omicidio.

Il giorno dopo arriva l'approvazione: possono attaccare i telefoni. Mileto richiama Donato in caserma.

«Senta, Bacci, le vorrei chiedere altri particolari».

Donato è livido, i pugni stretti in due morse. E Nardi ricomincia daccapo.

«Mi spieghi bene cos'ha fatto la sera del 30».

Bacci sgrana gli occhi, impreca, scatta in piedi e si risiede.

«La ascolto, signor Bacci. Lei da qui non esce finché non mi ha raccontato di nuovo tutto».

Maurizio apre un fascicolo, Mileto riscrive ogni cosa: «Sono uscito alle otto, sono passato dalla Provinciale, mi sono fermato a comprare le sigarette, ho chiamato il mio amico Rastello, sono andato a prenderlo, abbiamo visto la partita».

«È passato prima o dopo a comprare le sigarette?».

Bacci riflette: «Dopo. Sono passato dopo».

Mileto ascolta, scrive, segna.

«E cos'ha bevuto?».

«Una birra».

«Una?».

Esita: «Sì, una».

«E poi?».

«A mezzanotte sono uscito con tutti e sono andato a casa a dormire».

«Che strada ha fatto?».

«Mah, non mi ricordo... la stessa all'inverso».

«Ha riaccompagnato il suo amico?».

«No! No, non sono passato di lì, è vero. Sono passato da Porta San Francesco».

«E cos'ha fatto quando è rientrato a casa?».

«Ho lasciato le scarpe di sotto e sono salito in camera».

«Ha bevuto un bicchiere d'acqua?».

«Sì. No, succo d'arancia».

«E poi?».

Quando se ne va, Maurizio e Mileto confrontano le versioni che Bacci ha dato ogni volta: segnano tre contraddizioni. Minime. Ma ci sono.

Poi cominciano ad ascoltare le chiamate di Donato. Una telefonata al suo capo, una a un fornitore, una a un amico che gli dice che i carabinieri hanno chiesto di lui. Donato è nervoso al telefono, si arrabbia.

«Ma che cazzo vogliono questi da me?».

«Ah, non lo so. Hanno chiesto se eri al bar con noi la sera del 30».

«E tu cosa gli hai detto?».

«Gli ho detto di sì, ma cos'hai fatto dopo io non lo so».

«Che vuoi che abbia fatto».

«E che ne so. Magari te ne sei andato dalla tua amichetta e non gliel'hai detto».

Bacci reagisce, lo insulta, chiude la chiamata. E telefona a un avvocato.

«Me lo vogliono mettere nel culo, avvocato, io qui ho paura, cosa devo fare».

«Venga in studio e ne parliamo».

«Ma lei non capisce, questi mi stanno alle calcagna, mi hanno fatto andare tre volte in caserma e...».

«Venga in studio, Bacci. Parliamo di persona».

Poi chiama un altro amico: «Ti ricordi vero che siamo stati insieme al bar la sera della partita e c'erano anche gli altri?».

«Sì sì, mi ricordo. Mi hanno chiamato i carabinieri e ho confermato».

«Cazzo, anche a te? Hai confermato, vero?».

«Certo che ho confermato, te l'ho detto, ma perché, cos'è successo?».

Maurizio ascolta tutto, va in ufficio.

«Sequestrare l'auto?». La voce del magistrato è sorpresa.

«Bacci si contraddice, Isa. Si contraddice, il dna è suo, ha chiamato un avvocato. Sono convinto che nella sua macchina ci siano tracce di qualche tipo. Ho bisogno che tu disponga il sequestro. Immediatamente».

Una crepa. Sul muro dietro la scrivania, dove ha montato lo scaffale per i dossier. Maurizio incoccia contro le mensole di ferro se va indietro con la sedia, ma li vuole a portata di mano in qualsiasi momento. La scrivania è troppo piccola per ospitare anche solo un faldone. Giusto il computer, uno schedario per i documenti urgenti, il telefono, un posacenere della Cinzano con dentro le caramelle digestive. Spoglia come spoglio vuole il resto dell'ufficio. Una centrale DP della Germania dell'Est, aveva commentato Isa la prima volta che era venuta. La crepa finisce dietro un quadretto che il suo predecessore andando via non ha staccato. Un acquerello delle Balze. Deve buttarlo via, pensa tutte le volte che lo vede. E poi si dimentica.

«Va bene, Maurizio. Tu intanto tienimi aggiornata su qualsiasi cosa».

Maurizio è rapido, il pensiero corre, ha già visualizzato tutto, bisogna muoversi adesso che Donato è indagato. «Mi serve il fermo».

«Cosa?».

«Gli indizi sono gravi, Isa. Questo se la dà a gambe appena sa che gli sequestriamo la macchina».

«No, Maurizio, non sono così gravi. Fai con quello che hai. Ce n'è abbastanza».

Nardi è furioso, non le chiede se è impazzita solo perché la conosce: Io non accetto lezioni da nessuno, risponderebbe toccata sul vivo di ciò che più teme. Se non mi prendi sul serio nemmeno tu, gli ha detto una volta, allora è una lotta persa.

Però stavolta sbaglia, stavolta bisognerebbe fare presto, fermare Donato, interrogarlo immediatamente, anche senza i risultati dell'auto.

«Guai a te se lo molli un solo secondo» dice a Mileto.

Poi crolla sulla sedia e quasi non si accorge che nel frattempo è arrivata una denuncia. Cos'è 'sta roba, pensa leggendola. Una denuncia di scomparsa, un'altra. Scorre rapido i dati, rilegge da dove arriva: Cogne. Non sta in Valle d'Aosta? Perché la mandano a lui?

Una rottura di coglioni.

La mette sopra l'indagine Inferno, ci penserà.

Un rumore.

Piego la testa, apro gli occhi. Una palpebra si schiude, l'altra no.

La testa batte contro il muro, dietro. In fondo un'ombra. Lampi di luce. Una fitta attraverso le tempie. Stringo gli occhi.

Fruscii, clangori.

Basta. Rumori insopportabili. Dentro le orecchie, dentro la testa.

Basta.

Silenzio.

L'ombra si muove, mi benda.

«Stai tranquilla».

Mani su di me. Dove. I pantaloni. Resisto, sono debole.

Il respiro accelera subito, le braccia incrociate sul petto premono.

Hanno stretto di nuovo le cinghie.

«Stai tranquilla» ripete.

È una donna, questa è una donna.

«Sono sola» dice.

Liberami.

«Calmati».

È venuta a liberarmi. Slacciami le mani, portami via di qui.

«Calmati, cazzo».

Provo a respirare più piano. Dentro. Fuori. Dentro. Fuori. Conto per rallentare sennò soffoco.

Mi abbassa la cerniera, stringo le gambe più che posso.

«Ti devo cambiare».

Una voce di donna.

Chi sei?

Salvami.

«Capisci? Ti devo cambiare».

La conosco?

Un dolore alla testa cieco, appuntito. Martella, stringe in una morsa la testa, gli occhi, il collo.

I suoni arrivano mozzi.

Lampi di luce quando riesco ad aprire gli occhi. Poi chiudo: le palpebre pesano. Ne alzo una sola, l'altra a tratti. E questi bagliori fulminei. Mi abbagliano loro? È la luce di fuori?

La testa batte batte batte batte.

«Allarga» dice.

Mi tocca una coscia.

«Non ti faccio niente».

Una donna, sì.

Mugugno, la testa si lacera.

«Non ti faccio niente».

Preme le mani contro le cosce, mi allarga le gambe. Sento che mi solleva il bacino, fa scivolare i pantaloni.

Mi sta spogliando.

Un fetore di feci. Sono io, arriva da me.

Un conato.

«Calmati» dice.

Un altro conato.

Non sale nulla.

Non mangio non so da quanto. Ho sete. Dammi acqua.

Dolore allo stomaco, alle gambe, alle braccia, alle natiche alla schiena alla bocca.

Mi tocca un braccio, gemo ancora.

Il braccio sinistro non c'è più.

C'è una musica?

Mi sposta, mi muove.

Urlo dentro il bavaglio, non esce nemmeno un suono. Nella mia testa esplode tutto.

Provo a muovere le dita, sono intorpidite, schiacciate contro le costole. Dentro le costole.

Non ho più il corpo.

Un odore forte di disinfettante, bagnato sulle gambe, tra le natiche.

Brucia. Brucia.

Non posso gridare.

Gli occhi chiusi contro la benda, un lampo di luce attraverso la testa.

Dolore.

La sua voce, lontana.

Le sue mani.

Dov'è? È qui o in fondo alla stanza?

Io dove sono?

Fuori, per un momento. Nei boschi. Nel mare. Fa caldo. Sudo. Soffoco. Tremo.

Dice qualcosa, non sento.

Si avvicina.

Si avvicina?

«Alza» dice forte.

Mi ritraggo, mi scuoto: l'urlo della sua voce, il silenzio.

Si allontana.

L'odore forte di disinfettante, muovo le ginocchia, sono di nuovo coperte: i pantaloni? Mi ha rivestita?

«Oggi...».

Cosa dice.

Un ronzio. Parla e sento un brusio acuto, la voce non trova una frequenza. Le orecchie scoppiano.

Urlo. Silenzio.

Dov'è?

Una mano sul ginocchio.

Leggera.

Leggera.

Vuoto.

La muove piano, accarezza.

«Stai tranquilla».

La testa esplode, gli occhi si spaccano, le palpebre incollate non si alzano, non rispondono. Una immobile, l'altra pulsa e trema.

Toglie la mano, si allontana? Non la sento più davanti a me. È uscita?

Rumori in fondo. Lasciano lì le loro cose.

«Andata».

Silenzio.

Lui è qui? Stringo le gambe. Ascolto. Non sento altre voci. Di nuovo la sua.

«Quanto gliene hai dato?».

La sento bene. È davanti a me. La voce arriva a onde. Parla e non capisco.

Chi è?

«Sei fuori? È troppo».

È davanti a me. Ho la testa china, pesa. Il ronzio nelle orecchie, il dolore.

Ascolta, penso. Cosa dice.

«Non me ne frega un cazzo se ti sei spaventato».

Parla davanti a me. Parla con lui, al telefono?

«Non sta nemmeno dritta».

Silenzio. Un brusio. La donna tace, ascolta. La sento accucciata di fronte a me.

«Non ti azzardare più, hai capito? Le dosi le faccio io e tu ti fai i cazzi tuoi».

Si alza, va in fondo, esce? No, il suono arriva e va, una marea ruvida che mi sbatte addosso.

«E con Musso ci parlo io. La roba la dà a me e io te la do come abbiamo detto. Ci siamo accordati all'inizio, adesso non rompi i coglioni».

Mi passa davanti.

«No, non te le do tutte insieme, te l'ho già detto. Col cazzo che ti sai gestire. Una ogni volta che vieni e basta. Chiaro?».

Si allontana, torna indietro.

«Musso non ti dà niente, sono io che lo pago».

Si volta, non capisco più.

Silenzio.

Fruscii, le formiche gli insetti i ragni scappano via si infilano nelle fessure dei muri sotto le porte dentro le mie orecchie.

La donna è di nuovo davanti a me. Mi chiama. Dice il mio nome. Sa il mio nome. Lo ripete. Conosco questa voce. Il modo in cui dice il mio nome.

La voce di mia madre.

Mamma sei tu.

La voce di mio padre.

La donna scioglie il bavaglio, piano. Gli angoli della bocca si rompono, lei ci appoggia qualcosa: il bavaglio? Sanguino?

Aspetta, picchietta sulle labbra, fa: «Shhh».

Sento le labbra pulsare, bruciare. Secche, gonfie. Non riesco a chiuderle.

«Shhh».

Rumori, qualcosa si apre, gira. Ascolto, sento tutto, anche il vento che soffia lontano e mi squarcia la testa.

Lupi state lontani.

Ti prego falli tacere.

«Ti ho preparato una zuppa» dice.

Mi ritraggo.

Grida?

«Shhh».

Mescola e gira, mescola e gira. Un'eco rimbomba. Shhh.

«Apri» sussurra.

Provo, un panno bagnato inumidisce le labbra.

«Ti si spaccano» bisbiglia.

Sento il sangue scendere tiepido sul mento.

«Aspetta».

Tampona. Il panno bagnato nell'acqua?

Pulisce.

«Apri».

Socchiudo, il metallo freddo preme dentro, il liquido tocca la lingua.
Brucia.
Fuoco.
Brucia. Le lacrime scendono attraverso la benda.
«Cosa c'è» dice.
Asciuga le lacrime, fa qualcosa, non capisco.
«Il sale» dice. «La prossima volta non ti metto il sale».
La voce di una donna.
La conosco?
Arriva a onde. Schegge dentro le orecchie. Scivola via, deforme.
«Bevi».
La borraccia contro le labbra.
Adesso lei va via e io cado in fondo a un fosso.

Lampi di luce che non vedo.
Stralci di suoni che non sento.

Sono qui e sono fuori, dentro l'acqua di un torrente.

Fredda.
Gelida.
Nera.

A.D. 1971

Cara Mamma,

Oggi ho mangiato una fettina di mela e ho bevuto un sorso di brodo caldo e poi ho detto le mie preghiere alla Madonna e poi a Santa Caterina che mi protegge e mi accarezza di notte quando dormo.
Il mangiare qui è pieno di vermi e pus dei malati

La Vergine Maria e la Santa Santissima Caterina sanno che sono buona Loro mi conoscono e mi dicono cosa devo fare e quante ore devo pregare ogni notte e quanto spesso fare penitenza
La penitenza adesso me la decido io e nessuno può

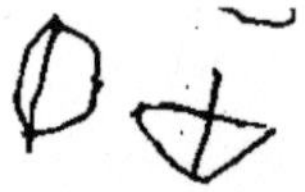

~~*IIIIIIIIIIIIIIIIIIIIIIIIIIIIIIIIII*~~

10 luglio 2019

Alle otto e mezzo nel garage della Compagnia di Volterra arriva la rilievi di Pisa e fa lo screening dell'auto di Donato. Non trovano impronte digitali, ma nel bagagliaio il Luminol evidenzia una piccola traccia di sangue. Dopo averla fotografata la asportano tagliando il pezzo di moquette e la inviano al RIS con una richiesta urgente perché venga analizzata subito.

Mezz'ora, gli dicono.

Ma dopo mezz'ora non hanno ancora nulla e Maurizio chiama Roma: ci sono dei ritardi. Mette giù, va dal capitano: «Solleciti lei».

Il capitano richiama: «Fanno come possono, Nardi».

Ormai, però, Maurizio non aspetta più. L'accelerazione impressa, la valanga che si è staccata e precipita a valle.

«Mileto, continua con le intercettazioni e chiamami se ci sono novità».

Salta in macchina e va a Pisa.

«Il magistrato c'è?» chiede alla segretaria.

«La avverto».

«Vado io».

Entra nel suo ufficio e a momenti la chiama Isa davanti all'avvocato che è con lei: «Dottoressa, buongiorno. È urgente».

Isa chiude il fascicolo che stava mostrando al collega, a cui chiede di uscire.

«Maurizio».

Non gli interessa leggere in quel "Maurizio". Io non ti insegno il tuo mestiere, vorrebbe dire, ma tu a me non parli come a un coglione.

«Mi serve il fermo per Bacci».

Il magistrato lo guarda. «Gli indizi non sono gravi da giustificare un fermo, Maurizio. Te l'ho già detto».

«E io te lo richiedo».

È venuto fin qui, non andrà via senza qualcosa in mano. Isa lo sa, si alza, va alla finestra dove Maurizio si è appoggiato. Bisogna fare attenzione, sempre. Non avvicinarsi troppo. Potrebbe entrare qualcuno, o potrebbero salire in superficie frammenti che hanno entrambi faticato a seppellire.

«Il fermo non te lo posso dare» risponde «però ti delego a sentire Bacci. Se confessa o dice qualcosa di rilevante, mi chiami immediatamente. Hai capito?». Gli tocca un braccio. «Immediatamente. E vengo io».

Maurizio la guarda, furioso. «Se Bacci in tutto questo aspettare se la dà a gambe, poi non stupiamoci».

Si stacca dalla finestra ed esce, senza salutarla. Sale in auto, sbatte la portiera, accende il motore.

«Mileto» urla nel telefono «porta subito Bacci in ufficio. Sto arrivando».

Donato è pallido, siede senza muovere un muscolo. È talmente concentrato che se Maurizio facesse cadere una sedia, non la sentirebbe.

«Signor Bacci» dice.

Quello si scuote, fa un cenno della testa seguendolo con gli occhi.

Maurizio si siede con calma, indica qualcosa a Mileto, apre il fascicolo, stavolta il suo. Non c'è bisogno di fingere, il dito scorre sulle contraddizioni che hanno evidenziato, il cellulare a portata di mano nel caso in cui chiamassero da Roma con i risultati.

«Bisogna che ripercorriamo ogni momento di quella sera» gli dice infine. «Lei è in una situazione delicata e ci sono alcuni punti poco chiari».

Donato ascolta, le labbra secche, gli occhi in guardia. Quella scintilla, riflette Maurizio, non l'hanno persa.

E ricomincia.

«A che ora è uscito di casa?».

«Alle otto».

«Da solo?».

«Sì».

«Da dov'è passato?».

«Dalla Provinciale».

«A che ora è arrivato al bar?».

«Non lo so... alle otto e dieci, credo. Quanto ci vorrà da casa mia a là?».

«Non lo so, signor Bacci, questo ce lo deve dire lei. Così è andato direttamente al bar da casa sua. Senza soste da nessuna parte».

«Sì».

«E le sigarette quando ha detto che le ha prese?».

Donato si blocca: «Dopo».

«Dopo la partita?».

«Sì».

Un tremolio. La bocca sempre più asciutta.

«Quanti bicchieri di vino ha bevuto?».

«Birra. Ho bevuto birra. Una sola».

«Com'è finita la partita?».

Donato tossisce: «Uno pari».

«Chi ha segnato?».

«Ronaldo».

«Ovviamente».

Bacci lo guarda, non ha capito.

«Ci sono stati rigori, punizioni? È stato espulso qualcuno?».

Tace. Trema: «Non mi ricordo».

Maurizio alza gli occhi dal fascicolo: «Non si ricorda?».

«No. Era una partita».

«Era una partita importante, a quanto dicono gli appassionati. Io il calcio non lo seguo. Mi annoia».

Donato resta teso, in allerta. Quando il cellulare di Maurizio squilla, fa un salto sulla sedia. Nardi si alza, esce.

«Abbiamo i risultati: il sangue nell'auto è di Antonella Franchi».

Maurizio avverte solo un fremito mentre prende un foglio di carta e ci scrive sopra. Poi torna nella stanza, si siede e, non visto, passa il biglietto a Mileto.

«Dicevamo. Dopo la partita cos'ha fatto?».

«Sono rimasto con i miei amici».

«Avete bevuto ancora?».

«No. Poi sono andato a casa».

«E da dov'è passato?».

«Dalla Provinciale».

«E poi?».

«E poi sono andato a dormire».

«E Antonella Franchi quando l'ha vista?».

«Non l'ho vista».

«Come non l'ha vista?».

«No».

Maurizio si china a guardare sul fascicolo, indica qualcosa a Mileto: «Qui ci risulta che...».

Non riesce a finire la frase che Donato inizia a tremare sempre più forte. Apre la bocca, la lingua bianca, gli occhi rossi, la scintilla diventata un fuoco, tutto il corpo che, massiccio com'è, prende a vibrare come un cavo d'acciaio.

E a quel punto la voce di Mileto, quieta, gentile: «Perché l'hai ammazzata, Donato?».

«Isa, vieni».

Dopo nemmeno un'ora il magistrato arriva con un avvocato, si siede di fronte a Bacci, inizia a parlargli.

Bacci racconta tutto, indica anche dove ha lasciato la chiave inglese con cui ha tramortito Antonella. Si davano appuntamento nel garage sotto casa, lei veniva due volte alla settimana e, dopo aver finito con la moglie di Bacci, andava a casa sua, metteva a letto la madre e tornava. Facevano sesso, stavano un po' insieme, poi lei rientrava.

«Quella notte mi ha detto che non voleva più continuare. Si sentiva in colpa, era scontenta. Io non ci ho più visto. Ho provato a farle cambiare idea, ma lei non mi ascoltava. L'ho picchiata, stava per scappare. Allora le ho tirato la chiave inglese sulla testa, l'ho imbavagliata e strangolata. Non moriva mai». Lo ripete, questo: «Non moriva mai».

Poi l'ha legata per trasportarla, l'ha avvolta in un lenzuolo («L'ho gettato. E anche la borsa. No, in due cassonetti diversi») e l'ha caricata nel bagagliaio. Alle quattro è uscito e l'ha buttata giù dalle Balze.

A Isa, che è una donna, dice piangendo che non la voleva uccidere: «Ho perso la testa, cosa mi rimaneva se mi lasciava, non ho un cazzo di niente, avevo soltanto lei».

Piange ancora mentre, sostenuto da un carabiniere, passa accanto a Nardi.

«Lo sa cos'è strano, Bacci?» gli dice Maurizio. «Lei è caduto in contraddizione sulla verità».

28 giugno 2019

«Devi proprio partire?».

«Il 5 è il compleanno di mio padre».

«Parti il 4, no?».

«Ho voglia di fare qualche giorno al mare, prima. È l'unico momento in cui posso».

Malina scuote la testa, apre in silenzio il libro che Giorgia le ha mostrato.

Un animale ferito. Non è la prima volta che Giorgia lo pensa. Talvolta aggressiva, talvolta dimessa. Questo sguardo abbandonato.

Se Malina andasse in paese, ogni tanto, qualcuno di interessante lo troverebbe. Anche solo la sua amica – Elisabetta? – non si sono quasi mai viste da quando Giorgia è arrivata. Oppure l'enoteca. Giorgia ci è stata solo un paio di volte per comprare il vino, ma ha sempre notato un bel movimento, e Ines le ha detto che si incontra gente di ogni tipo, addirittura registi, pittori. Un sacco di stranieri. C'è la spagnola che ha lasciato Madrid per trasferirsi qui. Con una di fuori Malina legherebbe. E quell'altro tedesco, un pediatra, vedovo e bell'uomo, ha ammiccato Ines: ha comprato casa a Volterra e ci sta metà dell'anno. L'altra metà torna in Germania, a Berlino. Potrebbe essere un buon partito, ha scherzato Giorgia una volta. Per te o per me? ha risposto Malina secca. Io non esco quasi mai, ha detto, tantomeno in paese: le facce possono anche cambiare, ma gli stronzi son sempre lì. Giorgia non ha insistito. Ha capito che la storia della madre dev'essere passata e ripassata sulle bocche di tutti, soprattutto da quando Malina è tornata a Volterra. Chissà cosa dicono di lei.

«Ci teniamo in contatto, non sparisco».

Malina non risponde, continua a sfogliare il libro, ogni tanto guarda fuori per vedere se passa Donato. Deve chiedergli di venire ad aggiustare un tubo che perde. Se aspetta la proprietaria, dice, passa l'inverno.

«È interessante questo libro».

Giorgia si volta. Dopo pranzo hanno raccolto dei fagiolini nell'orto di Bice, li fa in padella per stasera.

«Ci sono un sacco di cose che non sapevo».

È curioso che Malina non se ne sia mai interessata. O forse no. Forse è sano, forse ha operato una cesura necessaria, che le ha permesso di andare avanti.

«L'ho appena iniziato» risponde Giorgia «ci sono molte notizie storiche, meno sull'organizzazione del quotidiano, o sui pazienti. Dev'essere stato molto bello, comunque. Come struttura» aggiunge subito.

Malina alza lo sguardo: «Ti piacerebbe vederlo?».

«Sì, ma non credo che mi andrebbe di andarci con un giro organizzato. Elisabetta ci porta i turisti, vero?».

«Non pensavo a quello. Se vuoi ti ci porto io».

Giorgia è sorpresa: «Hai le chiavi dei cancelli?».

«No» sorride lei «ma si scavalca».

«Non mi pare il caso...».

«Guarda che ci entra mezza Volterra».

Giorgia torna a pulire i fagiolini.

«Non c'è nemmeno più tempo. Parto dopodomani, te l'ho detto».

«Il tempo c'è. Andiamo stasera».

Giorgia si gira: «Stasera?».

«È più bello di sera. Quando non è ancora buio, al tramonto. Ti va?».

«Non so. Ho un po' di cose da fare prima della partenza, stasera volevo passare a salutare Ines».

«Ma di nuovo? Non eri lì a pranzo?».

«Non le ho detto che vado via».

«Ci vai domani».

Giorgia la guarda: «Domani volevamo tornare a Castiglioncello, no?».

Malina non risponde, riabbassa gli occhi sul libro. «Il frenocomio di Volterra» legge. Lo chiude. «È anche più brutto detto così».

«Cancro». Malina manda giù il boccone: «Cancro» ripete «ai polmoni. È morta nel giro di cinque settimane».

«Quanti anni avevi?».

«Diciotto. Mia zia, quarantasei».

«E tua madre?».

«Quando è morta? Aveva quarant'anni».

Risponde senza esitazioni. Date e numeri le sono perfettamente chiari: la madre è entrata in manicomio quando aveva diciannove anni, è uscita che ne aveva quaranta. Dopo nove mesi è morta. Malina non le ha mai raccontato come.

Lascia il libro sul tavolo, la raggiunge al lavandino. Prende una manciata di fagiolini dalla pentola, inizia a spuntarli. Giorgia raccoglie la stessa quantità, ma con due mani, e riprende. Lavorano in silenzio, assorte.

«Io non mi ricordo niente» dice a un certo punto Malina. «Del manicomio *com'era*, intendo. Ci sono stata troppo poco. Di notte adesso c'è di tutto: dai ragazzini con gli spray agli spacciatori. Ma d'altronde è un posto perfetto per nascondersi».

«Non sei tornata nemmeno dopo?».

«Sì, qualche volta da ragazzina. Ma era già tutto sfatto. Dico quand'era aperto. Non sono andata nemmeno il giorno che è uscita. È andata la zia a prenderla».

Giorgia si sforza di non guardarla; non vuole che pensi che la sua sia curiosità da paese. Vuole che si senta libera di parlare o tacere.

«Di quella giornata ricordo che la zia mi aveva tenuta a casa da scuola. Aveva fatto tutto un annuncio, voleva che sembrasse una festa. Credo che fosse terrorizzata» sorride. «Povera zia. Non vedeva la sorella da quando era stata ricoverata. Ti rendi conto? Aveva sedici anni, lei. Non sapeva cosa aspettarsi. Almeno mi immagino, non me ne ha mai parlato. Cioè» si interrompe «non mi ha mai parlato di *questo*».

Travasano i fagiolini puliti in una padella, Malina taglia due spicchi d'aglio, versa l'olio. Cucina lei, anche se è casa di Giorgia. Giorgia non dice niente, si scosta e la lascia fare.

«Pensa come si doveva sentire. Lei fuori e l'altra dentro».

Malina la guarda.

«Era malata, no?».

Malina scrolla le spalle: «Chi lo sa cosa aveva. Allora ti mettevano in manicomio anche per ragioni che con la salute non c'entravano nulla. Bastava che fossi un po' originale, che so, artista. E magari donna. Strega e menagramo». Mescola, alza il fuoco. «I manicomi erano pieni di artisti, lo sapevi? E poveracci. Gente che le famiglie non potevano mantenere. Oppure orfani, ragazzi difficili, ritardati. Spesso venivano internati bambini affetti da *stato di eccitamento*. Oggi si chiama ADHD, ma allora, capirai... ci sono stati un sacco di casi così. Non ricordo più dove ho letto che un pediatra aveva visto le cartelle cliniche di un manicomio di Roma ed era rimasto sconvolto perché non c'erano patologie precise. Venivano internati bambini anche solo di tre anni, che non avevano nessuna malattia mentale grave. Quelli che sono usciti con la Basaglia saran morti quasi tutti di overdose».

Posa il cucchiaio, abbassa il fuoco, copre.

«Spesso la malattia non c'entrava niente. Povertà, ignoranza, esclusione sociale, discriminazioni, abbandono. Adesso che ci penso, mi viene in mente che quel manicomio aveva due padiglioni per i bambini: uno per i "tranquilli", che erano considerati recuperabili, e l'altro per i "sudici"».

«Era così anche Volterra?».

«A Volterra c'erano il Chiarugi e il Bianchi. Due padiglioni dove erano internati i "corrigendi", li chiamavano così. Non so esattamente di che età, ma di certo anche giovanissimi». Ride indicandosi con il coltello: «La qui presente ne è la prova provata. Anche se io sono stata al Verga, dov'era mia madre».

«Ma tu sei uscita subito».

«Sì. C'è da ringraziarla, la mamma».

«Perché non aveva latte, intendi?».

Malina la guarda, gli occhi di colpo gelidi: «Il latte ce l'aveva» risponde.

Giorgia distoglie lo sguardo, prende il cucchiaio, mescola la verdura nella pentola.

«Credo che lei fosse tipo maniaco-depressiva» riprende Malina «una cosa che a quei tempi non si capiva. L'avevano classificata come schizofrenica o isterica, non mi ricordo. Erano praticamente tutte classificate così. La zia mi ha raccontato che ogni tanto, quando era ancora a casa, a mia madre pigliavano i cinque minuti, come diceva lei, e fracassava qualcosa, o la menava. L'ha fatto una volta di troppo» dice togliendole il cucchiaio di mano «e ci è andata giù troppo pesante».

«Ma a te ti ha mai picchiata?».

«Dopo, dici? No. Quando è venuta a stare da noi non ne avrebbe più avuta la forza».

«Com'era?».

«Come vuoi che fosse dopo vent'anni di manicomio? Una vecchia pazza».

Il cielo è limpido, le nuvole degli ultimi giorni spazzate via dal vento.

Malina ha cambiato argomento, si è messa a parlare di Donato, della moglie che sono sei anni che è un vegetale costretto a letto. Una donna stupenda, le hanno riferito, sembrava una modella.

Giorgia ascolta a metà, le parole che rimbombano in testa.

«Da ragazze lei e Ines facevano il paio in paese e i ragazzi gli morivano dietro. Erano due bellezze da cinema. Peccato che nessuna delle due si sia mai mossa da qui. Ines ai fornelli del ristorante del marito morto dopo due anni di matrimonio, Clelia sposata a quel bestione di Donato, che più che costruire muretti e dar da mangiare ai polli non sa fare. Ti pare?» incalza.

Giorgia si scuote: «Oggi era a pranzo da Ines. Era seduto al tavolo vicino al mio».

«Gli hai detto che lo aspetto?».

Giorgia sorride, fa segno di no. Potrebbe essere a casa, adesso. L'ha riaccompagnato lei, perché la sua macchina era in panne.

«Devo assolutamente chiamarlo» ha ripetuto Malina.

Nel pomeriggio non è passato dagli orti. Strano.

«Allora che facciamo, si va?».

Giorgia è interdetta, pensava avessero già deciso di no. «Malina...».

«Dai, vedrai che posto. Poi sarai contenta. E se quando siamo lì proprio non ti va, giriamo i tacchi e andiamo a cena da Ines, che tanto è lì sotto, e questi fagiolini te li mangi domani. Passa da me alle sette, andiamo con la mia macchina».

Gli occhi ripuliti, il sorriso.

Alla fine ha avuto giusto il tempo di riordinare la cucina e fare qualche pulizia. Avrebbe preferito chiamare qualcuno ad aiutarla, ma poi si è sbrigata da sola. Resta il bagno, la sua stanza. Il 30, prima di partire, darà un'ultima rassettata. Al bagaglio penserà domani. Deve anche chiamare il cugino del padre, concordare un incontro ad Aosta per la sua persiana. Chiamalo per tempo, magari ha degli impegni, si è raccomandato. Domani gli telefona, adesso non ne ha voglia. Anche perché quando guarda l'ora sono già le sette.

Fa una doccia, si cambia: pantaloni, scarpe da ginnastica e maglietta con le maniche lunghe. Se c'è da scavalcare e infilarsi tra i rovi, almeno è protetta.

Mentre passano davanti alla trattoria, Giorgia allunga il collo a vedere se Ines è sulla soglia, ma non c'è nessuno, neppure il cameriere. Andrà dopo, magari si fermano davvero a cena. In frigo ormai ha solo un pomodoro e i fagiolini cucinati nel pomeriggio.

«Questo è già il parco dell'ospedale» dice Malina posteggiando poco più in alto.

Giorgia non ha mai fatto questa strada: due curve che salgono dalla chiesa di San Girolamo e si incuneano dentro la vegetazione fitta.

Scendono, si guardano intorno: un bosco di lecci, cipressi, abeti e castagni nel quale si snodano i ventisei padiglioni. Si avviano su per la salita, dopo qualche metro raggiungono il cancello.

«Di qua» dice Malina.

Si infilano in una stradina laterale e arrivano a una grata chiusa da un altro cancello. Malina afferra le sbarre, posa un piede sul catenaccio, si issa e salta.

«Vieni» dice a Giorgia «metti il piede lì».

Giorgia fa leva sul lucchetto e, una gamba dopo l'altra, scavalca.

«Facile, no? E poi si stupiscono che ci entra mezzo mondo».

Malina supera una piattaforma di cemento, imbocca un

sentiero tra i cespugli. Si volta: «Stai tranquilla, non c'è nessuno».

I cani abbaiano in lontananza, Giorgia pensa alla volpe. Malina, come l'avesse sentita, sorride: «Guarda che qui non ci viene. Le uniche galline nei paraggi siamo noi due, e siamo troppo vecchie per i suoi gusti».

Poi scompare.

Giorgia esita, si guarda intorno: la strada è vuota, non ci sono altri rumori. Il silenzio della sera che attraversa le chiome degli alberi e le fa muovere appena.

Potrebbe scendere a piedi al ristorante di Ines, aspettare Malina lì o chiedere un passaggio a casa.

«Malina» chiama invece, e va.

Si incamminano lungo una salita, la strada non è battuta, solo un sentiero appena accennato. Malina sposta le erbacce con le mani, spezza i rovi perché non rimbalzino in faccia a lei. Gli alberi sono soffocati di edera e rampicanti, l'erba arriva all'altezza della vita.

Finiscono su un tratto battuto, lo percorrono, continuano a inerpicarsi, superano una collinetta, slittano, si tengono ai tronchi, ai rami. Arrivano in cima a un pendio, hanno il fiatone, si fermano.

«Dove siamo?» chiede Giorgia.

Malina indica un'altra strada: «Lì c'era la serra».

Seguendo il tracciato arrivano a una struttura semidistrutta in ferro con una parte del tetto collassata. Si sporgono sopra i vetri rotti: all'interno ci sono ancora le divisioni in legno delle colture, alcuni attrezzi buttati a terra, delle vasche accatastate. Malina prosegue verso sinistra, raggiunge uno spiazzo con un muretto: «Vieni a vedere».

Giorgia si affaccia: la valle si stende sotto di loro, poco più giù passa la strada che di mattina percorreva a piedi con il padre quando era venuto a trovarla. All'orizzonte il sole sta calando, il cielo spazzato dal vento ne dilata la luce arancione e rosa, il verde della vegetazione si fa ancora più fitto, più vivo.

«Ti porto al Charcot».

Malina la prende per mano, la conduce verso un viottolo scosceso, alla fine del quale trovano una scalinata invasa dalla vegetazione: le erbacce spuntano dai buchi nei gradini, le piante si curvano formando una volta che ombreggia il varco.

«È lassù». Malina inizia a salire i gradini: «Fai attenzione, si scivola».

Giorgia la segue sino a quando arrivano ai piedi di un edificio circondato da un muretto e un giardino. Giorgia alza lo sguardo: la parete è scrostata alla base e sotto il tetto, ma è imponente; gli alti finestroni a bifore sono coperti da grate, due portalampade in ferro battuto cingono la scritta CHARCOT sopra il portone d'ingresso.

«È magnifico».

Malina gira l'angolo, si ferma lungo la parete laterale, indica una porta sbarrata: «Lì sotto ci sono le cantine e un magazzino. Andiamo a vedere».

«È chiuso».

«Possiamo passare lo stesso. Spostiamo la grata».

«C'è il divieto, vedi? È tutto pericolante».

«Ci sono entrata mille volte».

«Torniamo indietro, dai. Ho visto, è bellissimo, ma si sta facendo buio».

Ed è il buio che piomba subito dopo.

Un buio denso, improvviso.

Totale.

«Che vuol dire che ti tiri fuori».

«Che ti arrangi da sola. A me questa merda non mi va più».

«Guarda che mica te ne puoi andare come se niente fosse. Ci sei dentro quanto me».

«Neanche per il cazzo. Sei tu che l'hai portata qua e sono tutti cazzi tuoi».

Il silenzio. Un silenzio lungo. Stringo gli occhi, il tappo nell'orecchio destro è scivolato, i suoni passano, capisco le parole.

Stai sveglia.

Senti se dicono un nome.

Dove siamo.

«Ascoltami molto attentamente».

La voce di lei si è fatta cupa. Da dove viene una voce così?

La conosco? Mi arriva distorta, ma c'è un tono...

Ti conosco?

«Tu prova a uscire di qui e ti ritrovi nella merda a una velocità che manco te ne accorgi».

«Ma che cazzo dici» grida lui.

Poi forse si spaventa, abbassa la voce di colpo. Quel che sussurra non mi arriva. Parla sempre lento. Biascica.

«... impronte e testimoni».

La voce di lei.

Lui aspetta, non li sento muovere.

«Testimoni?».

Di nuovo silenzio, non capisco dove sono andati. Forse sono usciti? Provo a sollevare un poco la palpebra, richiudo subito: sono qui davanti.

«Pensi che crederanno a te? Ti sei visto?».

Lui bestemmia, sbatte qualcosa per terra. Lei lo lascia sfogare, si china di fronte a me.

Sento il suo sguardo addosso anche se non la vedo.

«Da oggi diminuiamo» mi dice.

31 dicembre 1971

Mamma cara,

Io non voglio mangiare quello che mi vogliono far mangiare perché gli infermieri ci mettono la cenere delle sigarette dentro e anche lo sputo e i sudiciumi che escono dalle piaghe dei malati. Li ho visti metterci tutte queste cose non chiedermi come faccio a saperlo me l'hanno mostrato la Vergine Maria e la Santissima Santa Caterina che mi protegge

che dovrebbero lasciarmi andare io sono sempre tanto docile

docile
docile docile docile
~~docile docile docile docile docile docile docile docile docile docile docile docile docile docile docile~~

vogliono che siamo docili e zitte
mi puliscono quando sono docile come premio e come punizione mi lasciano sporca e allora devo stare zitta docile e zitta
ma come si fa a stare zitte quando così tanti demoni ti urlano nelle orecchie? Urlano urlano cose che non ti posso ripetere Mamma vogliono che do fuoco a San Girolamo e dicono che finché non lo faccio non mi lasciano stare!
Ma io come ~~faxx~~ faccio Mamma ad avvertire il Caro Gesù se mi tengono sempre qui

Ieri sono stata docile tutto il giorno usano la parola catatonica qui ma io non sono catatonica sono buona Mammina

però non mangio no no e no
prego Maria Vergine Santissima
Santissima Caterina da Siena che m'insegna i sacrifici e mi dice che faccio bene a fare così

C'è una suora che mi parla di Santa Caterina sai Mamma si chiama Suor ~~Clotilde~~ e dice che sono brava a fare come faccio ma che non lo ~~devo dire a nessuno~~
perché sennò mi vengono a

mutacica sitofoba mi chiama il medico lo diceva a un infermiera che scriveva alla visita mutacica sitofoba e si è raccomandato di farmi mangiare che ormai mi si vede attraverso questo lo dico io ma so che lo pensano e pensano che è peccato ma io ho paura di essere avvelenata qui dentro mettono anche il veleno per topi e la soda caustica Mamma ci vogliono far fuori tutte

a me per prima Mamma perché la Madonna mi vuol bene ~~XXXXXXXXXX~~

11 luglio 2019

Maurizio ha le mattine. Prologhi di giornata in cui si affaccia alla finestra sul vicolo, lascia entrare l'aria, qualsiasi stagione sia, e fa il punto. Di un'indagine, un caso risolto, un fastidio, una litigata con Lara, una morte che la notte non ha seppellito. Succede. Bambini, soprattutto. Donne. Oppure, come stamane, un senso di leggerezza. Aver reso un avanzo di giustizia a una madre. Avere fatto quel che doveva senza troppi errori. Questa volta, addirittura nessuno. La pagherà, pensa soffiando sul caffè.

Sono preludi di giornata di pochi minuti. Ha appena finito di pensare e deve già mettersi in moto: apparecchiare la colazione di Lara, darle appuntamento stasera al ristorante, farsi una doccia fredda, che ormai il caldo arroventa pure il respiro. È terribile essere arrestati in questa stagione. E in inverno, quando Volterra cade in una morsa di gelo. C'era un medico, al manicomio, che l'inverno lo odiava. Se ne andava in giro intabarrato dentro strati di vestiti, coperto fino alle orecchie e, appena qualcuno gli nominava la neve, si metteva a camminare in tondo. I ragazzi di Volterra glielo facevano apposta: Pacchiani, chiamavano, nevica! e quello via a girare. Eppure coi malati ci prendeva. Se Maurizio ricorda bene, scriveva anche poesie e disegnava: autoritratti e vignette sui malati. Qualcuno è stato raccolto dentro un libro, gli hanno detto.

Certo d'inverno anche a lui talvolta viene voglia di levare le tende. Trasferirsi magari in Liguria, insieme ai vecchi sempre sorridenti della riviera. Un pezzo di focaccia da intingere nel cappuccino, la passeggiata fino al porto, il giornale sulle panchine. Lo propone ogni tanto a Lara che si avvicina, lo bacia e risponde: Sei stanco, ti devi riposare.

Momenti appena sveglio che non superano mai i dieci minuti. Di notte è diverso: se non dorme è perché ha un caso che gli è entrato in circolo, e allora il cervello macina senza sosta. Non ci sono pause, il caffè lo beve al volo infilandosi le braghe, altro che questi indugi quasi vergognosi appeso al davanzale.

Ma non durerà. Non se lo ricorda ancora, Nardi, che sulla sua scrivania c'è la denuncia di scomparsa arrivata due giorni fa, messa da parte perché avevano l'omicidio da risolvere e quei casi lì spesso si chiudono in un niente: il tizio che non ne poteva più della moglie ed è andato a Santo Domingo per una settimana, la ragazzina che si è fatta un tatuaggio sul culo e ha paura che la madre la riempia di sberle, l'adolescente che prende il pullman per comprare la droga in città e allora glieli molleresti tu, due schiaffoni come si deve. "Allontanamento volontario", si chiama. Tante denunce si risolvono subito. Le altre, invece, sono quasi sempre destinate a non risolversi mai. È difficile che una persona scomparsa venga riportata a casa dalle forze dell'ordine. Torna lei, o la si ritrova a pezzi in un bosco. Perché si indaga sul niente. Spesso non ci sono segnali, è tutto normale e poi di colpo *paf*, sparita. Come i trucchi di un prestigiatore: metterti a quattro zampe a cercare la colomba che un minuto fa era qui, sotto i tuoi occhi, e nessuno ha visto svanire nell'aria. Eppure le luci erano tutte accese e tu prestavi attenzione. Giusto il pulviscolo che tra poco, bordeggiando sabbioso, si poserà a terra. E nulla più si muoverà.

Ma Maurizio non se lo ricorda ancora, e perciò con calma chiude le finestre, accosta le persiane per non fare entrare il caldo che anche oggi li strizzerà tutti una goccia alla volta fino a notte fonda, e contento va a mettersi le mutande.

Oltre a leggere, Maurizio ha bisogno di parlare con la gente. Perché ci si dimentica sempre qualcosa: chi scrive questi rapporti spesso non ha il senso del dramma e lascia fuori dettagli che hanno già la verità tutta intera confezionata dentro. Quindi, dopo avere adeguatamente imprecato e affidato la stesura dell'informativa del caso Bacci a Mileto, Maurizio rilegge le poche righe arrivate sulla sua scrivania e chiama Cogne.

«Il padre» risponde il maresciallo che ha ricevuto e verbalizzato la denuncia.

«Mi ripeta tutto, per cortesia».

Fa sempre così, spiazzando il suo interlocutore. Ma se abbiamo mandato la denuncia, che le ripeto tutto a fare? chiede talvolta qualcuno. Sono duro di comprendonio, risponde lui.

E così il maresciallo recupera il fascicolo che aveva già archiviato e si fa venire in mente per filo e per segno ogni cosa, perché ha capito che questo è uno scassacazzo e meglio gli risponde, prima se lo leva di torno.

«Giorgia Sala, anni quarantasei, risulta scomparsa, a detta del padre, intorno al 1° luglio, quando da Volterra sarebbe dovuta andare ad Arenzano, in provincia di Genova, per trascorrervi qualche giorno prima di raggiungere il padre a Lillaz il 5 luglio, ma non è mai arrivata».

«E dov'è Lillaz?».

«Qui in Valle d'Aosta, a quattro chilometri da Cogne».

Maurizio segna: *padre a Lillaz, 5 luglio*.

«Il 1° luglio il padre, Luigi Sala, ha ricevuto un sms dal telefono della figlia, che diceva che era arrivata ad Arenzano e...».

«Ci è arrivata o non ci è arrivata?» interrompe Maurizio.

«Pare di no. Cioè» si confonde il maresciallo «non si sa. Il messaggio è arrivato, ma... posso andare avanti un pezzo alla volta?».

«Prego».

Dev'essere nuovo, pensa Maurizio.

«Luigi Sala riceve il messaggio della figlia, mà nei giorni successivi non riesce a contattarla. La figlia sarebbe dovuta partire da Volterra il 30 giugno, passare da Aosta, incontrare il cugino, Fulvio Quaglia, recuperare una persiana...».

«Una persiana?».

«Per la casa del padre a Lillaz. Il cugino ha riparato la persiana e la figlia avrebbe dovuto portarla su».

Maurizio scrive: *Fulvio, cugino, persiana.*

«Il padre ha ricevuto alcuni sms dalla figlia dal 1° al 5 luglio, ma lei non ha mai risposto alle sue chiamate. In uno degli sms, Giorgia Sala ha detto di avere problemi con il telefono, ma, ha detto il padre, gli è sembrato strano, visto che i messaggi invece arrivavano. Il padre allora ha telefonato: la prima telefonata è stata rifiutata, le altre non hanno raggiunto il telefono, che risultava spento. Il Sala allora, insospettito anche dal fatto che la figlia non ha chiamato il cugino come d'accordo...».

Ma come parla questo, pensa Maurizio.

«... ha telefonato all'hotel dove lei aveva prenotato, e dove risulta non essere mai arrivata».

«Aveva cancellato la prenotazione?».

«No. Il padre ha provato di nuovo a chiamarla, ma il telefono risulta spento».

«Da che giorno esattamente?».

Il maresciallo esita, cerca tra le carte.

«Credo il 9 luglio».

«Crede?».

«Non ricordo di preciso».

Maurizio sospira.

«Quindi, ricapitolando: il 1° luglio Luigi Sala riceve un sms della figlia che dice di essere arrivata ad Arenzano, ma non è andata all'hotel dove aveva prenotato. Nei giorni successivi padre e figlia si sentono via messaggio, mai a voce, il 5 luglio Giorgia Sala sarebbe dovuta arrivare a Lillaz, ma non arriva. Nel frattempo il cugino non l'ha sentita e il padre ha provato ripetutamente a chiamarla, senza esito. Corretto?».

«Corretto».

«Di lei il padre che dice?».

«Che stava bene, nessun problema di salute o depressione».

Tanto, anche se li avesse, lui sarebbe l'ultimo a saperlo.

«Altri particolari importanti?».

«Al momento no».

«Avete chiesto una foto, inserito nominativo e informazioni in banca dati?».

«Certo».

«Bene, aspetto il verbale».

Maurizio rilegge le sue annotazioni e la denuncia. Troppo poco, pensa. Bisogna cercare di capire qualcosa in più di questa donna. Prende un appunto: *risentire il padre*.

Poi si lascia andare contro lo schienale della sedia.

In sottofondo, può quasi sentire la colomba del prestigiatore allontanarsi nell'aria greve di metà mattina.

Non capisco il tempo che passa. Quanto. Da quanto sono qui.

La testa formicola, gli occhi sono pesanti. Un po' meno, riesco a stare sveglia più a lungo, ma non posso muovermi.

Sono sveglia anche di giorno, adesso. Questa luce che filtra è il giorno? Devo darmi un riferimento, ho deciso che è il giorno. Quella luce è la mattina, i cani nella valle sono la notte.

Lui viene di meno, viene soprattutto lei. Spesso quando dormo. Me ne accorgo perché gli odori sono diversi e mi rendo conto di avere mangiato. Non me lo ricordo sempre. Lexotan, hanno detto. Si porta via la memoria, non sai più cosa hai fatto o cosa hai detto. Riesco a pensare. Adesso sto pensando.

Continua.

Dove sei.

Metto a fuoco: la stanza, la finestra, la porta, il pavimento. È dissestato. Dove mi hanno messa? Un garage? Una cantina? Filtra poca luce, è umido. Odore di muffa, liquami.

Sono in due? Sono solo loro due o ci sono altri che qui non vengono? O forse passano quando dormo. Non lasciano tracce. Solo il secchio d'acqua che lei usa per lavarmi. Lui non mi tocca. Non mi deve toccare.

È lei che mi cambia.

Mi cambia e mi parla. Quando lui non c'è.

Non li sento arrivare. Mi rendo conto che sono qui quando sono già entrati. Posano le loro cose vicino alla porta e vengono a vedere. Mi devono svegliare per farmi mangiare, poi non ricordo.

Sono già venuti oggi?

Puzzo.

No.

Lorda. Sono lorda, anche se lei mi cambia. Mi ha messo un pannolone, ma non riesce a lavarmi il resto del corpo. Solo la faccia, a volte i capelli con una spugna.

Non mi sciolgono mai. Nemmeno lei. Allentano i lacci ogni tanto, ma poi lei stringe.

È giorno. Non vengono mai di giorno.

La stanza si confonde. La porta si muove: stanno entrando?

Ascolto.

Silenzio.

Si muove anche la finestra, perde i contorni, come il corpo. Non so dove finisce. Non sento più niente. Solo quando mi tocca. Fitte, scosse. Come l'elettricità che passa nel sangue.

Le palpebre pesano la testa pesa non riesco a tenerla dritta non riesco a stare sveglia.

Devo rimanere vigile
devo rimanere

È da sola.

Non c'è più luce, è notte.

Sento i cani?

Sollevo la testa verso di lei. Alzo le palpebre.

Mi cerca subito, chiude la porta con il lucchetto e la catena. Lui non verrà.

Starà a lungo. Forse tutta la notte. Ha cominciato a fermarsi tanto tempo. Lo faceva anche prima? Non lo so, non ricordo. Adesso mi sembra di stare sveglia di più, di notte lei è quasi sempre qui. Oppure no? Le immagini si dilatano.

Non riesco a distinguere quello che penso da quello che sogno da quello che vedo.

«Ho portato una cosa» dice sedendosi davanti a me.

Dallo zaino tira fuori un oggetto, non vedo bene.

«Ho deciso...» dice avvicinandosi.

Un coltello.

Mi ritraggo, urlo ma non esce niente.

Urlo.

Urlo.

Un gemito, una lama in testa.

Urlo.

Nessun rumore.

«*Shhh*» dice lei allontanando la mano. «Stai tranquilla. Non ti faccio niente. È per i capelli».

Ha allontanato il coltello, sorride. Io continuo ad agitarmi, uno strappo alle braccia, alla schiena. Piango.

Lei lo posa.

«Ho detto che non ti faccio niente».

Ansimo, le lacrime scendono, il naso cola sul cencio intorno alla bocca. Provo a deglutire il muco, tossisco. Cerco di piangere poco, rischio di soffocare.

«Stai calma».

Avvicina una mano, io mi scosto.

«Stai meglio in questi giorni? Dovresti stare meglio, ti do meno gocce. Sei più sveglia, vero?».

La fisso. Annuisco piano.

Indica il coltello sul pavimento: «Ti voglio tagliare un po' i capelli, non riesco a lavarteli bene. Ormai sono luridi». Allunga la mano, prende il coltello che tiene a distanza, infila le dita, le muove: sono forbici. «Ti va?».

La guardo.

Un'ombra mi passa davanti agli occhi, la testa ronza, ronza sempre, l'occhio batte meno, la palpebra, il collo.

La guardo.

I capelli neri, il cerchietto. È mio, le piaceva. Gli occhi spalancati nel buio, le mani tozze. Forti.

«Adesso ti libero la bocca che sennò non riesco. Ma tu non devi gridare. Lo sai, vero? Tanto qui non c'è nessuno».

Continuo a fissarla.

«Se vai avanti così gli occhi ti saltano fuori dalla testa» dice. «Stai tranquilla, non ti faccio male. Allora te li taglio?».

Annuisco, sorride, come una bambina che gioca.

Ha fatto tutto lei, penso. Caricarmi, portarmi qui, legarmi.

Mi toglie il bavaglio.

«Da quanto ci pensavi?».

«Cosa?».

Non riesco a muovere le labbra, la mia voce è un suono estraneo, le parole smangiate. Provo a ripetere, lei avvicina un orecchio.

«Ah! Da qualche giorno. Inizi a puzzare tanto».

Posa il bavaglio, mi prende per le spalle. Il dolore trapassa ogni muscolo. Non grido, le lacrime scendono, la testa mi cade sulla sua spalla.

«Su» dice lei scostandomi «adesso tagliamo questi capellacci».

«Da quanto pensavi di mettermi qui» mormoro.

Lei mi guarda, guarda le lacrime che sono scese sul mento, il muco che cola dal naso, i capelli appiccicati alla fronte. Li sento sfregare duri contro la pelle che brucia.

«Bastava che decidessi di restare» dice afferrando una ciocca e tagliandola via.

12 luglio 2019

Non l'ha mai vista, questa Giorgia. Guarda la foto nel database e non gli dice niente. Un viso particolare, se lo sarebbe ricordato. Ma d'altronde Volterra è piena di turisti che si innamorano del posto e cominciano a venire ogni anno. Qualcuno si prende addirittura la casa, come quel berlinese simpatico. Come si chiama? Rolf? Ralf? Era arrivato con la moglie, ma l'anno dopo era solo: lei era morta in un incidente e lui aveva comprato una villetta dietro la chiesa di San Giusto perché era il posto preferito di lei. Ho la sensazione che sia ancora lì, diceva a chiunque si fermasse in enoteca, Bevi con me? Faceva accapponare la pelle. Era andato avanti un'estate intera così. L'anno dopo stava meglio, aveva fatto ristrutturare la casa e si fermava sempre più a lungo. Qualcuno dice che ha una fidanzata a Volterra. C'è solo da augurarglielo.

Oppure quell'altro tizio belga, olandese, norvegese, non si ricorda. Un regista pubblicitario famoso, uno pieno di soldi, figlio di un aristocratico, che di tutti i posti al mondo ha deciso di stabilirsi proprio qua. Lo si vede ogni tanto fare il brillante in enoteca. A Maurizio non va tanto giù: il cane di razza che viene a fare lo smargiasso in mezzo ai bastardi. Quel genere gli è sempre stato un po' sul culo.

Il berlinese l'aveva conosciuto Lara in enoteca, tra una chiacchiera e l'altra con il proprietario, che doveva averli presentati come fa sempre, alla ricerca dei punti in comune tra i suoi clienti: Lara, questo signore vive a Berlino, vedi un po' se eravate vicini di casa. O una roba così. E Lara, che di quel periodo all'estero conserva un ricordo sacrosanto, aveva risposto in tedesco.

Questa donna invece non l'ha proprio mai vista. Affittava una casa nel borghetto, legge sulla denuncia, un mese ogni anno negli ultimi tre. Può essere che l'abbia incrociata: al supermercato, in centro. Oppure, semplicemente, mai. Non gli è ancora passata questa mania di volersi ricordare tutte le persone che gli arrivano sulla scrivania. Neppure fosse un animale sociale che sa vita, morte e miracoli di tutti. Lara si stupisce ogni volta che, parlando di qualcuno, lui sa chi è. Quindi cosa si ostina.

«Il comandante Nardi?».

«Sì».

«Abbiamo trovato l'auto di Giorgia Sala».

Il solito riflesso: carta e penna.

«Dove».

«Davanti a una spiaggia di Arenzano. È regolarmente chiusa. La facciamo prelevare e portare al garage della caserma per l'ispezione».

Maurizio ringrazia il maresciallo, chiude la comunicazione e chiama Mileto dalla scrivania.

«Ma allora la cosa passa ad Arenzano» commenta lui.

«Sembrerebbe di sì».

Poi, per scrupolo, cerca il numero della caserma di Cogne.

«Vi è possibile risentire il padre?» chiede.

È comunque partita da Volterra ed è importante cercare di capire qualcosa in più: se aveva problemi di qualche tipo, chi conosceva ad Arenzano, perché ci è andata.

L'auto è stata trovata vicino a una spiaggia. Se Giorgia Sala non risulta essere nel raggio di pochi chilometri, è verso il mare che tocca voltarsi.

«L'hanno trovata?» chiede il maresciallo di ieri.

«No, solo l'auto. Vi manderei una lista di domande da fare al padre».

«Certo. Lo richiamiamo e le facciamo sapere».

Avrà preso l'Ovomaltina stamane, pensa Nardi ringraziandolo.

Per il momento non può fare altro. Mileto continua l'informativa dell'omicidio, ne avrà per qualche giorno, lui rilegge il poco che si è scritto, gli torna in mente un caso iniziato allo stesso modo: un'auto trovata in una località di montagna – dov'era? – una ragazza scomparsa senza lasciare messaggi o indizi; gli amici, il fidanzato e la famiglia del tutto disorientati. Una ragazza tranquilla, con un buon lavoro, un rapporto solido con i genitori e il compagno. Nessuna ragione per credere che potesse essere scappata altrove o essersi uccisa. Tranne quell'auto lasciata sul ciglio di un burrone. I sommozzatori l'avevano cercata nel fiume sottostante per giorni mentre le ricerche a poco a poco si diramavano ovunque, fino in Spagna dove, era saltato fuori, la ragazza aveva una relazione. Le immagini del fidanzato erano passate in televisione, i suoi appelli: Torna a casa, ti perdoniamo. Ti perdoniamo per cosa? aveva commentato Lara dal divano.

Non era mai stata ritrovata.

Chissà il padre, pensa.

Aveva visto anche lui in televisione. Dovevano essersi parlati, con la moglie, aver deciso: In pubblico ci vai tu. E l'uomo, camicia buona e giacca, era andato ovunque lo invitassero, a riferire, chiedere, spiegare. Fosse stato per lui non l'avrebbe mai fatto, si vedeva. Ma non era per lui: era per la figlia, ed era per la moglie.

Quante volte, aveva pensato Maurizio, quante volte un genitore può attraversare uno strazio del genere prima di disfarsi?

Ascoltandolo, si era anche chiesto se il padre credesse che fare appelli da una trasmissione all'altra potesse davvero servire. Se ci sperasse. Ma poi sì, pensa riprendendo in mano gli appunti, certo che ci speri. Se hai solo quello, credi pure agli asini che volano.

«Il padre le fa sapere che vuole venire a Volterra».

«Quando?».

«Dice che può partire oggi stesso».

«Bene. Gli dia il mio numero e gli dica di chiamarmi quando è qui».

«C'è un profondo senso di fallimento nella guarigione. Guarire significa anche perdere se stessi perché ti eri identificato con la malattia, quindi se perdi la malattia perdi anche chi sei. Ti vedevi come una persona magra, in controllo, che non mangia certe cose e che ne mangia altre, e di conseguenza vive in un certo modo. L'impiego delle energie, la disciplina, l'abitudine, la routine diventano così forti che tu diventi quello, tu *sei* quello. Lasciare indietro la malattia vuol dire lasciare indietro la persona che eri. Significa anche perdere: hai fallito, non sei arrivato all'ideale, non sei diventato perfetto.

«Io penso che non è vero che si guarisce completamente. O forse vale solo per me. Ma sono convinta che sia davvero difficile. Sostituisci questa con un'altra ossessione o... liberarsi.

«A ogni pasto operi un monitoraggio rigorosissimo di quello che mangi, alla fine di *ogni* pasto ti chiedi se hai mangiato quello che dovevi, alla fine di *ogni* pasto ti dici, Ma non potevo mangiare un po' di meno? Se la mattina pesi un pochino di più, l'umore è rovinato, se vedi che il peso scende, ti esalti. Non c'è un momento in cui non pensi a come combinare i cibi, mangiare di meno, come fare per non dover mangiare tanto quando sei in compagnia, all'effetto che questo cibo avrà su di te. Tutt'al più ti concedi per una volta di non pensarci, che è già una libertà contaminata dal permesso che ti dai: non è libertà, è una pausa. Che speri di non dover pagare.

«Invidio molto le persone che dicono di essere guarite completamente perché vuol dire che hanno trovato un senso di sé che prima non avevano e sono diventate o ridiventate qualcosa che non... che, come dire, non era composto, non era lì, non esisteva, o sono state forti abbastanza da trovare tutto il senso che prima era completamente diverso in un essere, un sentirsi differente. Però forse questo dipende anche dalla durata della malattia. Se sei un adulto è più difficile, con chi ti sostituisci? Io vorrei arrivare a un compromesso tra quello che è sano per me e quello che non lo è, ma che questo è il mio sintomo ormai mi è chiaro».

Malina spegne.

«È interessante quello che dici».

Ha portato uno sgabello, controlla che io sia sveglia.

«Hai sentito?».

La guardo. Cosa vuole?

«Dicevo che trovo molto interessante quello che dici in questa registrazione. L'idea del fallimento. Vediamo se ho capito: una parte di te fallisce guarendo perché non ha realizzato il proposito che si era prefissata, giusto?».

Mi ha dato da mangiare mezza scodella di passato di verdura.

«Ho fame» ho detto.

«Hai mangiato abbastanza».

Ho fatto segno di no, piano: «Non mangio a sufficienza» ho sussurrato.

Mi fa male parlare. La bocca tagliata e screpolata. Le ho chiesto di disinfettarmi: «E come faccio? Non ho niente qui. Mettici la saliva. Domani ti porto qualcosa».

Non mi ha portato niente. Fa male.

«Non capisci, Giorgia?» dice.

Si alza, va alla finestra, sembra cercare qualcosa.

«Fa un bel fresco qui dentro» si volta verso di me «fuori si muore di caldo. Non hai idea. Di notte non si chiude occhio».

Poi si solleva sulle punte, guarda verso il basso.

«'Sti stronzi» dice.

Torna a sedersi sullo sgabello, scuote la testa: «Pensano che sia la discarica. Si fanno di tutto e poi buttano qui la loro immondizia. Quello che dici» riprende «che non si guarisce del tutto. Io sono d'accordo, sai? L'ho visto».

Accavalla le gambe, appoggia il mento dentro il palmo della mano, mi guarda. Devo rispondere? Mi darà da mangiare se rispondo?

«Mia madre. Ma anche tu. Come misuravi sempre tutto. Dal primo giorno dell'hummus, ti ricordi? Subito a dire che avevi già mangiato. È interessante. Mi aiuta molto per capire pure mia madre, sai? Anche se lei...». Scuote di nuovo la testa, sospira. «Non è certo la stessa cosa. Come dire che uno si droga per lo stesso motivo di un altro. Però, ecco, capisco che voi lì ci abbiate trovato... tipo...».

Mi guarda.

Sorride.

«Me lo dovresti dire tu, in effetti. E magari mi spieghi meglio. Fatico ancora a capire per bene tutto. Cioè...».

Si avvicina, io mi ritraggo.

«È come un rifugio, giusto?».

Aspetta che io risponda.

«Un posto dove ci sei solo tu e nessun altro entra. Lo dicevi, no? Anche nelle registrazioni. Le sto ascoltando tutte. Non è vero che sono poche». Sorride. «Ti vergognavi a farmele sentire».

Le registrazioni. Le sta ascoltando. Dal mio telefono. Lo tiene lei.

Papà.

Ci saranno le sue chiamate, i suoi messaggi. Sarà impazzito ormai. Dove sono. Dove sei, papà. Vieni a salvarmi.

Prende la borsa, tira fuori un libro.

«Lo sai che mia madre si era fissata con Santa Caterina da Siena?».

Lo sfoglia, trova una pagina: «Gliene aveva parlato una suora del suo reparto. Santa Caterina era anoressica, lo sapevi tu? Lei, Chiara d'Assisi, Teresa d'Avila, quest'altra, come si chiama... Caterina de' Pazzi, l'hai mai sentita?».

Non mi muovo.

«L'hai mai sentita?» alza la voce.

Faccio segno di no, lei torna al libro: «Erano tante, tantissime. Io non ne avevo idea. Ho cominciato a leggerlo, se trovo qualcosa di interessante te lo dico».

Sfoglia, legge, fa versi e smorfie.

«Sì sì. Secondo me tu qui ci trovi tanta robina preziosa. Domattina leggo un po' che sono a casa e poi ne parliamo».

Un trillo.

Familiare.

Lei guarda lo schermo di un telefono.

«Guarda chi c'è: papà Luigi. *Sono qui. Dimmi dove sei e ti vengo a prendere subito. Dimmi dove sei*».

Poi il telefono prende a squillare.

«'Sto figlio di puttana...».

Chiude la chiamata. Bestemmia.

Io grido.

Grido.

Grido con tutta la forza che ho.

Mi corre incontro, una mano alzata: «Ma sei impazzita? Stai zitta!».

Inizio a piangere, tremare.

Calmati, penso.

Sto zitta.

Respiro.

Si calma anche lei.

«Ti ha scritto ogni giorno».

La guardo, le lacrime scendono, una vertigine.
«Questo adesso lo spegniamo, eh?».
No.
Papà.
Dille qualcosa.
Parla.
«Digli che sto bene».
«Cosa?».
Provo ad alzare la voce: «Digli che sto bene».
Ancora. Parla. Convincila, ti ascolterà se le parli.
«Digli che presto torno da lui».
Lei scuote la testa, storce la bocca: «Perché, Giorgia? Tu adesso sei con me».
E lo spegne.

giorno del mese corrente dell'anno 1973

Mamma,

Io non sono più me stessa. Qui non ci stò per nessuna buona ragione e oramai mi ammalo troppo per continuare a vivere in queste condizioni

Mi danno medicine Mamma che mi lasciano tanta confusione e poi ci portano giù e ci danno la scossa tante volte anche nelle parti intime Mamma io poi svengo e me la faccio addosso perché non sempre riesco a farla nel buco e allora se poi mi legano male al letto io il buco non lo prendo e mi sporco
e resto sporca

docile oppositiva docile oppositiva o sono docile o sono oppositiva e prego prego

le infermiere mi mettono la gommetta tra i denti e i due tappi alle tempie e il medico scarica l'elettricità e la luce trema e io sento che sono gli ultimi momenti della mia vita e non riesco nemmeno a pregare perché non capisco più niente
Sporca rimango sporca per ore Mamma a volte anche per giorni, una volta per quattro giorni, e mi sporco ancora di più. Al centro della rete c'è il cuculo sai cos'è il cuculo Mamma? Ce l'ha insegnato l'infermiera che dice che lo chiamano così i maschi del Ferri è il buco che fanno in mezzo alla rete perché così non ci sporchiamo. Ma ci sono le volte che non si può evitare di sporcarci. Dipende da come ti legano Mamma. Se nella fretta ti legano tutta storta allora non c'è niente da fare: te la fai addosso

e resti così

io sono docile docile come una bimba

ma neanche i cani alla catena diventano buoni

13 luglio 2019

Luigi Sala è un uomo secco come un chiodo. Alto, atletico. Dalle maniche arrotolate della camicia spuntano due braccia magre e nervose. Maurizio gli immagina un fisico come quelle braccia: asciutto, slanciato e muscoloso. La mascella serrata, le narici aperte ad annusare l'ambiente, le pupille due capocchie nere strizzate dietro la montatura sottile di occhiali quasi femminili.

Ne ha visti, di padri così: all'apparenza giganti, appena gli tocchi il fianco si sfarinano a terra. Ma quest'uomo a guardar bene ha qualcosa di diverso: un'indignazione che Maurizio lì per lì prende per arroganza.

«Si accomodi, signor Sala. Le posso offrire un caffè?».

Quando mai Maurizio si rivolge alla gente con quell'ossequio da domestico?

«No, grazie».

La voce. La voce scompagina tutto: gentile. Un uomo incapace di gridare, pensa Maurizio. Forse perché non ne ha mai avuto bisogno.

«L'avete trovata morta?».

Tranne ora, pensa.

«No, signor Sala. C'è solo la macchina».

«Dove, esattamente?».

«Davanti a una spiaggia libera accanto al porto. Ha presente dov'è?».

«Sì. L'hotel è a un chilometro di distanza, dalla parte opposta di Arenzano. Non capisco come mai...».

Maurizio aspetta a scrivere. Per adesso ci vuole parlare, verbalizzeranno dopo.

«Le viene in mente un bar o un negozio dove sua figlia potrebbe essersi fermata?».

«C'è un chiosco che apre molto presto, può aver fatto colazione lì...».

«Come mai Arenzano?».

«C'era stata una volta con un'amica, da ragazzina, e le era piaciuto».

«Sa se conosceva qualcuno o se c'era qualcuno che la aspettava?».

«Non lo so, non credo».

I padri che non sanno mai niente, pensa Maurizio.

«Mia figlia stava bene» aggiunge guardandolo fisso negli occhi. «Ha avuto una brutta separazione dal suo fidanzato, ma non così brutta da...».

«Sono ancora in contatto?».

«No. Lui si è trasferito in Canada l'anno scorso e a quanto mi dice Giorgia hanno tagliato i ponti».

Ex in Canada, si fissa Maurizio, forse da ascoltare.

«Quindi lei non pensa che sua figlia soffrisse di qualche forma di depressione. Se avesse motivo di togliersi la vita. Mi perdoni, signor Sala, ma devo farle questa domanda».

Luigi Sala lo guarda, un tremito rapido: «Si figuri, capisco, è il suo lavoro» risponde. «No, direi che non ne aveva. Stava bene, era in vacanza, ci dovevamo vedere a Lillaz il 5 per il mio compleanno. Quando non ha chiamato mio cugino mi sono stupito e ho cominciato a telefonarle. Gliel'avranno riferito: mi scriveva messaggi strani, molto brevi, diversi dai soliti. Quando ho provato a telefonare, la prima volta ha rifiutato la chiamata e poi ha spento il cellulare».

Maurizio annuisce, aspetta che riprenda fiato.

«Sa dirmi se qui a Volterra aveva amici?».

«No».

«Aveva un diario?».

L'uomo alza uno sguardo sorpreso: «Un diario? Da ragazzina ce l'aveva, ma adesso...».

Certo. È Isa che è fissata. Chi vuoi che tenga un diario oggi, le dice sempre: oggi ci sono Facebook, Instagram e compagnia allegra. Io lo tengo, risponde lei. Tu sei grafomane. Anche quando stavano insieme, tutte quelle lettere così sentimentali. "Bipolare", la chiamava. Sulla questione dei diari l'argomento non si chiude mai: Chiediglielo, insiste Isa e, visto che è il magistrato, a Maurizio ogni volta tocca fare la figura di merda.

«Mi accompagna a casa di sua figlia?» dice alla fine.

Leggendo l'indirizzo non si era reso conto che le due case fossero così vicine. Non ha ben presente Volterra fuori dalle mura, dove le cascine sparse si raggruppano in comunità minuscole che difficilmente si frequentano, a meno che non si conosca qualcuno. Questa, per esempio, non sapeva nemmeno che esistesse.

La casa di Donato rimane in alto, appena sotto la Provinciale. Maurizio non si era chiesto dove portasse la strada che scendeva. Immaginava soltanto orti e il campo di ulivi che si vede da sopra. E invece ci sono due casolari, l'uno accanto all'altro, che danno sulla vallata. Una vista mozzafiato, pensa Maurizio scendendo dalla macchina. E una gran pace: nell'aria soffocante di metà mattina non si sentono rumori, soltanto un gallo, il vento tra gli alberi e qualche auto che passa.

Si volta, guarda in su. La casa di Donato spunta tra la vegetazione. Il malessere che attraversa Maurizio è immediato. Si chiede che ne sia della moglie, se abbia un parente che si occupi di lei. Questo pezzo lui non lo segue mai, generalmente è l'avvocato che contatta un familiare o, nel peggiore dei casi, i servizi sociali.

Guarda come se potesse vederla, quella donna immobilizzata che d'un tratto, per quanto invalida, deve aver capito di essere rimasta sola. Qualcuno le avrà spiegato? È abbastanza lucida da comprendere quanto è successo? L'avrà visto al telegiornale? L'avrà sentito, il suo nome, pronunciato dal giornalista che in quattro e quattr'otto sarà passato alla notizia successiva?

Non ha mai voluto, lui, interessarsi di chi rimaneva. Non ha il fisico. Non è compito tuo, gli dice Lara, nessuno se lo aspetta da te. Però a lui resta, ogni tanto, quell'impressione – irragionevole, lo sa – di aver rovistato dentro le vite degli altri, aver squassato equilibri poveri, disturbati, sbagliati eppure equilibri, senza poi rimettere ordine. Cosa dici, risponderebbe Lara, quello ha ammazzato una donna. Ma infatti, scuote la testa Maurizio, cosa si fa venire in mente. Clelia Bacci avrà di certo qualcuno che bada a lei.

Lancia ancora un'occhiata e di nuovo quell'impressione, che pare quasi un presentimento.

Poi si rende conto che Luigi Sala lo sta aspettando.

«Di qua» dice indicando il cancello oltre il quale si vede una villa costruita su due piani.

Ristrutturata di recente, è ancora chiara la vecchia pianta della cascina con la stalla e la scala esterna. L'hanno buttata giù, pulito la facciata, rifatto gli interni preservando il soffitto a volta e costruendo un terrazzo sul giardino a ridosso della collina. Muri di un tempo, pensa Maurizio entrando: è fresca nonostante i trentasei gradi di oggi.

Spalanca la porta, fa passare Sala.

«Giorgia» chiama lui.

È un riflesso che Maurizio non avrebbe immaginato. Così severo, non pareva uno istintivo.

Maurizio fa finta di niente: la disperazione, la tenerezza della voce.

Entrano in cucina, un locale arioso con una portafinestra larga quasi quanto la parete, che dà sulla vallata. Nel prato antistante ci sono due cipressi, un albicocco, cespugli di alloro, oleandro, glicine, gelsomino, mirto. Bisognerebbe tagliare gli ailanti, pensa: coprono la vista e non servono a niente. Nardi si guarda intorno, apre gli sportelli della dispensa vuota, il frigorifero. Dentro ci sono un pomodoro raggrinzito e un recipiente coperto da pellicola trasparente: fagiolini. Richiude, apre i cassetti e le ante della credenza. Quel che c'è è lì: una latta di caffè, un pacco di zucchero chiuso con una molletta da bucato, uno di spaghetti, tovaglioli, olio, sale, spezie. Tutto cominciato, ma raccolto in un unico posto, come si fa prima di partire per portarlo via o lasciarlo a un vicino.

Il centro della stanza è occupato da un tavolo di legno circondato da quattro sedie colorate; dietro, un piano cottura di marmo e metallo. In fondo c'è una scaffalatura e, di fronte, un sottoscala pieno di detersivi ed elettrodomestici. Maurizio va a vedere nel lavandino: è tutto in ordine.

Guardando le scale che portano al piano superiore, ha il solito momento di esitazione. Perché il rischio di ispezionare insieme a un familiare la casa di una persona scomparsa è di trovarcela morta dentro. D'altronde, non può procedere con l'ispezione da solo, bisogna che ci siano testimoni con lui e ormai è tardi, sono venuti soli.

«Saliamo?» dice allora.

La prima stanza che trovano è il salotto, arredato con un divano, un tavolino quadrato, alcune mensole piene di libri, una panca. La portafinestra apre sul terrazzo, che è connesso al prato da quattro scalini: facile entrare, basterebbe lasciare la portafinestra aperta.

Maurizio continua, dà un'occhiata in bagno: sul lavandino ci sono spazzolino, dentifricio, pinzette, flaconcini e un astuccio che contiene cosmetici. Prende lo spazzolino e lo mette in una busta di carta. Al padre non lo spiega, ma servirà per estrarre il dna nel caso in cui trovassero la figlia agganciata a una chiglia o dentro uno scannafosso.

Passa nella camera da letto, seguito da lui: una scrivania, un armadio, un soppalco su cui è sistemato il letto. Maurizio apre l'armadio: «Mi sa dire se manca qualcosa?».

Sala guarda, scuote la testa: «No».

A lui sembra ci sia tutto: non vede grucce in più e i cassetti non hanno spazi vuoti. Sopra l'armadio sono riposti una valigia rigida e un borsone con dentro sacchetti per le scarpe. Sulla scrivania c'è un portatile. Maurizio prende anche quello.

Guarda ancora intorno, sale sul soppalco, ridiscende. E annusa. Se lo chiede sempre, fin dai primi tempi: che odore c'è in questa stanza. È un odore congruo? Questo si chiede: né buono né cattivo, ma *congruo*: a chi la abita, agli oggetti che la popolano. Inspira, chiude addirittura gli occhi. E sente un profumo sottile. Lavanda. L'armadio. Riapre l'anta, annusa: non arriva da qui. Sarà un olio che Giorgia si spalma sui polsi e ha impregnato il legno della scrivania, oppure le lenzuola.

La sua presenza. Lieve, vaghissima.

Lavanda, pensa chiudendo il cancello.

Quando tornano in caserma, Maurizio verbalizza le dichiarazioni del padre, gli chiede il numero di cellulare della figlia e dove va a dormire.

«Non lo so ancora».

Lo accompagna alla porta, gli stringe la mano.

«Come...» dice il padre.

«La chiamo io. Ma mi telefoni immediatamente se ha novità».

Luigi Sala annuisce, lo saluta di nuovo con un cenno della mano. Fa per girare a destra, si rende conto di aver sbagliato, va a sinistra.

L'uomo che gli ripassa davanti pare d'un tratto più basso e più curvo, ma Maurizio pensa che si sta lasciando suggestionare e sarebbe meglio non perdere tempo in considerazioni dementi.

«A che punto siete?».

«Abbiamo attivato la procedura ricerca persone».

È il comandante del nucleo operativo, che Maurizio aveva conosciuto un paio d'anni fa per un'indagine congiunta. Si sono piaciuti molto, si danno ancora del lei.

Protezione civile, vigili del fuoco, guardia forestale. La prefettura ha messo in moto tutto l'apparato a disposizione: si inizia a sospettare che più che allontanamento volontario si tratti di suicidio, o di reato.

«Ad avvertire il Sala ci pensa lei?».

Ovvio che ci pensa lui. Anche perché, come di certo anche il comandante, Maurizio crede che Giorgia, da Volterra, quel giorno non se ne volesse andare.

«Signor Sala, solo per dirle che ho sentito il Comando di Arenzano e hanno attivato il piano di ricerca delle persone scomparse. Manderanno motovedette e sommozzatori a coprire l'area intorno alla spiaggia dove è stata trovata l'auto di sua figlia. Un elicottero batterà la zona. Nel frattempo stanno cercando anche a terra, spiaggia e dintorni. Di telecamere su quel tratto non ce ne sono, stanno verificando se qualcuno ha visto chi ha parcheggiato lì e dove si è diretto dopo. La tengo informata. Ha trovato una sistemazione?».

«Sì» risponde il padre «un albergo vicino a Porta San Francesco».

Bene, pensa Maurizio, da Giuditta. Ci starà comodo.

«Cercheranno anche al largo di Arenzano?».

«Sì. A un raggio di chilometri calcolato in base alle condizioni meteo di questi giorni».

L'uomo lo saluta, si raccomanda di chiamarlo a qualsiasi ora: il suo telefono è sempre acceso.

Ma il mare è una brutta bestia. Porta via tutto, anche il piombo. Non ci sarebbe perciò da stupirsi se tra qualche giorno i sommozzatori nelle loro relazioni dicessero che non l'hanno trovata. Le correnti in quella zona sono forti, potrebbero portare il corpo fino a Genova, addirittura oltre: Recco, Sori. O spingerlo sotto uno scoglio chissà dove, e lasciare che se lo mangino i pesci.

Una voce che canta. Piano. Tra sé.

Canta una filastrocca.

Fuori.

Sempre più vicino.

Sento il rumore metallico, la catena che scorre, qualcosa che frega pesante, forse la porta sul pavimento, non lo so.

Cerco subito di capire se è sola o c'è anche lui.

Riprende a cantare sottovoce, non capisco le parole, solo il suo nome che torna e torna. Una filastrocca con il suo nome dentro.

Tace.

«Sei sveglia».

Tengo gli occhi chiusi, ma ha capito.

Li apro.

Si china, mi fissa. Gli occhi, i capelli, il collo. Cosa cerca. Si raddrizza, posa la borsa, ne estrae qualcosa, guardo subito cos'è. Un libro? Sospiro, il cuore batte forte. Fa male. Lei mi guarda.

«Che c'è?» chiede.

Non mi muovo. Lei prende lo sgabello, apre il libro, mi guarda di nuovo. Sorride.

«Questo libro è fantastico. Ti dicevo delle sante anoressiche, no? Lo sto divorando. Ci sono così tanti punti in comune con quello che dici tu. E cose diverse, che ti potrebbero ispirare».

Cerca un paragrafo su una pagina, si avvicina.

Mi guarda: «Ascoltami».

E inizia a leggere: «"L'anoressia diventa nel Medioevo uno degli strumenti eletti dalla donna per affermare il proprio potere nella sfera sociale e mistico-religiosa". Hai capito? Senti qua. "Una donna era destinata a sposarsi con chi era stato designato dalla famiglia, oppure a entrare in un convento di clausura. Solo una rinuncia eclatante al proprio corpo, insieme alla flagellazione e altre violenze autoinflitte, permette alla donna di favorire, trasmettere e vivere le sensazioni e i propri desideri come manifestazione di fede ed espressione religiosa. *La santa anoressica trova così una possibile conferma nel proprio ruolo di potere mistico*"».

Si ferma, mi guarda.

«Un modo per ribellarsi. Loro la buttavano sul mistico perché non avevano scelta, ma insomma, è questo, no? *Lì dentro c'ero solo io*».

Riprende a sfogliare.

«Ecco, qui parla di Santa Caterina da Siena, quella con cui si era fissata mia madre».

Cerca, legge.

«Ascolta. "Caterina nasce nel 1347 in una famiglia numerosa. La madre, una donna dal carattere deciso e pratico, atea, di grande forza fisica e molto longeva, ha con Caterina un rapporto competitivo e intrusivo. Per tutta la vita Caterina desidererà essere capita e approvata dalla madre"».

Si ferma, mi guarda: «Mi segui?».

Sfoglia, riprende.

«"A quindici anni avviene una svolta significativa. La sorella Bonaventura muore di parto. La madre discute della possibilità che Caterina sposi il vedovo della sorella. La conflittualità diventa estremamente intensa, aggravata dai sensi di colpa...". La sorella è morta e lei pensa di essere responsabile, insomma... ecco: "In questa circostanza si verifica quello che oggi verrebbe definito lo *scompenso anoressico*"».

Alza la voce e rallenta, vuole che capisca bene.

«"Perde metà del proprio peso e si oppone alle insistenze della madre con un digiuno che conferma la sua dedizione a Dio e la rinuncia alla *corporeità*. Alle ingiunzioni in nome di Dio di riassumere cibo almeno una volta al giorno, Caterina inizia a vomitare"».

Sorride, mi si avvicina ancora di più, posa il libro. Io mi ritraggo. Lei mi fa chinare la testa, mi slega il bavaglio.

«Che ne pensi? Non è lo stesso meccanismo? Dio è una scusa, no?».

La guardo, non rispondo. Le labbra pulsano, chiudo piano la bocca, passo la lingua secca, gonfia, sui tagli.

Lei mi guarda per un momento, torna al libro.

«"Il dubbio che si tratti di possessione demoniaca è alimentato dal fatto che all'impressionante dimagrimento corrisponde...". Ascolta bene, Giorgia, ti riguarda: "*Corrisponde un'iperattività e una grande forza fisica e mentale che fanno continuare Caterina nella sua determinazione*". Poi c'è un pezzo, eccolo, senti qui cosa dice Caterina alla sua famiglia: "Intendo aprirvi il mio cuore e dichiararvi senza tema di smentite che la mia decisione è presa. Sarebbe più facile rendere una pietra molle come cera che strapparmi dal cuore questa determinazione. Perdete il vostro tempo a combatterla". Ha trovato il modo di tenerli fuori diventando anoressica. Ti sentivi così anche tu?».

Mi guarda, aspetta. Io la fisso.

«Ti sentivi così anche tu?» ripete più forte.

Ho paura. Respiro sempre più rapidamente.

Lei alza un dito: «Zitta eh».

Provo a calmarmi, tra poco andrà via, stai calma.

Lei aspetta ancora, poi riapre il libro, cerca qualcos'altro.

«"Caterina assume tutti i giorni l'eucarestia continuando costantemente il digiuno". A te ti manca l'eucarestia, ma per il resto sei uguale. Da qualche parte qui dice che ogni tanto mangiava un po' di insalata, legumi crudi e frutta, li masticava e li sputava. E se per caso ne inghiottiva anche solo un pezzettino, vomitava cacciandosi in gola un rametto o una piuma. Sai come lo chiamava? *Fare giustizia*. "Andiamo a fare giustizia di questa miserrima peccatrice" diceva. O qualcosa di simile, poi te lo trovo».

Sfoglia, torna a leggere agitando un dito.

«Senti qua, questa è forte: "Una volta, mentre curava le piaghe in cancrena sul petto di una donna, Caterina sentì disgusto per l'odore della suppurazione. Allora, decisa a superare le sensazioni corporee, raccolse il pus con un cucchiaio e lo bevve. *Da quel momento il suo stomaco non ebbe più bisogno di cibo, né poté più digerire*"». Scoppia a ridere: «E ti credo!».

Mi lancia uno sguardo. Ha gli occhi gelidi. Mi odia.

Annuisco. Lei sospira, volta pagina.

«Questa è roba importante, Giorgia, concentrati. "Il pensiero di essere delusa dagli altri o essere lei a deludere Dio aumenta i suoi conflitti e accentua l'anoressia: per tre mesi si rinchiude in cella nutrendosi solo di qualche goccia d'acqua"».

Mi guarda.

Chiude il libro.

«Interessante, no?».

Si piega su di me, mi posa un dito sul labbro. Mi scosto, lei si gira verso la borsa.

«Sta' ferma» dice.

Mi picchietta qualcosa sopra, piano. Ci passo la lingua: burrocacao. La ripasso, chiudo le labbra, le stringo, bruciano e piango: lo mangio tutto.

Quando riapro gli occhi è ancora qui.

Canticchia muta. La filastrocca.

È giorno? È buio?

Mi sente muovere.

«Adesso ti do da mangiare».

Torna verso di me: «Dovrei pulirti».

Mi guarda, in piedi. Annusa.

«Domani».

Si china sulla borsa, prende un telefono.

«Prima ascolta, però».

Schiaccia qualcosa.

La mia voce.

«L'identificazione tra me e l'anoressia era diventata totale, ed escludeva tutto il resto. La mia famiglia, gli amici. L'altro. Vivevo gli interventi preoccupati dei miei come un'invasione, che respingevo con aggressività. Non avrebbero mai potuto capire il senso di onnipotenza che dava la conquista degli istinti: quelli volgari, del corpo. Annullare tutto quello che aveva a che fare con il corpo e le sue debolezze e diventare pura intelligenza. Una mente priva del limite del corpo. Aveva qualcosa di mistico, come esperienza. Mi sentivo leggera, *pura*. Ero pulita. Non c'era niente che mi potesse rendere sporca, mortale e volgare come gli altri. Ero più forte io. E lo dimostravo correndo per ore, camminando dopo, senza avvertire mai la stanchezza. Vincevo io sulla vita. Ero più forte. Niente avrebbe potuto raggiungermi. Offendermi, ferirmi, definirmi. Ero io che definivo me stessa e nessuno aveva il diritto di intromettersi tra me e ciò che avevo deciso di diventare».

«Vedi che lo dici anche tu? Tu di Dio non parli. Parli solo di te». Mi fissa. «Se però togli Dio, è identico. La definizione della tua persona, dicevi, un senso di te. Ma forse anche un senso più alto, chissà».

Apre la borraccia, mi abbassa il bavaglio: «Bevi, dai. Io ora devo andare».

Mi fa bere, avvita la borraccia, controlla il bavaglio.

Dà un'altra stretta ai lacci.

«Brava» dice «stai andando bene».

Sento il cuore battere forte.

Ogni volta che stringe è difficile respirare, le braccia schiacciano, non ho forza. Le ossa sotto le dita, la pelle.

Mi agito, l'affanno. Calma. Piano.

Adesso calmati.

È andata via.

Il ronzio aumenta, il petto fa male.

Calma.

La testa cede, non riesco a tenerla dritta.

Le palpebre. La colla nei pensieri

lo spazio gira

si annebbia.

14 luglio 2019

È sempre strano incontrare i parenti delle vittime in giro per la città. Maurizio si sente subito in colpa. Li vede salutarlo e nel contempo pensare: Sei qui a prendere il caffè mentre dovresti indagare. Te lo immagini, gli dice Lara, hai una vita anche tu e queste persone lo capiscono. Non sei una macchina.

Eppure. Lui il caffè se lo gusta di più quando un caso è risolto e la coscienza non gli preme sullo stomaco, che quel caffè poi gli va immancabilmente di traverso. Quando un caso è chiuso, lui si gode tutto di più. Per festeggiare, ogni volta porta Lara a cena fuori. Come tre giorni fa, al ristorante Del Duca, una mangiata sublime se non fosse che si era scordato della denuncia di scomparsa. Che il giorno dopo era lì, ad aspettarlo sulla scrivania, e il suo senso di colpa retroattivo gli ha sciupato il ricordo.

Ma il senso di colpa di stamattina è puntuale e rigoroso, e non c'è nulla che Maurizio si possa dire: invece di stare al bar a fare le due chiacchiere della domenica con il barista, dovrebbe essere in ufficio. Anche se Luigi Sala non ha mosso un muscolo quando si sono incrociati. Maurizio al tavolino con cappuccio e pasta alla crema, Sala al bancone con un caffè buttato giù in un colpo. Gli è sembrato già smagrito, e sono pochi giorni.

Maurizio era imbarazzato, ha fatto il gesto di alzarsi e andare a salutarlo, ma Sala ha sollevato una mano, Stia comodo, ed è uscito. Se mi ha pagato la colazione mi chiudo in caserma e non esco più, ha pensato, ma no, Luigi Sala ha stile, gli ha concesso il privilegio del dubbio.

E infatti, dopo in ufficio ci è venuto.

Inutilmente.

Ieri sera la rilievi di Genova ha ispezionato l'auto di Giorgia Sala al garage della caserma, hanno fatto il Luminol e il cianoacrilato, le impronte sono state mandate al casellario di Roma e i risultati, arrivati stamattina, hanno dato esito negativo: non ci sono corrispondenze tra le impronte sull'auto e quelle schedate dall'AFIS. Durante l'esame la squadra rilievi ha trovato soltanto alcune fibre sui sedili e dei capelli, ma per il resto un bel niente: la macchina è pulita, non c'è ombra di tracce biologiche come sangue o sperma, né di bagagli, borse, telefoni, chiavi, appunti, biglietti. Niente.

Da capo a dodici, direbbe Mileto.

Maurizio apre la finestra, il primo gesto che fa appena entra in ufficio. Le idee stantie del giorno prima escono insieme al chiuso della notte e lasciano spazio alla giornata che verrà. Per le procedure, le scalette, le telefonate, i ragionamenti e le decisioni.

Oggi da prenderne ce n'è una: di chi è la competenza. Arenzano o Volterra? L'auto è là, logica vorrebbe che il fascicolo passasse a loro. Eppure no. Giorgia, a quanto è dato sapere, è ancora a Volterra. E quindi bisogna mettersi sotto e smazzarsi l'indagine.

Sperando di trovarla, questa donna.

Viva.

Maurizio immagina che a Volterra più o meno tutti sappiano che mestiere fa. Non si stupisce perciò quando alle finestre della casa vicino vede le tende tirarsi bruscamente. Di fronte alle forze dell'ordine non è necessario avere qualcosa da nascondere. È un'avversione naturale, che con ogni probabilità sentirebbe anche lui. All'inizio si offendeva. Poi si è arreso all'evidenza: gli italiani sono un popolo superstizioso e lui sta nella categoria di chi porta sfiga. Un po' come quando passano due suore e ti tocchi i coglioni.

Una donna, a giudicare dalle tendine di pizzo. Oppure un marito. Ma i mariti si affacciano di rado a quest'ora: dormono, o guardano la televisione. Non gli risulta che qui abiti un vecchio. I vecchi, uomini o donne che siano, non hanno orari: passano le giornate con il naso attaccato al vetro. Il tempo bisogna farlo pur scorrere.

Si è informato, quaggiù vivono due donne e poi i Bacci di sopra. L'avversione, quindi, è omaggio di una delle vicine.

Fa un cenno di saluto alle tendine tirate del primo piano, dà un'occhiata alle finestre chiuse del pianterreno, raggiunge il cancello. Alza di nuovo lo sguardo: le persiane chiuse, dietro le quali il proprietario ha fatto installare infissi nuovi, robusti. Si sporge, ieri non ha visto se il retro della casa è appoggiato alla collina oppure no. C'è un sentiero, oltre al quale vede un campo di ulivi e un cavallo. E tu di chi sei? dice. Strano che non ci siano altre bestie. Di solito è pieno di polli nei borghi, dove non è più proprio paese ed è già un po' campagna. Ma, ora che ci pensa, ha sentito dire che nelle colline sta girando una volpe. I cani, quelli, si sentono ovunque. Sono vicini, proprio qui sotto. Immagina le notti percorse in lungo e in largo dai latrati: volpi, lepri, cristiani abbaiano per qualsiasi cosa. A lui son sempre sembrati più intelligenti i gatti. Che si aggirano qui intorno, zitti come la vicina dietro le tende. Ne ha contati tre: uno con la coda mozzata, che avanza svergolo e guardingo.

Dopo la casa, la strada diventa due strisce di terra battuta che si inoltrano negli orti e scendono al canile. Altrimenti, prati pieni di erbe infestanti e boschi, case sparse, qualcuna con quell'orrore di piscine che offendono gli occhi. In cresta, il cimitero. Non l'ha notato ieri, eppure non è una presenza trascurabile. Proprio di fronte al terrazzo di Giorgia si erge il retro imponente in mattoni rossi con il tetto in tegole e la piccola croce di ferro. Oltre, il cielo. Che da questo punto, senza impicci in mezzo, sembra tre volte più vasto. E bianco. Gravato dalla canicola che appiccica la maglietta alla schiena e fa sudare anche i capelli.

Scende lungo il viottolo, raggiunge gli orti. Non c'è un'anima. Potrebbe proseguire lungo la mulattiera che porta a una cascina, scambiare due parole su quest'estate tremenda e tornarsene con calma, ma Lara lo aspetta. Assentati pure, gli ha detto, però fallo in casa.

Maurizio passa sotto le tende di pizzo: non gli sembra ci sia nessuno. Al pianterreno non bada più e perciò non si accorge di quell'altro paio d'occhi, spalancato su ogni suo movimento.

Un ultimo sguardo alla valle, un cenno al gatto disorientato, e sale in auto.

Si cercano sempre le motivazioni. Mentre imparava il mestiere glielo ripetevano di continuo: il movente qual è. Nel corso degli anni la differenza tra motivazione e movente è andata assottigliandosi. Aveva pure studiato Freud. Secondo lui ogni comportamento, anche il più insignificante o illogico, risponde a una precisa motivazione. Significato e movente sfuggono spesso alla comprensione, di tutti. Nella mente nulla avviene per caso e molti eventi psichici si svolgono a livello inconscio, il che spiega l'apparente discontinuità tra i fatti, giustifica i lapsus, le dimenticanze, i sintomi nevrotici e dimostra l'esistenza di quelle "ragioni che la ragione non intende": le motivazioni inconsapevoli.

In psicologia criminale in un certo senso è più semplice: il movente è la ragione per cui viene commesso un reato, e la motivazione è classificata grossomodo in tre tipologie: vendetta e giustificazione, controllo e potenza, liberazione dell'aggressività. L'assassino, vittima di uno stato generale di disagio o eccitazione, uccidendo si libera della tensione. Dopo l'omicidio prova un senso di calma e sollievo. Questa calma però non dura, ed è molto comune che dopo un po' riemergano irrequietezza, ansia, rabbia accumulata. E così l'assassino seriale, allo scopo di alleviarle, commette un altro omicidio.

L'assassino di Giulio pare facesse parte di questa categoria. Non si conoscevano nemmeno. Giulio gli è capitato davanti per caso, quello era in giro a caccia e ha preso il primo che ha visto. L'ha tenuto legato dentro una soffitta per tre giorni e, quando hanno trovato Giulio, di riconoscibile restava soltanto un tatuaggio. Unico: Willy il Coyote disegnato sulla spalla che, lo sfotteva Maurizio, soltanto uno sfigato come te può farsi fare. Cresciuti insieme, lui e Giulio, come in ogni paese. La scuola, i giri in bici, i tiri di sigaretta, la scatola di preservativi condivisa: tutta la pletora di banalità che cementano l'amicizia tra ragazzi. Non si erano giurati di farsi da testimoni di nozze solo perché nessuno dei due, a vent'anni, si immaginava sposato.

È stata colpa mia, aveva detto Maurizio alla madre il giorno del funerale. La sera del rapimento dovevano vedersi, ma Maurizio si era impigrito davanti alla televisione e non era uscito. L'ho lasciato solo, se ci fossi stato io non sarebbe successo. La madre di Giulio lo aveva guardato, gli occhi annegati, e gli aveva dato una carezza. L'ho lasciato solo. Quante volte l'ha ripetuto, dopo, negli anni. Ha smesso soltanto quando ha visto Lara spaventarsi. Ha imparato a non dirlo più, ma, da allora, cerca di rendere giustizia sempre alla stessa persona.

«Tutto bene?».

Lara glielo chiede prima ancora di guardarlo. Una questione di vibrazioni, dice, quando stai male ti sento dal pianerottolo.

«Sì» mente. E dato che sa che Lara non mollerà fino a quando non le avrà detto cosa c'è, aggiunge: «I soliti pensieri della domenica».

Un giorno che inizia a detestare a partire dal caffè del dopopranzo. Ricorda ancora oggi con angoscia i pomeriggi di compiti in previsione delle interrogazioni del lunedì, quando la libertà del fine settimana è svanita e rimane la sera della domenica, quando magari fuori è cominciato a piovere o è sceso il nebbione di novembre che fa venire scuro alle tre e mezzo. Sembrava finisse la vita, in quelle domeniche pomeriggio. Tutti a casa, l'eco di poche auto fuori dalle mura, l'odore della minestra di patate, la sigla di *90° minuto* e la voce di Paolo Valenti che commentava le partite di campionato. Che siano passati trent'anni da allora non ha alcuna importanza.

«È domenica, Lara, mi viene l'umore merdifero».

Lei sorride per fargli piacere, ma le secca che quel poco tempo che hanno per stare insieme sia guastato. Di conseguenza, è con profondo malumore che Maurizio risponde al telefono.

«Nardi, buonasera. Mi scusi se la disturbo».

Luigi Sala. Che anche al telefono gli fa raddrizzare la schiena.

Vorrà notizie, sapere se hanno ricevuto chiamate o visto qualcosa.

«Mi chiedevo se avesse voglia di prendere un amaro con me dopo cena».

Lara lo guarda. Ha capito. Sa che Maurizio farà finta di chiederle il permesso di andare, nonostante abbia già deciso. E sa pure che i fantasmi sono ombre dispotiche delle quali occorre liberarsi quando si è in tempo, altrimenti non svaniranno mai più.

«Le piace la China?».

Sala è già seduto al tavolino, un bicchiere davanti. Maurizio gli stringe la mano, si siede.

«Non sono un esperto».

L'uomo gli indica una bottiglia dietro il bancone: «Ha una grande tradizione. Se le piacciono i liquori speziati e la scorza d'arancia, glielo consiglio».

Maurizio pare pensarci un po', poi decidersi. «Prenderei una birra».

La sala è semivuota, gli ospiti dell'hotel sono in giro per la città. O a dormire. È pieno di nordeuropei adesso: si alzano all'alba, cenano alle sei e alle otto non li vedi più.

«Mi dispiace averla disturbata a casa di domenica».

Stanco e dimagrito. Dormirà almeno un poco?

«È stata una giornata lunga» continua fissando il bicchiere. «Fossi a casa mia... invece tutto è estraneo e non so dove mettermi. Mi scusi, avevo bisogno di scambiare due parole prima della notte».

Si vergogna. Si vergogna della sua debolezza. Maurizio vorrebbe dirgli che non ci si può armare contro cose di questo genere. Non è logico.

«C'è qualcosa che mi vuole dire di sua figlia che ritiene possa essere utile?» risponde invece.

Praticità, concretezza. È questo che deve presentare ai suoi occhi cavi, visto che al momento non ha altro.

Luigi Sala si stringe nelle spalle e, come per un incantesimo, pare rimpicciolirsi di colpo.

«Cosa le posso dire... Giorgia è una persona normale. Tranquilla, seria. Non ha mai avuto problemi o guai... tranne una fase in cui ha avuto questioni con il cibo, per il resto niente».

«Questioni con il cibo?».

«Li chiamano disordini alimentari, giusto? Anoressia, bulimia, quelle cose lì. Non ce ne ha mai parlato, ma insomma... sono cose che si vedono. Abbiamo discusso spesso, questo sì. Non c'era modo di farla ragionare. Però era anni fa, ora sta bene. Sempre magrolina, ma è guarita».

Maurizio aspetta, beve un sorso. Ne sente tante, di queste storie. Donne che si fanno prendere da chissà quale demone e si riducono a pelle e ossa. Non ha mai capito per cosa, o per chi. Ne vede, a Volterra. Stecchi con le gambe che ogni mattina macinano chilometri fuori dalle mura. Vestite troppo d'estate, sommerse da strati di lana d'inverno, a sfiorarle in auto si ha paura che volino via. Recentemente ha sentito anche di bambine: ragazzine di otto, nove anni che si mettono a dieta.

«Ha seguito una terapia?».

L'uomo scuote la testa: «Non lo so. Forse lo sapeva mia moglie, Giorgia a lei diceva qualcosa in più. Mia figlia con me non si è mai confidata tanto».

«È normale».

Luigi Sala lo guarda: Che ne sai tu, sembra pensare. Nemmeno ce l'avesse scritto in faccia che non ha figli. Quello che Maurizio sa, l'ha imparato dai padri e dalle madri che ha conosciuto. La grana dello strazio, l'incredulità di fronte a realtà che non si sarebbero mai immaginati. Quella frase, alla fine, sempre la stessa: Non sapevo.

È Sala che, a metà bicchiere, guarda l'ora: «Le ho fatto fare tardi».

Maurizio si alza con lui: «Ci sentiamo domattina. Cerchi di dormire».

Sala annuisce, solleva una mano a salutare.

Le conterà tutte, le ore della notte.

Una per una.

~~17 oppure 18 oppure 32 maggio 1974~~

Cara Mamma,

Sono passati ormai troppi anni da quando mi avete dimenticata qui. Ho capito in tutto questo lunghissimo tempo che forse non mi avete mai voluto bene ma ne avete sempre voluto soltanto a mia sorella Tilde Ti chiedo allora se non puoi volermi bene di trattarmi come un'ESTRANEA e perciò dare indicazioni al medico e al sindaco e al direttore di lasciarmi uscire da questo posto perché tanto a Voi non Vi disturberò più ~~IIII IIII IIII IIII~~

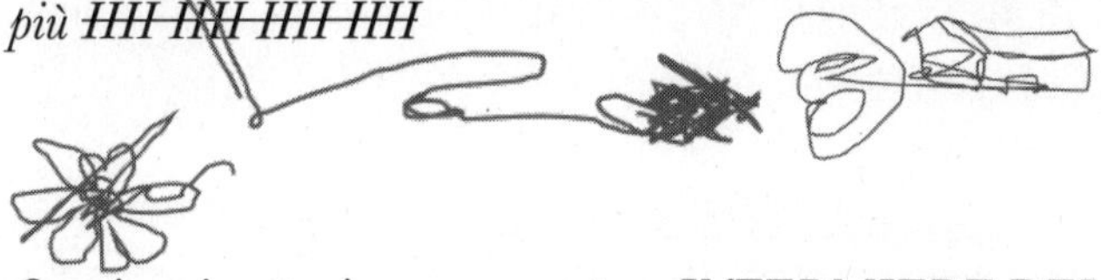

Quasi ogni notte viene un uomo è un INFERMIERE DEL FERRI dove sono tutti criminali anche i guardiani e gli infermieri lo conosco si chiama Giuseppe. Viene e mi porta di sotto e mi spoglia dice che non devo gridare mi lega a un termosifone e mi piscia dentro Non se ne accorge nessuno ma io penso che lo sanno tutti quello viene un giorno sì e un giorno no e mi tira fuori dal letto mi porta di sotto Per questo mi mandano poi all'ospedale Mamma non è vero che sono io che mi faccio del male. Dice è inutile che ti massacri tanto da qui non uscirai mai Ma NON È VERO!
Giuseppe viene quando è buio, le altre lo sentono ma stanno zitte perché hanno paura che succede anche a loro e poi le sento ridere e cantare le filastrocche del demonio mentre lui mi porta giù

Io prego Dio Onnipotente ogni notte perché HO PAURA che quello viene mi porta in una stanza dei sotterranei dove tengono gli attrezzi e le damigiane di vino. Noi non ci andiamo mai perché non è permesso ma lui ha le chiavi e poi ci chiude dentro ~~mentre mi prende e mi~~ Mi fa chinare e mi piscia dentro da dietro e ride quando piango tu e le tue madonne dice e io sono il demonio che è venuto a prenderti e ride ride ride

«Una ragione per cui è difficile superare la soglia e parlarne è che il malessere è durato molti anni. Guardare adesso a quel periodo fa stare male perché si è mangiato tutta un'età in cui ero *giovane*. Ero giovane e quel tempo è passato. Poi c'è stata la fase in cui ne sono uscita, poi ci sono rientrata, poi uscita di nuovo... e guardo a quell'età e quell'età è finita. Non torna più. Quella freschezza, quella giovinezza... non torna più. Fare figli, lasciarsi andare a una storia d'amore, avere una casa, essere in un luogo dove sentirsi al proprio posto... essere visibile. Pensavo che altrove, e invisibile, sarei stata meglio. Così sono andata a vivere a Milano, dove essere invisibile è molto facile, ma mi sono messa, così come in Belgio, al margine, perché ho sempre pensato che il mondo mi esclude, ho sempre pensato che mi respinge e perciò avevo paura del confronto, avevo paura di essere scartata ancora. Sì, ero a Milano, in un posto affascinante, pieno di gente, di cose da fare... sì, ero andata a vivere *al centro*, ma nascosta. Dove io potessi essere migliore degli altri, o diversa dagli altri, dove non si sarebbe instaurato nessun confronto e io non avrei dovuto dimostrare, lottare, essere respinta.

«L'anoressia è questo, è un levare continuo. Levare cibo, levare piacere, levare desideri... è una violenza sugli istinti naturali, è lo sforzo di cancellare ogni possibile desiderio, perché a ogni possibile desiderio rischi di essere infranto, rifiutato, calpestato. Di morire ogni volta.

«Più togli vita, meno vivi e quindi meno muori. Perché puoi morire soltanto se sei vivo».

Spegne. È di nuovo il mio telefono? Lo sta usando? Papà ha scritto ancora? Dov'è?

«È curioso come usi il verbo mangiare. Piangevi?».

Sollevo le palpebre, sta cercando in uno zaino.

«Piangevi?».

Scuoto la testa. Lei mi guarda, poi si volta e continua a cercare nello zaino.

«Stai meglio adesso, no?».

Cosa cerca. Le fisso le mani.

«Adesso che ho abbassato il dosaggio. Va meglio, no?».

Si è fermata, mi guarda. Annuisco. Riprende a rovistare.

«In un certo senso per me è stato lo stesso».

Mi guarda.

«Hai capito?».

Lo zaino, cosa cerca.

«Sono andata via quando la zia è morta e sono tornata l'anno scorso. Stare via... quel che ho fatto, che è poca roba... come uno stordimento, una distrazione. Stare via, proprio. Si esauriva tutto là, in quell'essere da un'altra parte. Il tempo scorreva, io facevo sempre le stesse cose. Ripeti e ripeti e ripeti. Solo che tu poi torni, o ti svegli, o che so io, e ti accorgi che sono passati una fraccata di anni. È questo che intendi, no? Per me è stato uguale. Ma io quei pensieri sui figli che hai fatto tu non li ho mai fatti. Cioè, lo so che lo dici come ipotesi, ho capito, ma io proprio non ci penso».

Tira fuori qualcosa.

«A me non me ne frega un cazzo, in effetti. Per cosa, poi».

Mi guarda, aspetta.

«Dormi?» chiede alzando la voce.

Si è irritata.

Scuoto la testa.

Cosa vuole?

Assecondala.

Abbasso lo sguardo.

Sbuffa.

«Sono venuti a cercarti».

Cosa dice.

Sono venuti a cercarti.

Le mani. Non togliere gli occhi dalle mani. Cos'ha preso dallo zaino.

«Ma mi senti? Ero a casa e ho visto Nardi. L'hai mai conosciuto?».

Un pacchetto, un asciugamano.

Si avvicina.

Mi ritraggo, sono bloccata.

«Stai tranquilla, ti pulisco. Puzzi».

È sola? Guardo nella stanza.

Mi toglie il bavaglio: «Guai a te se gridi. Capito? Ti pesto a sangue».

Appoggia un polpastrello sulle labbra, non lo sento.

Mi mette una mano sulla nuca, spinge.

«Ti sciolgo un po'».

Mi slaccia.

«Muovi le braccia».

Una fitta in tutto il corpo.

«Muovile».

Il dolore, il respiro accelera. Scuoto la testa.

«Non riesci?».

«No».

«Vabbe', adesso le lasciamo così e magari dopo ce la fai».

Mi apre i pantaloni, stringo le ginocchia.

«E come faccio a pulirti? Guarda che ti ho già vista. Va bene che eri rincoglionita, ma chi vuoi che ti abbia cambiata tutto questo tempo».

Slaccia i pantaloni, mi solleva il bacino, li fa scendere. Fa qualcosa, degli strappi, della carta.

«Dicevo. Ti stanno cercando».

Papà.

La fisso.

Lei guarda giù, fa una smorfia: «Che puzza».

Mi solleva di nuovo, sfila via qualcosa.

Il pannolone.

«Meno male che almeno sei più leggera».

Prende il pacchetto, sono salviette. Inizia a pulirmi. Distolgo lo sguardo.

Via. Via da qui.

Casa. Il mare. Papà.

Via da qui.

«Mi sa che vengono a rompere ancora i coglioni».

Butta le salviette, torna allo zaino.

«È questione di tempo».

Un altro pannolone. Torna da me, mi solleva, lo infila. Stringe gli adesivi. Tira su i pantaloni.

«Ho visto tuo padre, sai?».

Soffio, sbuffo, piango.

«Ma che fai?». Si alza, mi guarda. «Hai finito?».

Si china su di me, mi sposta brusca, soffoco un grido, il dolore mi attraversa come il fuoco.

Lame.

Scosse.

Stringe le cinghie.

Papà. Dove sei. Aiutami. Sono qui.

«Era in piazza dei Priori con Nardi. L'hanno chiamato i carabinieri, immagino».

«Non è vero» sussurro. Vuole farmi impazzire.

«Non vi somigliate per niente. Tranne forse un po' il naso. Hai preso da tua madre?».

Mette via tutto, inzuppa l'asciugamano nel secchio. Me lo passa sulla faccia, dentro la maglietta.

«È altissimo. E smilzo. Certo che lui non fa nessuna fatica, eh? Sarà così di costituzione. 'Sti bastardi di uomini. Hanno tutte le fortune, vero?».

Sorride. Finisce.

«Non ci credi che l'ho visto?». Scrolla le spalle: «Cazzi tuoi».

Non ho la forza di muovermi. Provo a spostare un braccio. Anchilosato. L'altro. Non riesco. Solo le dita, piano.

Piango.

Lei prende il bavaglio, lo immerge nel secchio. Si alza a preparare la borraccia.

«Perché».

Si volta.

«Cosa?».

«Perché».

«Perché cosa».

La guardo. Le lacrime, il muco. Tossisco. Deglutisco.

Mi passa l'asciugamano sulla faccia: «Soffia» dice.

«Soffia» ripete.

Vuole soffiarmi il naso.

«Allora?».

Soffio.

Finisce di pulirmi, mi stringe il bavaglio sulla bocca.

«Poverina».

Mi accarezza la testa.

«Sei proprio stupida».

15 luglio 2019

Appena entra in ufficio, Maurizio riceve la chiamata da Arenzano: non hanno trovato niente, nessuno ha visto chi ha parcheggiato l'auto, o riconosciuto la fotografia di Giorgia Sala. Che è maggiorenne e per quel che sappiamo potrebbe essere tranquillamente scomparsa di sua volontà. Mancano gli elementi per proseguire.

«Sospendiamo il piano di ricerca persone, Nardi».

Apre la finestra: «Va bene, comandante» risponde «mi faccia sapere se nelle prossime ore avete novità di qualche tipo».

Si affaccia, respira a fondo. Non dorme bene da giorni. Settimane. Questo caldo sfinente. I casi che si accavallano e gli tengono la testa accesa.

Il comandante crede che Giorgia Sala non sia ad Arenzano, e lui è d'accordo. Chiude la finestra, avvia la ventola: qualcuno ha portato l'auto fino lì, ma non è stata lei.

«Qua è un casino, Isa».

«Perché?».

«Ad Arenzano non hanno trovato Giorgia Sala. Io sono convinto che non ci sia mai arrivata».

«E l'auto?».

«L'ha portata qualcuno».

Il collegamento è immediato anche nella testa del magistrato: «È un altro omicidio?».

Maurizio pensa a Luigi Sala, al colore della sua faccia sotto le luci calde dell'albergo: livida, senza sangue.

«Spero di no».

«Ma scusa, se la macchina è in Liguria e a Volterra non ci sono tracce di lei, allora passa tutto a Genova. Che non l'abbiano trovata non significa che non ci sia, lo sai».

Gli occhi. Cavi e spaventati.

«Io credo che sia qui. Il suo armadio è pieno, le valigie al loro posto, c'era anche il portatile, la verdura in frigo. Aveva affittato solo per giugno, perciò, in teoria, la casa doveva essere chiusa. Invece l'ha lasciata come se fosse uscita un attimo. A occhio, ci sono tutte le sue cose, creme per il viso, spazzolino da denti».

«Il telefono?».

«No. Niente telefono e niente borsa. Mi sono convinto che non avesse nessuna intenzione di partire. Anche perché il padre ha detto di avere iniziato a ricevere messaggi strani e non riuscire a chiamarla già dal 29, 30 giugno».

«In che senso strani?».

«Brevi, dice, e diversi dal solito. In più, prima di raggiungere il padre, lei si doveva vedere con un cugino, che non ha mai ricevuto la sua chiamata».

«Tu cosa pensi?».

«Non soffriva di depressione, non ha mai avuto problemi di droga. Supponiamo pure che fosse un momento in cui non aveva voglia di sentire suo padre, e che le rompesse le palle chiamare il cugino. Ma questa storia che il padre chiama, lei rifiuta la telefonata e poi spegne il cellulare, sparisce, l'auto è in un posto e tutta la sua roba in un altro... ho il sospetto che dobbiamo aprire un procedimento penale, Isa».

Maurizio si affaccia alla finestra. Non sa perché, ma si aspetta di trovare Luigi Sala di sotto, in piazza dei Priori, che guarda in su.

«Per sequestro».

«È una famiglia ricca?».

«No, direi normale».

«Che lavoro fa lei?».

«La copy in un'agenzia di comunicazione».

«Sarebbe?».

«Boh... scrive testi per siti internet di aziende e dépliant, a quanto ho capito».

«E che stipendio ha?».

Guarda bene, Maurizio, anche negli angoli.

«Penso niente di straordinario».

No, non c'è. Che sia appostato dietro la porta della caserma?

«Non deve essere necessariamente per soldi, come sai bene. Magari questa donna è nelle mani di un maniaco».

Maurizio conosce il silenzio dall'altra parte del filo. Isa si sforza di rimanere equanime, anche per non peggiorare la situazione (Pare una bambina, siamo sicuri che sia un magistrato?), ma lo sanno tutti che per lei è un argomento sensibile. Una donna si strappa i vestiti di dosso, si riempie di botte e si sodomizza da sola con il collo di una bottiglia per divertimento? inveisce quando i colleghi minimizzano.

«Io faccio l'informativa adesso, ipotizzo il sequestro di persona e tu mi dai tutto: tabulati del cellulare, copia forense del computer e intercettazione del telefono del padre. Massimo alle undici sono lì. Intanto te la anticipo via PEC».

«Va bene, Maurizio. Ti aspetto».

Maurizio riattacca e resta per un attimo incerto. Non lo dice mai, ti aspetto.

Ma quando arriva a Pisa non ha il tempo di sondare più di tanto: alle dieci e mezzo deposita l'informativa e Isa, che l'ha già letta, gli prepara il decreto di intercettazione d'urgenza per il telefono di Luigi Sala. Nardi chiama Mileto per far partire l'intercettazione e mandare la richiesta dei tabulati ai gestori telefonici. Dopo ti spiego, dice.

Poi, uscendo dall'ufficio del PM, poco prima di aprire la porta, si volta.

«Ma non è che anche a te...».

Non prosegue. Cosa gli viene in mente. Se le fosse successo, gliel'avrebbe raccontato.

Non ricorda che Lara gli aveva detto che a ogni donna, almeno una volta nella vita, succede di subire qualche tipo di abuso sessuale, verbale o fisico, lieve o grave che sia? E poi cosa vuol dire lieve? aveva aggiunto, lieve per chi? Ma allora anche tu? aveva reagito Maurizio. Lara aveva risposto con delicatezza. Si era preoccupata più di lui che di sé. Come se, di fronte a certe verità, ciò che va salvaguardato fosse l'innocenza di un uomo.

Nel pomeriggio, fatta una lista di persone da sentire, Maurizio comincia le indagini sul campo. La prima da cui va è Bice. Che lo accoglie con le mani nella merda.

«Stavo pulendo lo scannafosso» dice levandosi i guanti.

Una cinquantina d'anni, la ricrescita di due centimetri, una maglietta chiazzata sopra il petto senza reggiseno.

All'interno la casa è semibuia e c'è un forte odore di sigaro. Bice lo fa accomodare al tavolo della cucina, gli piazza davanti un bicchiere di limonata e una scodella di albicocche.

«Prenda, noi qui ne abbiamo a chili».

Maurizio beve un sorso, cerca tra gli appunti: «Il signor Leonardo Trafeli è il proprietario della casa accanto».

«Sì, quello che affitta ai turisti».

«Mi sa dire esattamente quando è arrivata Giorgia Sala?».

«Il 2 giugno. Leonardo mi aveva chiesto di farle trovare le chiavi sotto lo zerbino. Come ho fatto anche con lei, che ero al lavoro».

«Era sola?».

«Sì».

Bice prende due albicocche che strofina nei palmi, le apre, le addenta. A Maurizio viene il sospetto che arrivino direttamente dal ramo e che non siano passate per il lavandino.

«Si ricorda l'ultima volta che l'ha vista?».
«Verso la fine del mese, tornava in macchina».
«Non ricorda il giorno?».
«Poteva essere il 25 giugno, o il 28... quei giorni».
«Le aveva detto quando sarebbe ripartita?».
«Sì, sempre per via delle chiavi. Il 30. Ma non mi ha detto dove sarebbe andata. Immagino tornasse a Milano? Non avevamo una gran confidenza».
Maurizio scrive: *30 giugno*.
«Mi sa dire però se frequentava bar o locali della zona?».
«So che andava da Ines».
«Vedeva qualcuno in particolare?».
«Aveva fatto amicizia con Malina, la ragazza che abita al piano di sotto».
«Come ha detto che si chiama?».
«Malina Guerrieri. Avranno la stessa età, più o meno. Di altri non so. Nel borgo si sta molto tra noi... anche se ora...».
Sospira. Scuote la testa, passando i noccioli dell'albicocca tra le dita. Deve riferirsi a Donato Bacci. Chissà come ha preso la notizia dell'omicidio. Chissà se erano amici. Se ora, a badare alla moglie, ci va anche lei.
«È scomparsa?».
Bice lo fissa curva, i noccioli stretti nel pugno.
«Sembra di sì. Stiamo cercando di capire cos'è successo. Se vede o sente qualcosa» si alza allungandole un biglietto da visita «mi chiami».

A mangiare qui non viene da un paio d'anni, da quando la figlia di Ines dava una mano ai tavoli tra un esame e l'altro. Poi c'era stato quell'incidente orribile. Il ristorante era rimasto chiuso, Ines non si muoveva dall'ospedale. Aveva riaperto dopo mesi, ma lui e Lara non ci erano tornati.
«Buongiorno».

Nonostante tutto, Ines è rimasta bella. Una bellezza attraversata, ma viva. Come se certa bellezza non si lasciasse cancellare nemmeno dalle peggiori offese.

«Buongiorno, signora Lombardi».

«E da quando mi chiama signora Lombardi, cavaliere?».

Già, cavaliere. L'unica in tutta Volterra a sapere che in passato, raggiunto il massimo grado, nell'arma si era automaticamente nominati Cavaliere della Repubblica.

Ora che ci pensa questa storia del titolo l'aveva raccontata anche alla figlia di Ines un sacco di tempo fa. Quando un ufficiale parlava con un maresciallo anziano, lo chiamava "cavaliere" in segno di rispetto. Poi, a esclusivo beneficio di Benedetta, aveva aggiunto che tante volte al telefono Maurizio si sentiva dire, Cavaliere buongiorno disturbo? e lui, quando se lo poteva permettere, mandava l'interlocutore a 'fanculo. L'aveva fatta ridere. Chissà se si ricorda. Se, a ripeterglielo, farebbe un sorriso.

Maurizio stringe la mano a Ines: «Come sta?».

Ines alza le spalle, gli occhi a schiarire tutto il viso: «Si va avanti».

«E Benedetta?».

Il sorriso rotto, la luce offuscata.

«Eh, Benedetta... sempre uguale. Ogni tanto viene, di mattina presto. Si mette fuori un pochino, poi rientra. Non ci sta volentieri, in mezzo alla gente. Venga, le faccio un caffè».

Maurizio tira fuori la foto, Ines indossa un paio di occhiali dalla montatura blu: «È Giorgia. Viene a cena ogni tanto. Perché?». Lo guarda. «Cos'è successo?».

«Il papà ha fatto una denuncia di scomparsa».

«Oddio».

«Veniva da sola?».

«Sì. Un paio di volte è venuta con una ragazza di qui, ci aveva fatto amicizia. Malina Guerrieri, la figlia di Rita».

Maurizio fa un segno vicino al nome di Malina, poi solleva gli occhi su Ines: «Rita?».

«Rita Guerrieri. È stata rinchiusa al manicomio per anni. A dirle la verità a me non è mai sembrata matta. Problematica, ecco... cose che oggi si curerebbero. Ma insomma, ha avuto Malina mentre era internata. Com'è andata la storia bisognerebbe chiederlo a qualcuno che ha lavorato là dentro in quegli anni, io più di tanto non ho mai saputo. Mi ricordo ancora quando è uscita, però».

Ines toglie gli occhiali: «Sa che non l'avevo riconosciuta? Ho visto la sorella e allora ho capito che era lei. Pareva una drogata. Magra come un chiodo, la faccia tutta cascante, la bocca in dentro come se avesse perso i denti... camminava a passetti, gli occhi spenti... poverina, guardi».

Scuote la testa: «Era andata a stare da Tilde quando hanno chiuso il manicomio, sarà stato l'Ottantaquattro o l'Ottantacinque, ma è morta dopo poco».

«Come è morta?».

Ines si stringe nelle spalle: «Se ne sono sempre dette tante... chi ha parlato di eroina, chi di consunzione. Qualcuno ha pure detto che si è ammazzata. Poveretta, guardi».

«Ma anche la figlia...?».

«No, Malina no. Lei se l'è presa Tilde in casa e, quando la zia è morta, Malina è andata all'estero. Non so bene dove. È tornata da poco, un annetto».

«Grazie, Ines. Le posso chiedere di passare in caserma per verbalizzare le sue dichiarazioni? Anche domattina va bene, se le è comodo».

Ines lo accompagna alla porta: «Mi saluti sua moglie».

Maurizio la ringrazia e soltanto in auto si ricorda che una volta, quando erano tutti ragazzi, Ines gli dava del tu.

La filastrocca. Prima lontana, poi chiara. Sento le parole. Il suo nome.

«Ciao».

Si interrompe.

«Sentito che bella canzoncina? Era una vita che non me la cantavo. Mi ispiri, evidentemente».

Ha la voce acuta. Dov'è lui?

Sistema come sempre le sue cose accanto alla porta, lo sgabello di fronte a me.

Ho fame. Sete. Ma non ha tirato fuori niente dallo zaino, solo il libro.

Si siede.

«Ho ripensato a quel che hai detto nell'ultima registrazione». Rutta. Un rutto acido. «Ieri sera ho mangiato e bevuto come un animale. Non mi fa bene leggere certe cose. Di mia madre».

Mi guarda.

«Ti ricordi della registrazione? Sul poter morire solo se si è vivi».

Mi guarda ancora. Si passa una mano sulla faccia.

«Quasi quasi ti levo il bavaglio. Te ne stai buona?».

Annuisco. Una vertigine forte, la testa annebbiata. La vedo male.

Sento le sue mani intorno alle mie orecchie, sento strattonare: «Tieniti dritta, su».

Le sue mani sulla faccia, mi appoggia la testa al muro, si china a guardarmi: «Ci sei?».

L'alito cattivo.

Si risiede, apre il libro.

«Ho letto proprio oggi che voi anoressiche percepite la morte come una minaccia che è sempre lì, una cosa che dovete scacciare, no aspetta, com'è che diceva...».

La guardo cercare. Voi anoressiche.

«... ecco, *sconfiggere*. Vabbe', uguale. Poi dice: "E il modo più sicuro per trionfare sulla paura della morte è morire volontariamente"».

Gli occhi spalancati su di me. Aspetta che io dica qualcosa? La bocca pulsa, sento solo questo. I suoni sono lontani, solo la sua voce, stridula. Un fischio in testa, la sua voce. La testa esploderà.

«Quindi» alza il tono «tu non volevi vivere per non morire, giusto? Invece qui dice che proprio per non *dover* morire, voi anoressiche vi uccidete prima. Non so se... oh, mi senti? Ma che hai oggi?».

Mi solleva la fronte, una palpebra: «Dormi?».

La guardo, vedo la sua ombra, gli occhi su di me, trasparenti, vuoti.

«Devo diminuire ancora un po'» dice «sei uno zombie».

La testa mi ricade, la stanza svanisce, i rumori si spengono.

Fruscio.

Tintinnio.

Una voce.

È lei che mi aspetta. E canta.

«Ci sei?».

Quanto tempo è passato?

Va verso lo zaino, tira fuori il recipiente di plastica.

«Ti do da mangiare».

Lo apre, spingo le palpebre aperte. Non dormire. Devi mangiare. Stai sveglia.

Lei mescola il contenuto con il cucchiaio.

«È freddo» dice. «Se non dormivi per tutto questo tempo lo mangiavi tiepido».

Mi appoggia il cucchiaio sul labbro, schiudo la bocca.

«Apri bene che non entra».

Apro, i denti mi fanno male, la lingua.

Frulla tutto il cibo che mi dà. Questo sa di carne. Non mi aveva mai dato la carne. La guardo.

«Non ti piace, eh? Lo so. Non avevo tempo di cucinarti io, ho preso un omogeneizzato al vitello. Fa schifo, vero?».

La guardo affondare il cucchiaio, che raccolga tutto, che non lasci nemmeno un goccio. Leccare il contenitore, il coperchio.

«Da bere te lo do dopo perché ci ho già messo il Lexotan. Adesso parliamo un po'».

Posa il contenitore, ce n'è ancora un poco, lo mette via.

La guardo, supplicandola. Sorride. Riprende il libro.

«Ho letto un altro passaggio che volevo farti sentire... aspetta che lo ritrovo... ecco, mi ascolti?».

Non mi darà altro.

Annuisco.

«Brava. Adesso senti. In questo bel libro così... illuminante, si dice, no?» me lo sventola davanti al naso «dicono che il comportamento anoressico non ha limiti, non ha un termine, me la sono studiata a memoria questa, *e neppure si pone una meta*». Sorride. «E a noi chi ci ferma, eh?».

Uccidere. Mi vuole uccidere.

«Meno male che ci sono io».

Farmi morire di fame.

«Dammi da mangiare» dico.

Con tutta la forza che ho.

Lei mi guarda.

«Ma io cosa parlo a fare? Cosa sto qui a leggerti queste cose *a fare*?».

Ha alzato la voce. Il rimbombo nella stanza, l'eco mi trapassa la testa.

«Faccio finta di non averti sentita, guarda» mi appoggia un dito sulla fronte, spinge.

Sbatto il cranio, il dolore trapassa ogni parte del corpo.

Mi farà morire di fame.

«Ascolta, va', così capisci qualcosa di quello che ti sto dicendo. Dov'è, cazzo... ah, qua. Senti? Ci sei?».

«Sì».

«Oh là, è riemersa. Ascolta bene: "Il modello di comportamento anoressico femminile coinvolge non solo un rifiuto o l'impossibilità di mangiare" ci sei fino qui? "ma anche una dimensione psicologica più vasta in cui una ragazza apparentemente ubbidiente e sottomessa, ma che si sente ribelle, si rivolta" mi ascolti? "*si rivolta* contro il mondo circostante *nello sforzo disperato di far riconoscere la sua personalità*". Capisci, Giorgia?».

La guardo.

«Capisci?».

Dille di sì.

Muovo la testa.

«Bene. "Generalmente questo mondo *è la sua stessa famiglia*; *i genitori* simboleggiano e *sono* i principali ostacoli alla sua autoaffermazione, anche se le loro intenzioni sono apparentemente opposte". Tu che sei così affezionata al tuo caro papino...».

Una stretta al petto.

Non piangere.

Soffochi.

Non piangere.

Non pensare.

Non ascoltare.

Lei torna a cercare nel libro.

«C'è anche questa cosa della canonizzazione che devi sentire. Lo sapevi che molti processi di beatificazione sono basati su tre leggi, aspetta, come si chiamano... virtù teologali. Sai quali sono? Io no, e tu? Nemmeno tu? Aspetta, ecco: fede, speranza e carità. E poi anche su quelle cardinali, queste non me le ricordavo, cazzo, aspetta che le cerco... prudenza, temperanza, giustizia e fortezza. Quando i confessori di questi santi gli ordinavano di mangiare, per esempio a Caterina da Siena, il fatto che questi non mangiavano era visto come una dimostrazione di forza, o come si dice insomma, una prova di virtù, e il fatto che riuscivano a vivere senza mangiare era visto come una sfida alle leggi della natura. Come te. È troppo esaltante questa cosa».

Sfoglia ancora.

«Qua c'è il pezzo più importante. Sei sveglia, mi senti? Ascolta bene, perché a questo mi dovrai rispondere. Te lo leggo. "La giovane donna italiana del Medioevo in lotta per l'autonomia, non diversamente dalle ragazze e donne di oggi davanti al medesimo dilemma, a volte spostava la lotta dal mondo esterno, in cui subiva una sconfitta sicura, a una battaglia interiore per ottenere la padronanza su se stessa e sui propri impulsi fisici. In questo senso la risposta anoressica è senza tempo. E almeno provvisoriamente è una vittoria potente e reale sull'unica cosa che la civiltà occidentale o occidentalizzata permette a una donna di conquistare: *se stessa. Ma la vittoria porta all'autodistruzione*"».

Chiude il libro con violenza, mi fissa.

Poi mi dà una carezza.

«Mia madre ha smesso di mangiare perché era sola».

Un'altra carezza.

La testa.

La guancia.

«Si sentiva abbandonata, le avevano tolto il controllo della sua vita. L'hanno lasciata marcire dentro un manicomio».

Mi sposta i capelli dalla fronte.

Un'altra carezza.

«Smettere di mangiare per mia madre è stato un modo di riprendere il controllo sulla sua vita, sul suo corpo. Anche per te non mangiare è stata una forma di controllo. Volevate tutte e due salvarvi, in un certo senso, controllando, *rifiutando* quello che veniva dall'esterno. Giusto?».

Aspetta che io faccia o dica qualcosa.

La guardo.

Aspetta.

Annuisco.

Lei riprende ad accarezzarmi.

«Non sei tu che sei in controllo, Giorgia. Lo capisci?».

Ritira la mano, se la pulisce sulla maglietta.

Mi fissa.

«Mia madre non aveva scelta. Tu sì».

La filastrocca risuona ancora nella stanza.

L'ha cantata prima di andare via.

Me l'ha fatta ripetere, parola per parola.

I latrati dei cani sotto, la sua voce che insisteva.

Mala Malina
brutta bambina
grassa e sciocchina
male, Malina!

16 luglio 2019

Non si era accorto del cavallo. Forse stava in un altro punto del campo, oppure dalla parte opposta della strada. Adesso è lì, nel prato sopra la casa di Giorgia Sala, a brucare allungando il testone scuro e rivolgendogli di quando in quando uno sguardo impassibile.

Maurizio è tornato sino al cancello per vedere se c'è qualcosa di nuovo, ma gli pare tutto intoccato: il terrazzo, gli alberi di albicocche e fichi, gli ailanti a ostruire la vista. Spinge, entra nello spiazzo di fronte alla portafinestra della cucina, guarda dentro. La casa è chiusa, in ordine come l'ha vista tre giorni fa.

Luigi Sala gli ha chiesto di accompagnarlo a controllare i dintorni, girare per la città a chiedere informazioni. Se vengo io sarà diverso, si sforzeranno di più. Maurizio avrebbe voluto spiegargli che no, un cittadino comune non può prendersi la libertà di entrare in casa delle persone e scuoterle per i gomiti finché non espellono un ricordo. È meglio lasciar fare alle forze dell'ordine. Sala ha restituito un'occhiata poco convinta e ha risposto, Mi chiami stasera per cortesia. Nemmeno avesse affidato al Comando un compito semplice che quelli hanno già imbrogliato. Maurizio non si è spazientito, se non fosse che conosceva la replica, gli avrebbe chiesto di fidarsi. Ma Luigi Sala non si fida, tantomeno in questo caso. Oltre al fatto che Nardi ha ben poche sicurezze. Al momento una lista esigua di persone da sentire e nessun indizio.

Ines era in caserma alle otto, un vestito elegante e un po' di rosso sulle labbra. Nardi immagina si metta uguale per andare a messa.

L'ha affidata al maresciallo giovane, di cui non ricorda mai il nome, raccomandandosi: Offrile un caffè e sii gentile.

Dopodiché ha telefonato a Malina Guerrieri, che gli ha dato appuntamento per le nove. Alle dieci entro al lavoro, ha specificato. Gente ruvida in questo borgo, ha pensato. Si chiede come si siano comportati con Giorgia.

Maurizio osserva le finestre, quella della sua stanza da letto, si domanda se con lei siano stati più riguardosi, o se lei sia altrettanto selvatica e perciò qua in mezzo ci stava alla perfezione.

Guarda l'ora, sono le nove. Torna indietro e suona il campanello.

«Si accomodi».

Malina Guerrieri è una donna bassa, muscolosa, i capelli corti e due occhi grossi e verdi. Una contadina, pensa d'impulso. Ma le mani sono senza calli, sebbene portino tracce di terra sotto le unghie, e la pelle è profumata. Una fragranza appena accennata, tenue.

La sua casa è piccola, le stanze disposte diversamente rispetto all'appartamento di Bice, che è giusto di sopra. Deve essere anche questa una cascina ristrutturata, come tutte le abitazioni fuori dalle mura. Soggiorno e cucina sono un tutt'uno, poi c'è una camera lasciata aperta con un letto nel mezzo, e un'altra porta che dev'essere il bagno. Un camino, in fondo alla stanza, che in inverno riscalderà tutta la casa.

Malina lo guarda attenta, gli occhi chiari a schizzare su ogni suo movimento. Questa donna gli ricorda un animale. Un gatto. No, qualcosa di più selvaggio: una faina.

«Prende un caffè?».

«Volentieri».

Maurizio si siede al tavolo, al centro del quale torreggia una zuppiera colma di verdura.

«Ha un orto?» chiede.

Malina si volta dal lavandino, segue il suo sguardo: «Bice. Ci lascia prendere le cose che ci servono. Quelli li ho raccolti stamani».

Le unghie sporche, gli zucchini terrosi.

«Che ci fa?».

Malina accende il fornello: «Li mangio».

Spiritosa.

«Ricette particolari?».

Lei scrolla le spalle: «In padella, nelle zuppe. Questi qui sono buoni anche crudi».

Malina mette due tazzine spaiate in tavola. E lo guarda come se fosse un cretino.

«Signora Guerrieri, sono venuto per farle qualche domanda sulla sua vicina di casa, Giorgia Sala».

Malina non muove un muscolo: gliel'ha già detto al telefono.

«Mi sa dire quando l'ha vista l'ultima volta?».

«Perché?».

Capito, pensa Maurizio, con questa si parte dal principio. Ci sono, le persone così. I diffidenti, gli incazzati. Dario Scarselli, per esempio. Deve fare attenzione, non lasciarsi sviare dalla voglia di prenderli a schiaffi.

«Perché risulta scomparsa».

Però non tirarsi indietro, sfrondare e restituire. Sfrondare e restituire, come ha imparato negli anni.

«Da quando?».

Un'incrinatura nella voce. Minuscola.

«Da fine giugno, inizio luglio».

Malina non dice niente, spalanca gli occhi e lo guarda. Pare ci stia mettendo minuti interi ad assorbire la notizia.

«Vi conoscete bene?».

Sbatte le palpebre. Una, due volte.

«Perché, cosa le hanno detto?».

«Che vi frequentate».

«Ci conosciamo. Viene a Volterra per le vacanze».

«E vi frequentate?».

Prende la zuccheriera, gliela piazza davanti.

«Ogni tanto. Siamo uscite qualche volta, un caffè da me o da lei».

«Sa se Giorgia frequentava qualcuno qui vicino o fuori?».

Malina si alza, va ai fornelli, spegne e torna con la caffettiera bollente. Per un secondo, Maurizio ha la sensazione che gliela potrebbe incollare alla faccia. Tenergli la nuca con una mano e con l'altra appoggiargli il metallo rovente sulla guancia. Ne avrebbe la forza, a giudicare dalle braccia.

«No» dice versando il caffè.

Si siede, gli avvicina ancora lo zucchero. Tra un po' me lo infila in gola, pensa Maurizio.

«Qui nel borgo vi conoscete tutti?».

«Sì, ma ci vuol poco. È un posto piccolo».

Non sta facendo nulla di insolito, eppure c'è qualcosa. Non capisce se l'impressione arrivi da lei o da ciò che Ines gli ha raccontato della madre. Il manicomio, la malattia. Difficile separare la storia dalla persona. È sempre così. Per questo sarebbe meglio arrivarci vergini, ai colloqui. Fogli bianchi su cui tracciare schizzi improvvisati. Poi vedere che figura è venuta fuori. Ma così è difficile, soprattutto per lui che non sempre riesce a trovare il confine tra la propria pelle e quella dell'altro. Il tuo miglior pregio, gli aveva detto il suo maestro anni fa, e il tuo peggior difetto.

Conflitti. Ecco cosa gli viene in mente. I conflitti, le opposizioni, le contraddizioni apparenti. Il corpo da camionista e il profumo di fiorellini. Gli occhi freddi e la pelle morbida del collo. L'allarme dello sguardo e l'aria di ferocia. In un'indagine, elementi da appianare; nella vita, la vita.

«Quindi anche Donato Bacci».

Malina lo guarda, beve il caffè.

«Lei conosceva Antonella Franchi?».

«No».

«Era molto amica, con lui?».

Malina lo fissa. Occhi duri, d'un tratto.

«Ci si conosceva. Qui nel borgo siamo pochi, gliel'ho detto».

«Perciò conosce anche gli altri, suppongo. Bice, la signora Bacci, Giorgia».

«Bice sì, Clelia è immobilizzata a letto da anni, l'ho vista una volta sola. Giorgia quest'anno».

«Come mai solo quest'anno?».

«Prima non c'ero».

«E dov'era?».

«All'estero».

«All'estero dove?».

«Francia e Spagna».

Via da qui, pensa Maurizio.

«Che lavoro fa?».

«Lavoro nell'archivio della Guarnacci».

«E all'estero cosa faceva?».

«Quello che capitava».

«È stata via per molto tempo?».

«Sì».

Con questa non si entra, pensa Maurizio. Gli dà il minimo indispensabile. Beve. Un caffè forte, quasi oleoso.

«A Volterra frequenta molte persone?».

«No, sono piuttosto riservata».

Lavora in archivio, pensa. Un posto perfetto dove nascondersi.

«Io tra poco devo andare».

Nardi guarda l'orologio: sono le nove e mezzo.

«Solo qualche altra domanda».

La osserva alzarsi, raccogliere le tazzine. Poi, d'un tratto, parlare.

«Mi scusi» dice «ma questa cosa che Donato uccide una persona e la mia vicina scompare...».

La voce quasi morbida. Maurizio è sorpreso.

«Certo» si affretta a rispondere «capisco».

Ha paura? Sembra un muro di cemento e invece ha paura? Paura per sé, che le succeda qualcosa. Tutta questa durezza: apparente. Il conflitto appianato. La logica umana.

«Solo un paio di domande e la lascio. Sa se Giorgia ha un fidanzato o rapporti con qualcuno della zona?».

«Mi ha parlato di uno con cui è stata anni fa. Non so se vedeva qualcuno qui».

«Sono venuti a trovarla amici durante il suo soggiorno?».

«Io non ho visto nessuno, poi non so».

Non si risiede. È chiaro che non vede l'ora che Maurizio se ne vada, ma è normale. Si alza anche lui, si avvia alla porta.

«Mi è venuto in mente» dice lei di colpo.

Maurizio si ferma.

«Il giorno in cui l'ho vista l'ultima volta».

«Mi dica».

«Il 28 giugno. È passata in macchina mentre ero fuori a stendere, ma non so dove andava».

«L'ha vista rientrare?».

«No. Ero già al lavoro».

«Si ricorda che ora era quando l'ha vista?».

Malina si chiude nelle spalle.

«Poteva essere mezzogiorno, l'una».

«E non ha più rivisto l'auto fuori casa, dopo?».

«No, non mi sembra».

Maurizio la fissa, quella non si muove.

«Non mi ha salutata» dice a un certo punto.

«Strano, non crede?».

Malina abbassa lo sguardo, che gli pare sia attraversato da un lampo.

«Non eravamo così in confidenza, veramente. Immaginavo fosse andata da qualche parte e che sarebbe tornata. Non ci ho pensato più di tanto, ma adesso, questa cosa che mi dice...».

Non prosegue.

«Le lascio il mio numero» dice Maurizio «mi chiami nel caso ricordasse qualcos'altro».

Malina gli stringe la mano con forza e chiude la porta appena è uscito.

Per curiosità, più che per verifica, Maurizio parcheggia in una traversa, da dove, non visto, aspetta l'auto di Malina. Che, alle dieci e un quarto, non è ancora passata.

«E si stupisce?».

Mileto gli ha aperto il fascicolo dell'informativa davanti, impaziente di essere aggiornato su tutto quello che si è perso.

Ha ragione. Non è certo la prima volta che la gente si inventa delle scuse per sbrigarsi più in fretta. A nessuno fa piacere avere polizia e carabinieri per casa.

«E poi lo sa che storiaccia ha alle spalle».

«Tu la conosci?».

«Non nei dettagli, ma ho sentito parlare di lei e della madre. Per forza è un po' stramba. Chi non lo sarebbe».

«Già» dice Maurizio.

Mileto sempre umano. Gliel'ha detto, una volta: Dovevi fare lo psicologo, non il carabiniere. Mileto aveva riso, fatto no con le mani e risposto che per quel mestiere lì bisogna essere studiati. Quindi noialtri siamo una massa di ignoranti?

Mileto era arrossito, si era imbrogliato e, prima che potesse mettere insieme una risposta, Maurizio l'aveva rimandato nel suo ufficio. Scherzo, Mileto, gli aveva gridato dopo un po' dalla porta aperta.

Maurizio apre il fascicolo di Bacci: gli toccherà leggerlo per intero prima di firmarlo. Non sarebbe necessario. Mileto, oltre a essere sensibile, è anche preciso. È più una cosa sua: ha bisogno di leggere, ripercorrere tutto quanto è stato fatto, chiudere. Se non facesse così, si porterebbe dietro vittime e carnefici. La sua firma li imprigiona tra le falde di cartone, sigillandoli definitivamente al loro interno. O così si racconta ogni volta.

«Questa faccenda di Giorgia Sala» dice prima di attaccare il frontespizio «è tosta».

Alza lo sguardo, si è dimenticato di aprire la finestra.

«Non riesco a trovare elementi per andare avanti».

8 marzo 1975

abbiamo un segreto Mamma così dice il demonio che mi viene
a prendere di notte
ma io non ho nessun segreto il segreto è il suo che mi viene a prendere quando tutte dormono e la suora e l'infermiera fan finta di non vedere non sapere come le scimmie che non parlano stan zitte e ridono che io penso che piacerebbe anche a loro e allora perché non se ne prende una...

Sei bella dice il diavolo
bella bella
bella
bella
bella
e a ogni bella un colpo a ogni bella un colpo

ma io prego Santa Caterina Mamma e non mangio così divento brutta come il peccato che mi è entrato in corpo
COME DENTRO FUORI
e quello andrà da qualcunaltra una bambina ce ne sono qui e lui ne ha già vista qualcuna e ogni tanto gli passa vicino quando viene e canta cresci bene piccolina che ti vengo a prender presto...
e a me mi tira per le braccia e mi porta giù

prego Dio e i suoi angeli e i Santi e le Sante che questo inferno mi porta via per sempre

«È venuto a parlarmi».

Cammina avanti e indietro, non mi ha tolto il bavaglio, non mi dà da mangiare. Cammina, è agitata.

«Quel cazzo di investigatore o che cazzo è».

È al telefono, parla con lui?

«Da te no?».

Cammina, ascolta.

«Ma che ne so. Un sacco di domande».

Dammi da mangiare. Da bere.

Cammina, mi guarda mentre parla, poi si volta. Non sento tutto.

«No, tu no. Ovvio, non sono mica cogliona. Però occhio».

Si ferma, ascolta. Cammina. È molto nervosa.

Non sento.

Solo la fine.

«... e sei nella merda anche tu».

Chiude, va ancora avanti e indietro, si ferma di fronte a me, mi fissa.

«È venuto a casa. Gliel'avrà detto Ines».

Parla con me adesso.

«Non si fa mai i cazzi suoi, quella. Il tizio mi ha bombardata di domande. E quando è arrivata, e vi conoscete bene, e cosa pensa sia successo. Ma vaffanculo».

Riprende a muoversi, poi si ferma di colpo.

Mi guarda.

Una vertigine.

«Ti avevo fatto una passata di zucchini oggi».
Aspetta.
Spalanco gli occhi.
Scuote la testa.
«È colpa tua se non te la posso dare. Cos'avrai raccontato a Ines, eh?».
Piango.
Non farmi morire.
«Mi guardava in modo strano. Come se fossi pazza. Gli avrà detto di mia madre, la troia. E quello a guardarsi in giro, a chiedere se ho amici. Ma che cazzo te ne frega dei miei amici. Chissà che gli ha detto, quella».
Prende lo sgabello. Si siede. Mi fissa.
Controlla il lucchetto, i lacci dietro la schiena.
Sospira.
Scuote la testa.
«Tanto qua mica ti trovano». Guarda intorno. Si passa le mani sulla faccia. «No... qua non ti trovano. È impossibile».
Sembra più calma.
Il buio. Il silenzio.
«*Shhh...*» mi dice.
Ascolta e aspetta.
«Qua non ci viene un cane».
Le lacrime mi scendono sulla faccia, lei le guarda. Cerco di smettere. Si innervosisce quando piango.
Dammi da mangiare.
Fammi bere.

Riapro gli occhi, è qui.
«Lo sai che mia madre scriveva lettere?».
Mi tira su, sono scivolata di lato.
«Ha scritto per anni. Poi ha smesso. Quando sono nata io. Che coincidenza, eh?».

Sorride.

«Non le hanno mai consegnate. Nessuna».

Mi fissa.

«I pazienti scrivevano alle famiglie e le lettere non uscivano dall'ospedale. Non è atroce?».

Si avvicina, d'istinto ritraggo la testa. Non riesco a muovere altro, non sento più la schiena, le gambe, le braccia.

«Le raccoglievano nelle cartelle cliniche, sono state trovate quando hanno chiuso tutto. Non so quanti anni dopo. C'erano lettere della fine dell'Ottocento, ti rendi conto?».

Inizia a dondolare il busto. Avanti e indietro.

Ha gli occhi rossi.

«E le lettere di mia madre ai suoi, a sua madre. Mai una risposta. Non si sono più viste. Mia madre è uscita che la sua era già morta, e pure suo padre. Leucemia lei, un incidente in fabbrica lui. Solo la sorella era rimasta. E io».

Si ferma.

«L'hanno violentata lì dentro, sai? Lo scrive, l'ha scritto in tante lettere e i medici e il direttore niente. La zia mi ha detto che avevano fatto un'indagine interna e non era venuto fuori nulla. Dicevano che durante uno dei ricoveri in ospedale mia madre doveva avere avuto rapporti, che loro non c'entravano niente, ma io non ci credo. Te la vedi una che piglia a testate i termosifoni del cesso e quando la ricoverano va a scopare in giro per l'ospedale con la testa spaccata? Ma ti pare?».

Gli occhi gonfi.

«Ci sono delle descrizioni precise del posto dove la portava. Un infermiere. La andava a prendere di notte e la portava in una cantina. La violentava lì, non la sentivano. Urlavano tutti, là dentro. E non le credeva nessuno. Quello avrà fatto i suoi comodi per anni, di sicuro non solo con lei. Il mio amato papà».

Passa le dita sugli occhi, sulla testa. Parla piano. Le parole mi entrano nel corpo, tagliano, torcono.

«Dicevano che si inventava tutto. Vedeva i santi, il demonio e le madonne, dicevano, avrà visto anche quello. Ma lei in quella cantina non poteva mica andare, non ce le portavano le ricoverate laggiù, e le descrizioni sono esatte, capisci? Ti credo che poi prendeva a testate i termosifoni. Non so quante volte. Me l'ha raccontato la zia. Lei la voleva andare a trovare in ospedale, ogni tanto l'avevano pure lasciata entrare, ma mia madre non c'era».

Schiarisce la gola.

«Non c'era più con la testa, chissà che vedeva».

Dondola di nuovo, si abbraccia.

«Era un mostro, sai?».

Mi guarda.

«La picchiava, a mia zia. Prima. Picchiava tutti, ma la zia di più, perché non si poteva difendere».

Ha gli occhi liquidi. Mi vede?

«Stavano spesso a casa da sole, da piccole. I genitori lavoravano come bestie».

Mi guarda attraverso.

«A mia madre ogni tanto prendevano le crisi e faceva di tutto: si spogliava, gridava, usciva nuda, correva per casa con i coltelli. La zia mi raccontava che quando mia madre dava di matto lei si chiudeva dentro gli armadi, ma mia madre la trovava sempre e gliele dava. Come capitava. Schiaffi, pugni, un bastone, le pentole, quel che aveva sottomano».

Si sfrega gli occhi e la faccia. Sembra un animale.

«Quella volta ha preso un forchettone. Gliel'ha piantato nella mano. Quando mia nonna è rientrata la zia era ancora lì, con il forchettone sin dentro il legno del tavolo. La zia mi ha raccontato che gliel'ha dovuto sfilare suo padre per portarla in ospedale. L'hanno pure cazziato».

Sorride, scuote la testa.

«Come se fosse stato possibile arrivare in ospedale con tutto il tavolo della cucina e mia zia attaccata. Ti immagini?».

Ride.

«Non l'ha più usata, la mano. La forchetta ha reciso i nervi, meno male che era la sinistra. Hanno internato mia madre il giorno stesso».

Si alza, va verso la porta.

Va via?

Non andare via. Dammi da mangiare.

Si gira, torna a sedersi.

«La zia si è sentita in colpa tutta la vita. Con questa mano fessa, la chiamava così, si sentiva in colpa. Pazzesco, no? Lo sai che nel tempo libero dipingeva? Di giorno lavorava in lavanderia, e dovevi vedere come stirava! E quando tornava a casa si metteva alla finestra, con il suo cavalletto mezzo scassato e quattro colori, e dipingeva quadri su quadri. Con la sinistra. Apposta. Io le chiedevo perché non li faceva con l'altra e lei rispondeva che doveva imparare a usare la mano fessa. È rimasta convinta di avercela sbattuta lei, in manicomio».

Si sfrega ancora la faccia.

«Io non lo immaginavo, sai? Di mia madre con la zia non parlavamo mai. Solo alla fine, quando mi ha detto dove stavano le lettere: Sono lì, se le vuoi. Dentro un cassetto della sua camera. Io le ho prese e le ho messe in una scatola. Ce le ho lasciate per non so quanto tempo».

Mi guarda.

«Non proprio una cosa che viene naturale, leggerle, ti pare? Mi hanno portata via da lei quando si sono accorti che non mi allattava, ma erano già passati giorni. Ero denutrita e disidratata. Mi hanno messa in un'incubatrice».

Alzo gli occhi sulla sua faccia. Lei tace. Ci guardiamo.

Liberami.
Fammi uscire.
Fammi vivere.
«Comunque le ho lette».
Avvicina una mano, mi toglie i capelli dalla faccia.
La fisso.
Lei sta zitta, non si muove.
Dammi da mangiare ti prego.
Fammi bere.
«Dobbiamo tagliarli di nuovo».
Mi fa male un occhio, un orecchio, la faccia.
La testa batte, il formicolio è ovunque nel corpo.
Tutto si sfoca, i rumori spaccano le orecchie, la sua voce mi taglia dentro.
Lei mi tocca e sono lame, colpi, strappi.
Non sento più niente.
Ho ancora le gambe?
Stringe i lacci, stringe quasi ogni giorno, dice: Bene, brava.
Le mie dita si infilano tra le costole, non ho più la pelle, non ho più le gambe le braccia la schiena i piedi le dita i capelli la voce.
«Sei quasi sempre pulita» dice alzandomi i pantaloni.
Mi solleva con una mano ormai.
«Non fai praticamente più nulla».
Allaccia i bottoni, si lava le mani nel secchio.
«Il vostro sogno di purificazione, no? Liberarvi dal peccato di essere vive...».
Sfrega.
Raschia via ogni traccia di me.
«La vostra redenzione».

17 luglio 2019

Chissà se svegliandosi vede le montagne. Ci sono il Gran Paradiso e il Monte Bianco, ha letto. Oppure lo chalet è appena sotto le cascate e aprendo gli occhi la prima cosa che sente è l'acqua dei torrenti. Uno che si alza all'alba, fa colazione con pane e salame e passa la giornata per rifugi. Li ha visti, quelli come lui, l'unica volta che è stato in Valle d'Aosta. In Val d'Ayas, a Champoluc. Ce l'aveva portato Lara. Adesso pare che il paese si sia infighettato, ma allora era bello e duro, freddo in pieno agosto ed esigente.

Giulio era appena morto e Lara aveva trascinato Maurizio lassù. Lui non ha mai capito bene quale effetto sperasse di sortire; ricorda soltanto le giornate trascorse in un bar aperto dalle sette di mattina mentre Lara andava a fare passeggiate. Non era riuscita a convincerlo a seguirla. Però Maurizio aveva tenuto fede al proposito di non ubriacarsi in sua assenza. Quindi beveva subito, appena lei partiva, in compagnia dei pochi vecchi della zona che alle nove avevano già il bianco sul tavolo. Poi aspettava che gli passasse. Quando Lara rientrava nel primo pomeriggio, lui si era lavato i denti almeno cinque volte e aveva la bocca piena di gomma da masticare. Un bruciore di stomaco terribile.

I vecchi montanari li aveva visti allora. Seduto in un angolo con il suo bicchiere di birra, li osservava fermarsi al bancone per un miscuglio micidiale di caffè e grappa che la barista serviva in bicchierini da liquore. Lo bevevano in un colpo (a *cul blanc*, gli avevano insegnato), e andavano su e giù per i sentieri impervi del parco fino a sera.

Luigi Sala pare uno così. Forse troppo rigoroso per il caffè corretto prima della montagna, ma comunque la stessa razza: ossuto, a piombo. La faccia che qui è grigia a contatto di quell'aria deve farsi scura, spezzata dalle rughe d'alta quota, gli occhi adesso scavati ma lassù, con le montagne davanti, trasparenti e vivi.

Chissà sua figlia. Ha visto le foto, sembra diversa. Più urbana. I lineamenti presi da qualcun altro, immagina dalla madre, quasi mansueti. Dev'essere stata una ragazzina obbediente. Ma spesso, ha imparato, quando la gente sembra mite, sotto ardono braci roventi che, ad avvicinarsi troppo, portano via la pelle.

I tabulati arrivano alle dieci e Mileto, che ha depositato l'informativa a Pisa ed è già rientrato, li inserisce nel software. Maurizio nel frattempo rilegge le carte, pensa a Sala e al Gran Paradiso, a Giulio, alla frustrazione di Lara che, tornando a Volterra, gli aveva detto che il morto era Giulio e non lui e, se decideva di vivere, doveva tenere ben presente la differenza.

Insomma: non ha niente.

Ha provato a convincere Sala a rientrare in Valle d'Aosta. Per un attimo se l'è anche immaginato montare la famosa persiana che il cugino gli ha riparato, sedersi davanti al camino con un plaid sulle gambe, fare un pasto caldo e solitario a uno dei ristoranti del paese. Istantanee banali, che servono a consolare se stesso e non hanno verità. Perché naturalmente Sala gli ha detto di no.

Così Maurizio torna da Ines. Che lo accoglie con il suo sorriso luminoso e triste, e gli chiede se ha notizie.

«Purtroppo no, speravo ne avesse lei per me».

Una mancanza di professionalità totale, lo avrebbero rimproverato i suoi capi in passato, ma ormai l'esperienza gli ha insegnato che esistono fenditure nella realtà dove valgono leggi sovversive: quelle della memoria comune, per esempio. E così è qui: prima di essere una potenziale testimone, Ines è una donna che l'ha visto bambino. Con un uomo non potrebbe: con loro occorre mostrarsi all'altezza, essere in grado di ereditare ciò che hanno fatto del mondo e, se possibile, non far peggio.

«Oh, Maurizio, mi dispiace».

Gli mette un caffè davanti, si asciuga le mani sul grembiule: «Ha parlato anche con Malina?».

Nardi beve il caffè, fa il gesto di cercare i soldi prima che Ines lo blocchi con uno sguardo.

«Sì» risponde «ma non è servito a granché».

«Se sento qualcosa, la chiamo subito».

Maurizio la ringrazia ancora, manda un saluto per Benedetta, dà uno sguardo in giro ed esce.

«Scusi».

Si volta.

Un ragazzo sulla soglia del ristorante, lo chiama.

Scusi. Almeno non l'ha chiamato commissario, pensa Maurizio.

Nardi torna indietro e, avvicinandosi, lo riconosce: è il cameriere, di cui una volta sapeva anche il nome.

«Ho sentito che stava parlando con Ines di quella donna scomparsa...».

«La conosce?».

«Sì. Cioè no, non la conosco, è venuta un paio di volte. Però...».

Un ciuffo di capelli biondi sulla testa rasata: il taglio di capelli che va così di moda oggi e sembra un infarto del parrucchiere.

«... l'ultimo giorno che ha mangiato qui è andata via con uno».

Un fremito preciso, lungo il collo.

«Un uomo?».

«Sì. Quello dell'omicidio, sui giornali».

Un fremito e una stretta: il pugno che pompa il sangue fino alle dita.

«Donato Bacci?».

La sente così, l'adrenalina.

«Bacci. Lui».

«Si ricorda che giorno era?».

«No, di preciso no... qualche settimana fa».

«Continui pure».

«Erano a pranzo qui tutti e due. Ho sentito che lui le chiedeva un passaggio a casa».

«Ha visto dove andavano?».

Il ragazzo scuote il ciuffo: «No, ho solo visto che sono usciti da qui insieme».

«Bene. Grazie. Adesso lei mi fa il favore di andare subito in caserma a ripetere quello che ha detto a me. Con Ines parlo io. Quando è lì, chieda del maresciallo Mileto. Siamo d'accordo?».

«Ma...».

«Adesso, per cortesia».

Si avvia alla macchina, avverte Mileto: «Ti sta arrivando Dybala in ufficio, sentilo e verbalizza» e chiama Isa.

«Sarà mica un seriale?».

Il primo pensiero di entrambi.

Maurizio fa un ripasso rapido di tutta la storia di Antonella Franchi, Sta' a vedere che ci ha raccontato la cazzata dell'amante abbandonato e invece questo massacra le donne.

«Che facciamo?» chiede lei.

Il ritmo di colpo accelerato, la pompa nel sangue, le scintille nel cervello.

Avvia il motore, tra cinque minuti può essere alla fortezza.

«Mi deleghi ad andare in carcere a interrogarlo?».

«No, vengo io».

«Isa...».

«Tra un'ora sono lì. Tu portami il verbale del cameriere».

Le guance arroventate, il battito rapido. Fretta e rabbia. Ma tocca aspettare. Il magistrato è lei.

Alle undici e mezzo la vede passare il cancello, chiudere una conversazione telefonica, fargli un cenno. Maurizio le dà il verbale, lo leggono insieme.

«Dici che ha ammazzato anche Giorgia Sala?» chiede Isa.

La sensazione familiare: la tessera che potrebbe trovare il contorno corrispondente. Ma bisogna sentire Bacci.

Che li accoglie con lo sguardo stranito di chi, dopo nemmeno una settimana, ha già capito cosa vuol dire la galera.

«Signor Bacci, vorremmo parlare con lei a proposito di Giorgia Sala».

La voce di Isa è monocorde, ma Maurizio sa che appena sotto la pelle si stanno abbattendo burrasche.

Gli occhi di Donato passano dall'uno all'altra: «Giorgia Sala?».

«L'inquilina di Leonardo Trafeli, signor Bacci. A quanto ci risulta lei andava a far lavori a casa sua».

«Ah, sì».

La rabbia defluita, un'aria ebete.

Maurizio si chiede quali codici vigano all'interno del carcere di Volterra, come vengano trattati quelli che ammazzano le donne. Se gli fanno provare la stessa paura o se, visto l'andazzo degli ultimi anni, vedranno Donato come uno di loro. Lo scoprirà presto, quando dall'isolamento verrà spostato insieme agli ergastolani.

Isa comincia dalla solita domanda: «In che rapporti eravate?».

Ma Donato è lento a partire. Forse sperava che fossero venuti a tirarlo fuori. Chiudere la questione, dirgli, È stato uno scherzo, puoi tornare a casa.

Sbatte le ciglia, passa dall'uno all'altra, di continuo.

«In che senso, rapporti?».

«Vi frequentavate?».

«No».

«Eppure le faceva lavori in casa».

Donato guarda Maurizio, in cerca di spiegazioni. Tra maschi ci si capisce meglio, pare pensare.

«Ogni tanto. Ma son mica rapporti».

Isa non molla. Il viso è una cera. Non come lui e Mileto che fanno sempre un sacco di versi.

«Quando l'ha vista l'ultima volta?».

«Non mi ricordo».

«Si sforzi».

Un grado a destra, pensa Maurizio. Se l'è sempre figurata così, la voce di Isa che si regola sulla durezza.

«Ma oggi che giorno è?» chiede Donato.

Gliel'hanno detta, questa cosa del tempo che perde dimensione. Succede in carcere, in ospedale e in cattività.

«Il 17 luglio» gli va in soccorso Maurizio.

Isa lo incenerisce: qui dentro parlo io.

«Quando l'ha vista, signor Bacci?».

«Non lo so, non mi ricordo... fine giugno, sarà stato il 26, il 27».

«In che occasione?».

Donato appoggia i gomiti sul tavolo, si passa le mani sulla faccia, sui capelli.

«Si può fumare qui?».

Puzza.

«No».

Lui avrebbe detto sì, ma è il PM che stabilisce le regole.

«In che occasione, signor Bacci».

Lo scatto di un altro grado.

Occhio, Bacci, pensa Maurizio.

«Sarà stato fuori da casa sua, che ne so».

«Un testimone sostiene di no».

Donato schizza gli occhi in quelli di Isa, che restano saldi. Lo sguardo, Isabella, le avranno insegnato.

«Chi?».

Isa si sporge verso Bacci. La sente per forza, la puzza. L'acido delle ascelle, l'amaro dell'alito. Lo guarda dritto negli occhi. Donato si scosta, appoggia la schiena alla sedia, le mani abbandonate sulle cosce. Scuote la testa.

«Al ristorante di Ines Lombardi» dice Isa.

Donato la guarda, gli occhi vuoti.

«Le ha chiesto un passaggio».

Bacci sta zitto, stringe gli occhi: «Sì, adesso mi ricordo. Avevo la macchina ferma».

«E dove siete andati?».

«A casa. Io a casa mia e lei a casa sua».

«È sicuro».

Donato si schiarisce la gola, bagna le labbra con la lingua. Una lingua grossa, bianca, filamentosa. Fa segno di sì.

«E poi?».

«E poi niente. Mi sa che è quella l'ultima volta che l'ho vista».

«Le sa?».

Bacci scrolla le spalle, guarda Nardi: Ma che cazzo vuole questa da me?

Isa aspetta, lo fissa. Poi, senza preavviso, si alza, spiazzando anche Maurizio.

Donato si passa la mano sulla bocca, guarda Isa, una gamba che pulsa.

«Aspettate».

La scintilla. Quella scintilla che Maurizio gli aveva visto negli occhi quando l'ha conosciuto: «Mi sono ricordato una cosa».

Isa si risiede.

«La notte che ho portato... Antonella alle Balze. Che l'ho buttata giù...». Si ripassa la mano sulla faccia, la lingua sulle labbra secche. Grigie. «Ho incrociato l'auto di Giorgia».

Maurizio prende una penna, il taccuino. La notte tra il 30 giugno e il 1° luglio.

«Che ora era?» chiede Isa.

«Esattamente non lo so. Saranno state le tre, le quattro».

«Ha visto chi c'era alla guida?».

«No».

«Sicuro?».

«Ho visto che c'era una persona sola. Non era Giorgia?».

Isa non risponde. Sa che a questo punto non deve insistere o precipitare.

«Non ho visto bene» continua Donato «mi sono nascosto perché...».

Guarda di nuovo Maurizio e poi Isa, rimbalzando ancora tra loro. Non aggiunge altro.

Isa si volta verso Nardi, solleva le sopracciglia in una domanda, lui fa segno di no. Si alzano. Dicono alla guardia che hanno finito, fanno firmare il verbale a Donato.

Che rimane là, immobile, muto.

Un fruscio. Sono i lupi, i cani. È la volpe che mi ha trovato.

Rumori.

I passi delle bestie nella notte.

È lui che è tornato? Passi pesanti, una voce di uomo.

Ascolto.

Il vento soffia forte stanotte. Odori che non conosco. Voci.

I cani latrano lontano.

«Vieni».

Una voce da fuori.

La testa pesa, il fischio nelle orecchie non va più via. Fischiano fischiano fischiano esplodono.

Mi addormento ma adesso non riesco. Vorrei. Il sonno smussa il dolore. Alle mani, alle braccia. I piedi non li sento più, mi hanno portato via le gambe.

«Muoviti».

La voce viene da fuori. Da lontano. È qui. Sopra la mia testa che si spegne e accende. Una candela sotto il soffio del vento di questa notte.

Passi.

Fruscii.

Voci.

«Davide, cazzo, ti muovi?».

Spalanco gli occhi.

C'è qualcuno.

Qualcuno è qui.

Grido. Ho il bavaglio. Grido. Grido grido grido grido grido.

Silenzio.
Il vento.
I cani.
«Oh».
Un suono dentro la stanza.
«Oh, c'è qualcuno?».
Grido. Piango. Lacrime, tosse.
Tossisci.
Ti sente.
Tossisci.
Grida.
Un mugugno debole.
Muoviti.
Batto i piedi, la catena si muove appena. Un tintinnio leggero, sentilo.
Sentimi.
«Chi c'è?».
Sentimi!
«Guarda che se ne vanno. Vieni, dai».
Un'altra voce, vicina. Un ragazzo?
«Davide».
«*Shhh*. Ascolta».
Me. Vuole ascoltare me.
Grido, batto la catena, ma non ho più fiato non ho più forza.
«C'è qualcuno qua sotto».
Ansimo. Senti il mio respiro. Mi senti?
«Davide, io non sento niente».
Vicinissimi. Sopra di me. C'è una finestra sopra di me?
«Ma sì, ascolta...».
Silenzio, mando un grido. L'ultimo. Non ho più forza.
Davide.
Ti chiami Davide.

«Ma sì, saranno due che scopano».
Salvami.
«No, ascolta».
«Ma che cazzo... tu hai fumato troppo».
Ghigna.
Non ascoltarlo, Davide.
Scendi, sono qui.
Mando un soffio dal naso. Tutta la forza che mi è rimasta.
«Boh».
Non andare via.
Le lacrime scendono. Tossisco, rallento il respiro: soffoco.
«Sembrava...».
«... sì, i fantasmi del manicomio. Dai, andiamo, non rompergli i coglioni. Scusate, eh!».
Ridono. Passi. Vanno via.
Il soffio del vento sopra le loro parole. Lontane.
Andate.
Piango. Tossisco.
E poi la vedo.
In piedi sulla porta aperta.
Immobile, mi guarda.

18 luglio 2019

Giallo a Volterra, scomparsa una turista valdostana. L'allarme del Comando dei carabinieri

Giorgia Sala, 46 anni di Aosta, è stata vista per l'ultima volta a fine giugno nella città toscana. Il padre: «Escludo l'allontanamento volontario».

di Simone Gazzarri

VOLTERRA – È un giallo la scomparsa da ormai tre settimane di una turista valdostana. Dal 1° luglio, infatti, non si hanno più notizie di Giorgia Sala, 46 anni e originaria di Aosta, scomparsa a Volterra, dove stava trascorrendo le ferie. A darne notizia è stata la famiglia tramite un comunicato stampa, in cui ha pubblicato la foto della donna e un appello alla cittadinanza: "Se l'avete vista, chiamateci".

Le informazioni sono ancora poche, ma il padre, Luigi Sala, raggiunto al telefono, esclude l'ipotesi dell'allontanamento volontario: «Non aveva alcun motivo per farlo». E su quanto accaduto nelle settimane passate, durante le quali la figlia è scomparsa, dice: «So solo che la sua auto è stata trovata ad Arenzano, ma lei non c'era».

Giorgia Sala avrebbe infatti dovuto trascorrere qualche giorno nella località ligure prima di raggiungere il padre a Lillaz, vicino a Cogne, in Valle d'Aosta, il 5 luglio. Ma non è mai arrivata.

Secondo il Capitano del Comando dei Carabinieri di Volterra, Enzo Miranda, sembra che il padre di Giorgia Sala abbia comunicato con lei al telefono durante la prima settimana di luglio, ma che poi non sia più riuscito a raggiungerla.

Nelle indagini, aggiunge Miranda, sono stati coinvolti il Comando dei Carabinieri di Arenzano e le forze dell'ordine liguri, ma il piano di ricerca delle persone scomparse, messo in atto dalla Prefettura di Roma e che ha coinvolto Protezione Civile, Guardia Forestale e Vigili del Fuoco, non ha dato risultati.

Le indagini, tuttora in svolgimento, sono affidate al Comando dei Carabinieri di Volterra.

Maurizio chiude il giornale, scuote la testa.

«Ho visto» dice a Mileto entrato in ufficio per dirglielo. «Figurati se Miranda non poteva starsene zitto per una volta. Sempre a parlare con la stampa, la superstar. Tanto stai sicuro che la figura di merda, semmai, la facciamo noi».

E se invece va bene, pensa, il merito se lo prende lui.

Maurizio non sopporta le intrusioni. Dei suoi superiori, degli sconosciuti, della stampa. Soprattutto di quel Simone Gazzarri, un testa di cazzo che si crede un reporter del *New York Times*. Sempre tra i coglioni quando c'è un caso difficile. Faccio il mio mestiere, risponde lui quando, più garbatamente possibile, Maurizio chiede di lasciarli lavorare.

Non se ne sbarazzerà più.

Proprio adesso che non sa che direzione prendere.

Proprio adesso, pensa, che è tutto bloccato.

A metà mattina Mileto torna nel suo ufficio.

«Comandante, sono arrivati i tabulati».

E Maurizio sa che c'è qualcosa. Prima ancora di guardarli, per l'aria con cui Mileto glielo dice. La sua bellezza che si fa ancora più acuta e diventa quasi sgradevole. Chissà quando è innamorato cosa diventa.

«Guardi».

Con il dito sul foglio Mileto indica numeri e luoghi corrispondenti: le date delle chiamate e le celle alle quali il telefono di Giorgia Sala si è agganciato. Fino al 30 giugno, Volterra. Il 1° luglio, Arenzano. Dopo, Volterra.

Nardi controlla di nuovo, un dito sulla data e uno sulla cella.

Guarda i messaggi in arrivo, verifica il numero: ce n'è almeno uno ogni giorno, sono quelli del padre, che ha scritto fino a ieri.

Due telefonate il 24 e il 26 giugno, di sette e dodici minuti l'una, una chiamata rifiutata l'11 luglio e poi più niente.

Maurizio torna su.

Ripercorre i messaggi in partenza dal numero di Giorgia Sala verso altri, controlla i giorni dal 26 in avanti: ce n'è qualcuno fino al 9 luglio.

«Non è stata effettuata nessuna telefonata dopo il 26 giugno» ricapitola. «Nessun messaggio inviato a partire dal 9 luglio, l'ultima chiamata rifiutata risale all'11. Poi il telefono è stato spento».

Maurizio raddrizza la schiena, guarda Mileto.

E riflette.

Le date, i numeri. L'adrenalina pompa nel sangue a imprimere velocità, dare ossigeno alle intuizioni. Un meccanismo involontario che si accende da sé quando, come dice Mileto, la ciccia fa colare grasso sul fuoco.

E, sotto, quel dettaglio: Sala ha scritto messaggi alla figlia sino a ieri.

Lo farà anche oggi, di sicuro. Lo farà domani.

La speranza è irrazionale.

Risulterà anche nei tabulati del suo cellulare. Delle intercettazioni di Sala si occupa Mileto che, saggio, concreto e umano com'è, avrà pensato che quei messaggi mandati a vuoto, quelle grida di padre che richiama a riva la propria bimba andata troppo al largo, non sono rilevanti ai fini delle indagini e quindi può permettersi di proteggerlo, il suo grido angosciato.

Ma poi chi lo sa. Potrebbe trattarsi di allontanamento volontario, dopotutto, e questa Giorgia, tra un po', riapparirà come è sparita. Col suo materassino giallo e verde, gli spruzzi d'acqua sollevati dai piedi che mulinano veloci, l'ansia ilare di chi l'ha fatta grossa. Un puntino colorato che dal largo si riavvicinerà piano piano. La sua bambina con le labbra blu e il fiatone che, tornata, avrà una storia incredibile da raccontare per evitare il castigo. La sua Shahrazād briccona, la sua figlia amatissima.

La cella. Vedere qual è la cella specifica a cui il cellulare si è agganciato.

Maurizio controlla, poi torna indietro e ricontrolla, ma è così: il cellulare si è attaccato a due celle differenti. Una copre la parte meridionale di Volterra, l'altra il versante opposto. E cioè una zona compatibile con la casa di Giorgia Sala.

Mileto passa da un dato all'altro: «È lei o qualcuno sta giocando con il suo telefono?».

Potrebbe essere lei, pensa Maurizio, certo. Per qualche ragione, è possibile che si stia nascondendo e nel contempo cercando di tranquillizzare il padre con qualche messaggio sporadico. Che però ha smesso di mandare due settimane fa.

Oppure no. Qualcuno entrato in possesso del telefono ha finto di essere lei.

Per quale ragione?

Maurizio elenca le possibilità: un ladro che voleva prendere tempo, un ragazzino che ha trovato il telefono da qualche parte e si sta divertendo a fare casino, il rapitore di Giorgia.

«Quand'è che abbiamo arrestato Bacci?».

«L'11».

Maurizio prende il calendario che tiene sulla scrivania. Uno di quelli con un mese su ogni foglio, sul quale annota incontri, giri d'indagine, fatti, appuntamenti. Nessuno ci capisce niente, tranne lui. Sì, l'11 hanno arrestato Bacci.

Mileto non gli fa la solita battuta, Perché me lo chiede se poi non si fida? Lo guarda puntare con il dito: «L'ultimo messaggio è stato mandato dal telefono due giorni prima» dice Maurizio.

Lo annota nella casella, poi prende il verbale del padre e lo rilegge.

I messaggi strani, come li ha definiti Luigi Sala, le chiamate rifiutate, il telefono spento, i mancati appuntamenti di Giorgia con il padre e il cugino.

Riflette, pesa ogni ipotesi, si convince.

«Potrebbe essere una persona che ha rubato il cellulare o che lo ha trovato e se l'è tenuto. Un imbecille che gioca a farsi passare per qualcun altro. Possibile, di tarati è pieno il mondo. Oppure si tratta di sequestro, e i messaggi li mandava il rapitore».

Isa riflette dall'altro capo, non risponde.

«Io dico che è così» continua Maurizio «ma non so da che parte girarmi».

Anche perché nel frattempo l'esame della copia forense non ha dato risultati: nel computer della Sala non c'è niente. Nessun contatto Facebook sospetto, nessuna mail che porti a qualcuno che non abbiano già identificato, nessun file o video o fotografia che potrebbe indicare che Giorgia si trovava in una situazione potenzialmente pericolosa.

«Potrebbe essere qualcuno di Volterra o di fuori» dice Maurizio «o Bacci».

«Credi che sia lui».

Non c'è nessuno in piazza a quest'ora. Il caldo è soffocante, neppure i turisti delle cinque-città-in-cinque-giorni escono dagli antri ombrosi in cui si sono rifugiati.

«Se è lui» risponde Maurizio «dovessimo trovarla, la troviamo morta».

Solo i pensieri a spingere soffocati dentro l'aria greve.

«Prendila dalle gambe. No, non lì, le ginocchia».

La voce di lui. Apro gli occhi, è chinato su di me, mi solleva i piedi. Provo a scalciare. Non toccarmi.

«Sta' ferma» dice.

«*Shhh*» la voce di lei alle mie spalle «stai tranquilla».

«Non riesco a prenderla con questa cosa addosso».

Lui mi posa lento per terra, si raddrizza. Barcolla.

«Forse è meglio se la bombiamo» biascica.

«Togliamole la camicia» dice lei.

Mi viene davanti, apre la borraccia.

«Bevi».

La guardo. Mi volete uccidere.

«Stai tranquilla. Bevi» ripete.

Il gusto amaro, oggi ne ha messo di più. Quasi subito i contorni si offuscano. Il tempo di sentire che qualcosa si scioglie dietro la schiena, un dolore alle braccia, la voce di lui, di lei. Si sovrappongono, cercano di capire come fare.

Sento qualcosa scivolare via dalle braccia, guardo: mi sta sfilando piano una camicia.

«Non ti facciamo niente» dice lei.

Sotto, le mie braccia piccole, la mia maglia schiacciata contro, rigida.

«Cazzo che tanfo».

Lui si scosta, ma non riesco più a guardare. Le palpebre pesano, sento solo i piedi che si sollevano da terra, una spinta sotto le ascelle.

Grido. Il dolore mi trapassa, spacca la testa. Mi sveglia.

«Non pesa più un cazzo».

È lui che parla. Lento, non capisco tutto.

«Ma quanto avrà perso?».

Lei non risponde, la sento dietro di me, la testa batte contro il suo petto.

«Posala adesso».

Non riesco a capire cosa fanno. Solo plastica che mi copre. È fredda, pesante. Mi ci avvolgono dentro?

La luce su di me si offusca, il telo si chiude, una spinta. Galleggio sospesa per un attimo, mi stanno sollevando. Mi mettono su qualcosa di duro, mi schiacciano le gambe contro il busto. Grido e non sento la mia voce.

«Fa' piano».

Riapro gli occhi. Sono fuori: alberi, aria, la notte.

«Spingi».

La voce di lei.

È davanti a me, poi di fianco: mi muovo. Sento lui che ansima dietro. Siamo all'aperto, dove andiamo.

Guarda. Tieni gli occhi aperti. Resisti. Cerca di capire dove ti portano.

Lui spinge, lei cammina accanto.

Papà vai via.

Vai via da qui.

Salvati.

Non riesco più.

Chiudo gli occhi.

Dove sono?

È un posto diverso questo. Più freddo.

Tengo gli occhi chiusi, loro sono ancora qui. Tutti e due. Parlano. Non capisco tutto. Le voci tese. Imprecano. Litigano?

Io dove sono. Dove mi hanno portata.

Alzo appena le palpebre, guardo in basso. Ho di nuovo la camicia, hanno stretto tanto, respiro male. I piedi. Legati alla catena, attaccata a cosa? Sollevo ancora le palpebre, non mi devono vedere: un letto. Senza materasso, senza rete.

Sposto la testa. La luce, è mattina? C'è più luce.

Dove siamo.

Dove mi hanno portata.

Discutono. Bisbigliano. Non sento.

Poi lui grida.

Lei dice: «Stai zitto».

«È troppo tardi».

Passi. Qui dentro. Vengono da me. Chiudo gli occhi.

«Dorme?».

«No».

Lo sa sempre, lei, quando sono sveglia.

Lui impreca ancora, si allontana.

Lei si china, mi chiama.

Apro gli occhi.

Mi guarda.

Anche io capisco come sta. Ha paura.

«E adesso cosa cazzo facciamo?».

La voce di lui.

Lei si raddrizza.

«Non lo so. Niente».

«Io dico che...».

«Ti ho detto di no».

Cammina avanti e indietro. Hanno paura tutti e due. Cosa vuole lui?

«Sarebbe tutto più facile».

Lei sta zitta, cammina.

Cosa vogliono fare.

Cosa vuole fare lui.

«Finirebbe no? Che poi perché cazzo...».

Uccidermi.
Apri gli occhi.
Stai sveglia.
Ascolta.
Tieni gli occhi aperti.
Rimani sveglia.
«... e finché è viva tu hai la roba».
Un rumore metallico, qualcosa mi colpisce.
Apro gli occhi.
Una lattina di birra.
«Ma sei coglione?».
«Non volevo».
Lei si china di nuovo. Butta via la lattina. Si gira verso di lui, non sento bene. Parole sparse... carabinieri... articolo... comunicato della famiglia... padre...
Papà?
«Vai, adesso» gli dice.
«Bombala di nuovo».
«Sì».

Bevo.
Bevo e tutto si trasforma. Le pareti mi vengono addosso, mi hanno messo dentro una bocca che mi mastica.
Sento il corpo leggero, non è il mio, io sono altrove. Non sono più il mio corpo, non sento più male.
I lupi. I lupi sono entrati. Camminano intorno a me, mi annusano. I loro occhi dappertutto. Non mi muovo. Se non mi muovo pensano che sono morta.
Vai via papà salvati dimenticati di me sono in un buco nero con il male.
Carabinieri articolo comunicato famiglia padre.
Un lampo di luce lontano.
Il sole nasce e mi strappa la pelle.

Mala Malina brutta bambina grassa e sciocchina male Malina.

Non sento più niente solo il rumore continuo frenetico delle formiche che salgono sui piedi

sulle gambe
sotto la camicia
sul collo
mi entrano in bocca
il sole squarcia il cielo
gli occhi pieni di larve
la testa si spegne

Luce

19 settembre 1975

Il medico ti mentirà
Ti dirà che cerco guai e che sono PAZZA ISTERICA ma lui non mi crede
lui ascolta e fa finta di dire di sì e poi mi fa punire

Mi puniscono le infermiere così lui non si sporca le mani Non mi lavano mi legano al letto un giorno anche al termosifone perché non avevano il tempo di riportarmi in camerata e sono rimasta lì nella mia piscia e nella mia merda per due giorni

Non ci credi Mamma?
Credi CREDI credi crediiiiiiiiiiiiiiiii

Non l'ho fatto per dargli dispiacere Mamma...

IO NON SO perché l'ho fatto

un colpo
due colpi
tre colpi
... poi non ho contato più
1 2 3 4 5 6 7 e poi che viene? 100!

Sono svenuta Mamma ma quando sono tornata dall'ospedale il sangue era ancora lì lavato male il sangue non viene via bene dai muri solo dalle piastrelle ma non nelle fessure tra

le piastrelle che io passo il tempo a fissare quando mi sento stanca e cerco il modo di sparire...
La testa non mi fa più male Mamma adesso ma ci ho un taglio che dice il medico resterà la cicatrice
a me non importa ~~perchéééééééééé~~ la offro come sacrificio alla Santissima Caterina che sempre mi protegge anche questa volta che non ha voluto prendermi con sé non capisco cosa aspetta io ormai non sono più niente

21 luglio 2019

«Il giro di tossici».

Il maresciallo giovane è entrato nel momento in cui Maurizio stava ricapitolando la questione delle date. Il cellulare soltanto per un giorno ad Arenzano, l'auto trovata lì. Chi può averla portata in Liguria e poi avere mandato il messaggio? Perché è ovvio che sono la stessa persona.

«Al manicomio».

No, pensa. Ovvio non lo è mai. Ovvio è solo nei libri quando sono mal scritti. Potrebbe benissimo essere una coincidenza. La vita che infierisce e prende per il culo.

«Intorno al Charcot».

L'indagine Inferno, pensa Maurizio: Dove ho messo la pratica?

«Ho fatto un servizio di osservazione e ho beccato dei ragazzi che fumavano».

Se si tratta di canne, nulla di urgente.

«Canne?».

Trent'anni. Il maresciallo non supera i trent'anni e lo guarda come si guarda un nonno rimminchionito che parla al televisore.

«Non solo» risponde con malcelata indulgenza. Crack, eroina e cocaina, nonno.

Maurizio vorrebbe lanciarlo fuori dalla finestra, ma non ha energie neppure per rimetterlo al suo posto. Per non doverlo guardare, si mette a frugare tra gli appunti.

«Ne abbiamo fermato uno».

Rileggendo le date fa un ripasso veloce di chi potrebbe prendersi carico di approfondire la faccenda.

«Quando?».

C'è quello nuovo, Cosimo, Domiso, neanche di lui si ricorda mai il nome, che non sta nella pelle. Inesperto, ma abbastanza giovane da capire linguaggi e modalità, e perfetto per lavorare con questo. Uno ingenuo e l'altro stronzo; uno esagitato e l'altro indolente.

«Stamattina. Usciva dai cancelli all'alba. Davide Bianchi, il figlio del macellaio».

Lo conosce. Un ciondolone che gira in skateboard da quando ha imparato a star dritto. Ogni tanto dà una mano al padre in negozio, ma si vede che preferisce saltare su e giù dai marciapiedi. Però piace un sacco alle donne: è gentile, educato.

«È ancora qui?».

Dosimo.

Comiso.

Dosico.

«No».

«E cos'ha detto?».

«Niente, che ogni tanto va con qualche amico al Charcot a farsi una canna. Però» prosegue «ha aggiunto una cosa strana».

Domico. Domenico Domico. Chissà che infanzia di merda, con un nome così.

«Ha sentito qualcuno che si lamentava».

Maurizio solleva gli occhi dalle carte.

«Al Charcot».

«Dai sotterranei. Ma non è andato a vedere, è tutto sbarrato».

«Siamo sicuri che non era un animale, un gatto in calore, qualcosa?».

«Dice di aver sentito una persona. O due, non era sicuro. Era fumato, quindi...». Il maresciallo scrolla le spalle per nulla impressionato. Dev'essere uno che ne sa. «E poi è pieno di cani randagi, là dentro» continua «e coppie che ci vanno a sc... ad avere rapporti. Sa, la comodità di un posto riparato dagli sguardi più il brivido del proibito».

Aspetta che Maurizio rida e, vedendo che invece resta imperturbabile, riprende: «E zingari. Quelli che abbiamo sgomberato il mese scorso, ha presente? Io dico che si sono infilati là dentro. Bisognerebbe andare a fare un bel repulisti, altroché».

Stronzo e fascista. Un bell'esame di etica umana, prima di arruolarli nell'arma. Questo ci vorrebbe.

Si alza, cerca nello scaffale. Sposta faldoni e cartelle, eppure l'aveva messa qua. Alla fine, appiattita sotto una spanna di fogli, la trova. corr

Si risiede.

«Se volete approfondire, fate pure. Tenga» dice allungandogli la pratica «qui dentro ci sono relazioni di servizio, appunti, operazioni passate e nominativi degli spacciatori che avevamo arrestato. Le affianco Domico».

«Domico?».

«Quello nuovo».

«Ah, Sicomo».

«Eh, Sicomo. Vedete un po' chi è 'sta gente».

Per il resto, niente. È la frase che sta dicendo di più in questi giorni. Per il resto, niente. Trova minuzie, allusioni, fatti isolati che in nessun modo riesce a connettere. La tela cosparsa di segni senz'ordine, mentre il tempo passa e Giorgia Sala chissà dov'è.

Sono giorni che evita il bar dove aveva visto Luigi Sala e, quando deve scendere in borgo Santo Stefano, fa il giro da dietro.

A volte preferirebbe non sapere come stanno queste persone. Svolgere il suo lavoro e poi andare a casa a farsi i sacrosanti cazzi suoi. Che banalità, pensa. È ovvio. La verità è che i colleghi più bravi di lui sono in grado di trasformare un istinto in una strategia. Ce l'hanno, quell'istinto. Lui invece striscia per vicoli nascosti e appiccica tabulati ai muri, senza arrivare a un cazzo. Tanto più che, lo sanno tutti, ogni giorno che passa è una fila di mattoni in più. Tra poco si troverà davanti a un muro solido, serrato e senza appigli, impossibile da scalare.

L'unico istinto che ha è chiudere tutto e tornare in carcere a tempestare Bacci di domande fino a quando non dice la verità. Perché è questo che pensa; sì, Isa, è questo che penso: che Donato Bacci ne ha ammazzate due. Se ci va bene.

La notte è fresca e luminosa. La luna piena rischiara la strada fin oltre il cancello: non c'è un rumore, non c'è una voce. Soltanto i grilli e le foglie degli alberi spostate dall'aria che di giorno non osa muoversi.

Si è messo le scarpe da ginnastica e una vecchia tuta pescata dal guardaroba-obitorio, così se per caso scavalcando cade e si strappa i vestiti, Lara non se ne accorgerà.

Si ferma ancora un attimo, ascolta. Poi, con uno sbuffo, si fa coraggio: afferra le sbarre del cancello, punta il piede sulla catena e si tira su.

Dentro, va a naso. Non ci sono sentieri battuti, la luce del cellulare illumina sterpaglie e siepi. Posa i piedi a casaccio, ogni tanto li sbatte forte, casomai ci fossero vipere nascoste nell'erba alta. Non ricorda più la strada. Sono troppi anni che non ci viene. E allora sembrava diverso. La natura meno rigogliosa, meno invadente: pare si sia ingoiata tutto, fagocitando se stessa.

Maurizio avanza lento, si ferma. E, più attenzione presta, più rumori sente: il frinire delle cicale, il gracidare delle rane, addirittura il clacson di un'auto sperduta chissà dove nella vallata. Ma nessuno è una voce. Un lamento, un nome, un mugolio, di dolore o piacere che sia.

Quando raggiunge il Charcot, quasi non se ne accorge. Il profilo nero contro il cielo, le sbarre alle finestre, i portalampade di ferro battuto, le lettere fissate sopra il portone, che da sotto danno un'idea di destino e crudeltà.

Si ferma, dirige la torcia del telefono all'interno: i vetri sono sfondati da anni, i muri coperti di graffiti. Si sporge, cerca: per terra vede rifiuti, calce, un topo che sfreccia fuori dal cono di luce.

Ridiscende i gradini, gira a destra, fino all'angolo, poi indietro, dal lato opposto. C'è una porta, sprangata da assi e reti di sicurezza. Fa per procedere, ma si accorge che una delle reti è lasca e che le assi, a ben guardare, sono soltanto appoggiate. Ne sposta una, sfila la rete dai chiodi, punta il telefono: una scala scende verso un seminterrato, il pavimento è rotto. Dovevano esserci delle cantine, quaggiù, un magazzino. Maurizio scavalca il pezzo di rete rimasto, batte il tacco su ogni scalino per vedere se regge, inizia a scendere.

Quando arriva in fondo alla scala, muove la luce intorno: un corridoio si allunga di fronte e si apre su sei vani. Entra nel primo: le piastrelle dissestate, le rovine di un armadio crollato a terra; prosegue nel secondo, vuoto; nel terzo, dalla cui finestrella, in alto, filtra la luce di fuori. In un angolo c'è un secchio con dell'acqua e una spugna, uno sgabello, dei mozziconi di sigaretta. C'è un forte odore, come di bestia, e quello stantio del fumo recente: qualcuno è stato qui da poco. Maurizio si guarda intorno: forse è questo il posto dove vengono. Stagnola bruciata, i filtri succhiati fino alla carta.

Torna indietro, infila la testa nelle altre stanze. Risale le scale ed esce.

Più in alto c'è il Ferri, l'altro padiglione dove ancora oggi i ragazzi di Volterra vanno a dipingere graffiti. A loro rischio e pericolo: è l'edificio che ha più sofferto il passare del tempo. Instabile, fatiscente.

Già che ci siamo, pensa Maurizio sbuffando.

Entra nel cortile, si avvicina al corpo centrale. La luce del telefono illumina la striscia di graffiti di Oreste Fernando Nannetti. Era stato suo padre a raccontargli la storia di questo psicotico che al Ferri aveva inciso per anni l'intonaco delle pareti con la fibbia del suo gilet. Due graffiti diventati famosi: uno, intorno al padiglione dell'istituto; l'altro, sul passamano di una scala. Sono stati vandalizzati anche questi, ma gran parte dell'opera è rimasta. Perlopiù incomprensibile, sinistra sotto il raggio del cellulare, ma ne hanno parlato addirittura i giornali, e uno scrittore famoso che non ricorda più chi sia.

La luce scende, illumina le panche in pietra, le finestre dietro le inferriate. All'interno, detriti, immondizia.

Fa il giro, è tutto sprangato e buio. Solo una carriola abbandonata di fronte a un pannello di legno. Si avvicina, dentro la carriola c'è un telo in plastica.

Alza il cellulare a illuminare intorno, sullo schermo appare la notifica che il telefono è quasi scarico. Guarda l'ora: tardi. Lara si sarà addormentata, che è peggio di quando lo aspetta sveglia: addormentarsi senza di lui non le piace. Domani Maurizio la pagherà: l'amarezza nella notte si rapprende, e diventa una crosta dura di risentimento.

Eppure dovrebbe saperlo. Avevano impiegato mesi a venire fuori da quella storia. Non ho scuse, diceva lei, non ho scuse. L'aveva fatto lo stesso. Non ho saputo trovare un altro modo, diceva. Provava a non piangere perché sapeva che lui si inteneriva, si dava della stupida e continuava così: a parlare mentre piangeva. Il corpo alto, i muscoli contratti sulla sedia della cucina, gli occhi scuri gonfi, i capelli biondi mosci dietro le orecchie, la bocca grande e piena ridotta a uno spiraglio grigio. Non potevi evitarlo? aveva chiesto lui. Che non si capacitava. Anche se poi, a ben pensarci, tra tutti quelli che poteva scegliere, aveva preso l'unico sensato: il berlinese. Sono come le altre, Maurizio, aveva risposto lei, mi sento sola come le altre. Ci avevano messo un sacco di tempo a ripararsi, ma erano rimasti insieme. E Maurizio da allora sta attento: non deve più succedere che Lara, Lara forte e condottiera, finisca a chiedere la carità a uno sconosciuto.

Adesso vado, pensa scostando il pannello dal muro.

Dietro c'è una porta, chiusa da un catenaccio. Lo tira, il lucchetto non cede. Maurizio punta la luce: pare nuovo. Strano. L'avrà fatto mettere il Comune, oppure quell'associazione che porta i turisti in gita al manicomio.

Riappoggia il pannello alla porta, si guarda intorno.

Ha smarrito l'orientamento, da qui deve scendere al Charcot e poi uscire, altrimenti si perderà.

Comunque è inutile cercare oltre.

Se quel ragazzo, Davide Bianchi, ha davvero sentito una voce, probabilmente si trattava di qualcuno che al manicomio viene a fumare, drogarsi, spacciare. Questo lo appureranno i due marescialli. Ciò che premeva a lui era altro, e non ha trovato niente.

Perciò, prima che il telefono si spenga del tutto, prende la direzione da cui è venuto e se ne va.

«Questa non la conoscevo».

È di fronte a me, non l'ho sentita entrare. Da quanto è qui?

«Veronica Giuliani. Tu sai chi era?».

Non mi guarda, sfoglia le pagine del libro, ancora.

Chiara d'Assisi.

Teresa d'Avila.

Umiliana de' Cerchi.

Angela da Foligno.

Margherita da Cortona.

Benvenuta Bojani.

Giovanna da Orvieto.

Francesca Ponziani.

Eustochia da Messina.

Vuole che le impari, me le fa ripetere. Ogni volta che me ne legge una, io devo ricordarle tutte. E poi la filastrocca, che devo cantare con lei quando le viene voglia.

Adesso giochiamo, dice. Mi dà da mangiare solo se ricordo tutto.

«Si chiamava Orsola Giuliani, il nome se l'è cambiato lei in Veronica dopo. Una rompicazzo, a quanto ho capito. Viziata, capricciosa, prepotente. Ha perso la madre quando era piccola e ha tirato scema la famiglia perché era una specie di mina vagante. Era fissata con le penitenze e si nascondeva per farle in pace da sola. Aspetta che ritrovo il pezzo... camminava sulle ginocchia, leccava il pavimento con la lingua disegnando delle croci, si batteva con uno straccio annodato. Molto generosamente il parroco del suo paese le aveva procurato un cilicio».

Non mi guarda: «Mi segui? A un certo punto vuole farsi suora e il padre non la lascia, così diventa anoressica e alla fine la spunta. Entra in convento e per punirsi dei suoi peccati smette di mangiare e prega senza fermarsi mai. Dà nell'occhio e comincia a scornarsi con i suoi confessori che la trattano di merda, non le fanno fare la comunione, le impongono prove durissime perché capisca, in buona sostanza, che ce l'hanno più grosso loro. Le ordinano di ricominciare a mangiare normalmente, ma lei no. Ti leggo: "Seguirono anni di ansie e tormenti, con due suore preposte a controllare che mangiasse tutto quanto le veniva prescritto. Sono riportati episodi nei quali Veronica fu sorpresa a mangiare voracemente e di nascosto, anche se poi fu detto che non era lei ma un'apparizione del diavolo con le sue sembianze ad abbuffarsi". Hai capito? Una bulimica. Vi succede a tutte, giusto?».

Sfoglia, cerca.

«Ho sottolineato per te. Aspetta che ti ritrovo i pezzi...».

Non mi dà più da mangiare subito. Aspetta la fine, dopo che ha letto. Dobbiamo studiare, dice. Anche adesso. Oggi studiamo Santa Veronica.

Così capisco meglio, ripete ogni volta.

Mi guarda, dopo, chiede se capisco.

Capisci?

Vuole che ripeta i nomi, la filastrocca. Io non ricordo, la testa gira, rumori e lampi mi attraversano.

È lei?

Piove, qui dentro?

«Giorgia, non dormire e ascolta».

Mi appoggia la testa contro il muro: «Stai sveglia, santo

dio. Non ti sto dando praticamente un cazzo, non è possibile che sei così imbambolata. Ascolta».

Mi tiene la fronte con un dito, legge: «"Medici, preti e confessori lavorarono insieme per riportare l'alimentazione di Veronica alla normalità: con minacce, punizioni e promesse, divenne possibile per lei riprendere una vita più moderata". Capito?».

Mi lascia andare, la testa ciondola, devo stare sveglia o andrà via.

Resta.

Giuro che ripeto tutto.

Ti ascolto.

Stai qui.

Non lasciarmi sola.

Di notte i lupi entrano, mi girano intorno, annusano. Aspettano che io dorma e poi mi sbraneranno.

Rimani qui.

«Da bambina questa ha messo di proposito la mano nel fuoco, menava i mendicanti che non pregavano con lei, si procurava tagli e ferite in continuazione...». Ride. «Che tipa. Interessante questa cosa della madre... aveva amato moltissimo la figlia, ma non la allattava di venerdì, quando dava il latte ad altri bambini, e se la teneva accanto giorno e notte. Leggeva a lei e alle sue sorelle le vite dei santi e delle vergini martiri... vedi? Come faccio io con te».

Scorre, cerca qualcos'altro. Controlla che io sia vigile, mormora qualcosa.

«Senti qua. Uno dei suoi confessori si chiamava padre Giovanni Maria Crivelli. Ascolta bene: "Tra le innumerevoli prove di obbedienza a cui sottoponeva Veronica, una consisteva nel mandarla in una cella buia dell'infermeria. Lei doveva restare là leccando con la lingua e in ginocchio tutto il pavimento finché lui non le ordinava di venire via"...

erano fissati, 'sti baciapile. Pensa se te lo facessi fare a te... ah, questa è il massimo: "E doveva poi anche leccare, in piedi, le pareti della cella, e considerarsi indegna di starci. Veronica eseguì gli ordini del confessore con tale gusto e contentezza, che inghiottì persino le ragnatele e i ragni, raccogliendoli con la lingua. Restò più di due mesi in quella cella senza mai uscire"».

Si ferma. La guardo. Mi fissa.

«Più di due mesi» dice.

Fa segno con le dita: «Due» dice.

Poi riprende a leggere, piano.

«"Una suora dello stesso convento aggiunge altri particolari che rivelano che padre Crivelli conosceva bene e puniva la *schifiltosità* di Veronica, e che la sua cella non aveva finestre né altre sorgenti di luce"».

Scandisce ogni parola. Devo capire, dice. *Capire*.

«'Sto pazzo ordinava a Veronica di inghiottire tutto quello che trovava sui muri e dopo la puniva per averlo fatto. Hai sentito? Era una mente malata. Sarai d'accordo con me, no? Ti pare?».

La guardo.

«Ti pare?».

Muovo la testa, lei sorride.

«Questa qui era circondata da sadici: un altro confessore le ordina di buttarsi nel fuoco per testare la sua obbedienza ma poi la ferma e la *punisce* perché lei stava per obbedire, un altro ordina a una novizia di tirarle un calcio in bocca mentre è inginocchiata davanti a lei, una stronza che dice di volerle tirare un calcetto leggero ma che poi sente una forza divina e le spacca la bocca... un'altra la mena a sangue, un prete la fa camminare senza stampelle con una gamba rotta. E in tutto questo lei è sollevata, felice come una pasqua di espiare i propri peccati attraverso la sofferenza fisica e il digiuno».

Apre il libro, me lo mette davanti.

«Leggi».

Le parole si confondono, ha sottolineato, scritto, disegnato su tutta la pagina. Non distinguo niente. Dove devo leggere? Non vedo. Faccio segno di no.

Lei sospira.

«Allora te lo leggo io. È importante».

Annuisco.

Mi guarda irritata, riprende il libro.

«È andata avanti così per anni. Si schiacciava la lingua con una pietra, leccava gli insetti, ingoiava vomito di gatto, digiunava. "Le sue automortificazioni sfuggirono al controllo cosciente e soltanto molti anni dopo se ne rese conto e si riadattò" ascolta bene "al sistema scandito dalle regole del suo ordine, che si basavano sull'obbedienza infantile pronta e assoluta. La sua prigione divenne un rifugio e le altre recluse, le sue sorelle"».

Chiude il libro. Mi fissa.

«Qui dentro con te ci sono solo io».

Si avvicina alla mia faccia. Non riesco a spostarmi, se mi muovo cosa fa.

«Capisci quello che ti ho letto o continuerai a chiedermi perché?».

Brucia.

Piango, annuisco.

Lei mi passa la mano sulla faccia, scuote la testa.

Apre lo zaino, abbassa il bavaglio, mi dà da mangiare e da bere. Oggi mi permette di leccare il cucchiaio, non lo fa sempre.

Poi, prima di riavvolgerlo nella carta, se lo mette in bocca.

La sua prigione divenne un rifugio e le altre recluse, le sue sorelle.

22 luglio 2019

«Voglio risentirlo».

«Ma di nuovo?».

«Se Bacci ha fatto da solo, la Sala è bell'e spacciata. Se ha complici, abbiamo una possibilità di trovarla. Fammici parlare».

Isa sospira.

«Dai tabulati di Bacci risulta qualche chiamata dalle zone della cella?».

«Sì, Isa».

Anche se sa che è irrilevante. Il cellulare di Giorgia Sala pare si sia fatto un giro di piacere per tutta Volterra, da quando lei è scomparsa. E sui tabulati del telefono di Bacci, tra la scomparsa di Giorgia e l'arresto, non risulta nessuna chiamata sospetta che non abbiano già verificato. Ma non glielo dice. Maurizio punta sul fatto che il PM segue molti casi alla volta e ogni tanto perde gli esatti contorni di ognuno. È compito di quelli come lui riempire i vuoti, ma lo si può fare anche parzialmente, se si pensa di avere ragione.

«Va bene, Maurizio, ti delego a sentirlo. Mandami un rapporto subito dopo, d'accordo?».

Fuori piove.

È il primo giorno di pioggia da settimane. Settimane di arsura, temperature soffocanti, nottate con la ventola in faccia. Gli unici che ne vengono fuori bene sono i bambini, che sono belli pure chiazzati di sudore. Mileto, invece, soffre come un cane. Un calabrese anomalo, dice di sé: odia il caldo e ama la montagna. La prima domanda di trasferta, appena arruolato, l'aveva fatta in Trentino. Aveva aspettato anni, prima che venisse accolta. Era lì che aveva vissuto fino a quando, per una ragione che Maurizio ancora non ha scoperto, aveva cominciato la girandola delle trasferte. Per voltare pagina, gli aveva risposto evasivo quando Maurizio aveva abbordato l'argomento. Quale pagina, non si sa.

«Se Luigi Sala chiama, digli che mi faccio sentire io appena rientro».

Mileto annuisce, continua a scartabellare tra fogli, tabulati, appunti, informative. Ha recuperato quella di Bacci, da quando ha sentito Maurizio ripetere il suo nome. Nardi non gli ha chiesto il suo parere. Perché l'istinto non va esposto al giudizio altrui, che se ne potrebbe far beffe. L'istinto è quasi una superstizione, di cui si protegge la pulsione e nel caso si pagano le conseguenze, ma non si condivide. E, soprattutto, non se ne cerca conferma. Il suo, poi, in questo momento ha le dimensioni di un pisello.

Però piove. E Maurizio ha deciso di prenderlo come un buon segno. Non apre neppure l'ombrello e, invece di stringere il colletto della maglietta, allarga le braccia a godersela tutta, questa pioggia benevola.

La saletta magistrati è quasi buia: il cielo coperto filtra una luce debole e in questo braccio del carcere, separato dalle celle, è ancora più scarna. Il neon ronza freddo sulla testa. È un'aula diversa dall'altra volta: spoglia, i muri gialli. Ci sono una scrivania e tre sedie, scomode come sempre. Non ha mai capito se a chi le ha progettate sia stato imposto di tener presente la destinazione d'utilizzo.

«Cosa vuole ancora da me?».

Bacci è dimagrito.

Incredibile quanto rapidamente si possa perdere peso. In cattività, soprattutto. Una somma di razionamento, mancanza di appetito e tensione psicofisica, gli ha spiegato Simoncini di fronte a certi sequestrati che, nel giro di poche settimane, diventano la metà.

Maurizio pensa a Giorgia Sala, si chiede se anche lei sia dimagrita così. Anzi no: quanto.

«Non me la racconti giusta, Bacci».

Adesso basta con le cautele. Isa non c'è, Mileto è rimasto in caserma, la guardia è fuori, addestrata a non intervenire nella misura in cui è la polizia giudiziaria ad aggredire.

«Voglio che mi racconti di nuovo cos'è successo la sera in cui hai chiesto un passaggio a Giorgia Sala».

Borse sotto gli occhi, capelli crespi e più radi. Mi stai diventando calvo in gabbia? pensa.

Donato scuote la testa, uno sguardo nuovo negli occhi. Che gli è sceso in faccia da quando, probabilmente, ha messo a fuoco la sua situazione. Ci vuole tempo, lasciare che questa nuova realtà, così alterata, così inconcepibile, penetri da fuori a dentro: attraverso l'aria, la pelle e il sangue fino all'interno delle ossa, che si installi nel respiro, nel pensiero, a definire ogni cosa.

«Gliel'ho già detto mille volte».

«E me lo dici una volta in più».

Solchi e avvallamenti. La faccia di Donato pare contrarsi ogni secondo di più. Se continua così, riflette Maurizio, tra un minuto implode.

«Coraggio».

«Era il 28 giugno».

«E come mai adesso ti ricordi la data esatta?».

«Ci ho pensato».

Maurizio scrive. *28 giugno*.

«Vai avanti, Bacci, ti ascolto».

Torna indietro nel blocchetto, cerca.

«Mi si era imballata la macchina».

Eccolo.

«Che macchina?».

«La mia».

L'ultimo giorno in cui Malina Guerrieri ha detto di avere visto Giorgia Sala.

«Che modello?».

«Gliel'ho già...».

Il 28 giugno.

«Me lo sono scordato».

Maurizio tiene lo stesso tono, deve andarci piano, non mostrare nulla a Bacci. Non mostrargli che si sta fottendo da solo.

«Una Golf Serie 4 grigia».

«E come mai era imballata?».

Donato sospira, scuote di nuovo la testa. Non cerca aiuto intorno perché sa che lì dentro, senza il magistrato o un avvocato, è solo.

«Ha un problema con la centralina elettronica». La voce meccanica, monocorde. «Fa arrivare troppa benzina al motore. Il motore si ingolfa e non riparte perché le candele diventano umide».

«Ti è successo spesso?».

«Un paio di volte».

«E una proprio quel giorno».

Donato lo guarda.

Meno male che Maurizio non crede alle minchiate su energia negativa e malocchio, perché altrimenti gli toccherebbe andare in giro con la mano nei pantaloni e le tasche piene di ferri di cavallo.

«Sì».

«Raccontami ancora».

«Eravamo a pranzo da Ines, Giorgia per conto suo e io

per conto mio, le ho chiesto un passaggio, lei me l'ha dato e mi ha lasciato sotto casa mia».

«Com'eri vestito?».

Donato lo guarda stupito: non gliel'aveva ancora chiesto.

«Non mi ricordo».

«Maglia, camicia, giubbotto, braghe, pantaloncini o tutù. Pensa, Bacci. Com'eri vestito».

È un tuono che arriva da lontano, un'onda sotterranea che spinge in superficie, una collera soppressa che erutta all'improvviso: «Ma lei ce l'ha con me?» grida. «Cosa cazzo vuole ancora? Le ho già detto tutto quello che mi ricordo».

«Sei sicuro che ti ha accompagnato a casa, Donato?».

Piange, Bacci. Di frustrazione o di panico. Difficile dirlo.

«Io non l'ho ammazzata, va bene? Non sono stato io».

Ansima, un cono di saliva penzola dall'angolo della bocca.

«Chi dice che è omicidio? Io non ho mai parlato di omicidio».

Quando esce ha già smesso.

Una pioggia che non entra nella terra e serve soltanto a gravare l'aria.

Un'illusione momentanea, che svanisce con il primo soffio di vento. Caldo, ad attraversare un cielo caliginoso, cereo, sfiancante.

I sandalini con la doppia fibbia. I braccioli bianchi e arancioni. Tu che ti trucchi schiudendo la bocca. Il piumino rosso di Snoopy. La bambola nella scatola di cartone per Natale. Gli agnolotti al sugo di carne. Il profumo della tua crema. Il vostro aperitivo al mare. Papà che nuota alla boa. Le punture di zanzare sui piedi. L'odore della cartolibreria a settembre. Il vino allungato con l'acqua minerale. Il tuo smalto rosso sulle unghie sottili. Il rossetto, l'odore di acetone, il ferro che brucia i capelli. Le copertine di plastica sui quaderni, il colletto bianco sopra il grembiule di scuola. Il caschetto, i codini storti, i tuoi costumi interi.

Non torni più, mamma. Non torno nemmeno io. Ti vedo, seduta sulla sdraio con le ginocchia tirate su. Ridi. Siete belli, tu e papà, l'ho visto tardi. Nelle fotografie in fondo ai cassetti. Siete giovani, di nuovo. E io bambina.

Penso a te, mamma. Penso a papà, che deve ripartire. Mandalo a casa, mamma, via da questo posto che non conosce. Io tanto non torno. Mi tengono qui fino a quando

«Chiamavi tua madre».

È seduta davanti a me, per terra. Lo sgabello non c'è più, l'ha lasciato nell'altro posto? Non hai freddo, così? Io ho freddo. Freddo.

«Dormivi?».

La fisso. La sua voce arriva forte, ma ormai ogni rumore è forte. Bisbiglia, mi assorda.

Guardo intorno.

«Sono sola».

Guardo lei.

«Quando mia madre è stata dimessa io avevo dieci anni».

Il rimbombo delle parole: dieci anni.

«La zia è andata a prenderla, io sono rimasta a casa da scuola. Le aspettavo seduta su una sedia, con un fiocco in testa. Sembravo una cretina».

Dieci anni.

«Lei invece sembrava una drogata».

Posa le dita sulle guance, tira giù.

«'Sta faccia molle. Senza denti a quarant'anni. Ho chiesto alla zia perché, lei non lo sapeva. Poi mi hanno detto che sbatteva la faccia contro il termosifone e le sono saltati tutti quelli davanti».

Il rosso sotto gli occhi, tira ancora più giù.

«Aveva i capelli appiccicati alla testa, quattro peli in croce unti, la faccia rugosissima. Le vene si vedevano dappertutto, anche sulle tempie. Era magra. Magra da non credere che potesse stare in piedi».

Lascia andare la faccia, sorride.

Dieci anni.

«Gli occhi li ho presi da lei. Verdissimi. Doveva essere molto bella da ragazza. Sarà anche per quello che...».

Mi raddrizza, stavo scivolando. Non sto più in equilibrio.

«Aveva un che di quella Antonella Franchi che Donato...».

Mi guarda sgranando gli occhi: «Ma tu non sai niente!».

Si avvicina a sussurrarmi nell'orecchio. Provo a spostarmi, mi tiene per la spalla.

«Donato l'ha ammazzata».

Si scosta, mi guarda, sorride.

«L'avresti mai detto? Erano amanti. Non ho mai capito come faceva: era una schifezza, quella. Tutta moscia, lamentosa. Non so che ci trovasse. E infatti l'ha fatta fuori».

Ride.

Mala Malina.

«Li vedevo spesso uscire dal suo garage. Nel borgo lo sapevamo tutti che aveva *l'amante*. Con Bice ridevamo pure: il Bacci zitto zitto si è fatto l'amante. E si diceva pure che ci stava l'avesse fatta fuori lui. Un bravo cristo, Donato, ma è uno di quelli che... non so, che se gli pigliano i cinque minuti è capace di prenderti a vangate».

Ride ancora.

«Nessuno è venuto a chiederci niente... ma d'altronde che potevamo dire? Noi siam gente che si fa i fatti suoi, quel che combinava Donato nel suo garage non ci riguardava. Una volta ci ha provato anche con me, sai? Ero appena tornata. Forse era già in crisi con la sua amica e voleva garantirsi il futuro... ma è stato tranquillo. Io gli ho detto di no e lui subito giù le mani».

Si muove per la stanza, guarda fuori da un'apertura. Cosa vede? Dove siamo? È tutto scuro, non ci sono rumori, nemmeno i cani.

«Sei mai stata nel suo garage? Si era organizzato bene. Praticamente ci viveva. Soprattutto da quando Clelia si è ammalata e lui ha cominciato a girare per cantieri. Nel garage lavorava, vedeva le donne... o almeno la Franchi. Da più giovane ci suonava pure la batteria. Bice mi ha raccontato che era in un gruppo. L'avresti mai detto? Te lo vedi quel colosso di Donato su un palco? Quando me l'ha detto non ci credevo. Lo chiamavano Phil. Da Phil Collins, hai capito?».

Si appoggia al muro, controlla che la ascolti.

«La batteria l'ha poi venduta, ma ha tenuto le bacchette. Me le ha mostrate. Sai come si chiamava il suo gruppo? I Gechi. I Gechi, capisci? Dai Camaleonti... e dato che qui è pieno di gechi, hanno scelto quello. Guarda, c'era da tenersi la pancia dal ridere. Suonavano il fine settimana in giro per la Toscana. Ci avevano fatto anche due soldi, dice. Poi ha smesso. Non aveva più tempo. E iniziava a invecchiare. Alla fine l'hanno licenziato e Clelia si è ammalata... prendeva i lavori che capitavano, vivevano in due della pensione di invalidità di lei, poveracci».

Si risiede davanti a me.

«L'ho visto che la buttava giù dalle Balze».

Si mette una mano sulla bocca, aspetta di vedere che effetto mi fa.

Non mi muovo, la guardo. Con gli occhi chiedo supplico prego sempre. Lei distoglie i suoi. Si arrabbia.

«Portavo la tua macchina in Liguria, per questo l'ho visto».

La voce secca, guarda da un'altra parte.

Guardami. Stai qui.

«Carina, Arenzano».

Mi disprezza. Mi vuole ferire.

Non ascoltarla.

«Ho lasciato la macchina vicino a una spiaggia e poi sono andata a farmi un bel giro per il paese. Già che c'ero... sai che mi sono mangiata anche la focaccia? In una panetteria che si chiama Zena. Era così buona... sono andata fino al mare, come quel giorno a Castiglioncello noi due, ma c'era già un sacco di gente e non sono rimasta. Bello, però. Il tuo albergo è lì in centro?».

Faccio segno di no.

Non te ne andare.

Non ti arrabbiare.

«Ah, peccato».

Si calma.

Rimane.

Mi darà da mangiare.

«Ho visto tuo padre».

La faccia di nuovo dura.

Difenditi. Non ascoltare. Niente di quello che ti dice è vero. Niente di quello che dice ti può far male.

«A Volterra, intendo. In centro. Ormai lo conosco, ma mi sa che lo conoscono tutti. Ci vuole poco».

Apre lo zaino. Il contenitore del cibo. Mezzo vuoto.

«Quest'anima lunga... ogni tanto giri un angolo e te lo trovi davanti. Un po' inquietante».

Non la ascoltare. Vuole ferirti. Non è vero.

Stappa il contenitore.

«Sai che ho la tentazione di dirgli che ti conosco? Offrirgli un caffè, farmi raccontare di te da bambina...».

Prende il cucchiaio.

«Se non fosse che ho paura di ritrovarmi i carabinieri in casa, lo farei».

Lo affonda nella crema, mescola. Assaggia.

«Stavolta ti ci ho messo le carote. Ti piacciono, no?».

Annuisco, fisso il cucchiaio.

«Sul giornale non è uscito altro per adesso».

Mescola, mescola.

«Parlavano di te in panetteria, l'altro giorno. Tutti a chiedersi chi sei. Qualcuno ti conosce di vista. Pensa...».

Si ferma.

«Ero in coda e si gira una tizia, una che non ho neppure mai visto, e mi fa: "Poverino il papà... lei la conosceva?". Io lì per lì a momenti le rispondo di non parlare al passato, che sei viva e vegeta. Naturalmente non ho detto niente. Ci pensi se mi fosse scappato?».

Ride.

Lo sappiamo tutt'e due che non le sarebbe mai sfuggito.

Mala Malina

«E magari dire: Sì la conosco benissimo e non somiglia un cazzo a suo padre».

Brutta bambina

«Anche se adesso forse un po' di più... ti sono usciti gli occhi e il naso».

Grassa e sciocchina

«Non mi hai mai fatto vedere una foto di tua madre. Devi somigliare a lei. Lui è troppo... non saprei nemmeno. A volte mi fa pure pena, poveraccio. Ma non posso, Giorgia».

Male

«Capisci che non posso?».

Malina

L'infermiera dice che oggi è il 12 ottobre del 1975 ma io non mi fido

Io non mi fido più di nessuno tantomeno di lei ma non c'è più scelta

IO NON HO PIÙ SCELTA PER NIENTE
IO NON SONO PIÙ.................

....

tutte le altre mi guardano e mi dicono hai ripreso a mangiare! dicono maligne grassa grassa grassa Rita mangia troppe caramelle ma non ci sono le caramelle qui e io non mangio Mamma e cresco di giorno in giorno

questa pancia grossa che non è mia è del DIAVOLO!

Il diavolo mi è entrato dentro
Ce l'ha messo GIUSE[redacted]ERE che adesso non mi viene a prendere più perché

Io questa creatura del male del demonio dell'inferno la uccido Mamma uccido me prima che quella nasce mi butto dal balcone mi impicco
Voglio la corrente elettrica dottore voglio che il male impiantato nella mia pancia muore fritto bruciato via!

....

....
~~*XXXXXXXX*~~

e se poi nasce la uccido io

25 luglio 2019

Domenico Sicomo gli si è piantato davanti, in attesa di disposizioni. Maurizio deve fare mente locale, E questo chi è, ma si raccapezza appena il ragazzo è raggiunto dal maresciallo giovane. Non ricorda il nome di nessuno dei due. L'agnello e la carogna, pensa.

«Abbiamo un filmato» dice il ragazzo.

«C'è un sacco di schifezza là dentro» interviene l'altro. Non si vuole far superare dall'ultimo arrivato, eppure quello avrà fatto il grosso del lavoro. Succede sempre, anche a lui agli inizi.

«Mi fate vedere?».

Si piazzano alla scrivania, sotto la finestra aperta. È quasi ora di chiudere: il caldo inizia a montare dalle pietre della piazza, tra poco bisognerà sprangarsi dentro con le persiane accostate.

Hanno trasferito il video su un portatile, avviano le immagini.

«Ci siamo nascosti vicino al cancelletto laterale, pare che entrino quasi tutti da lì».

«C'è un altro ingresso» dice Sicomo «verso San Girolamo. Può darsi che qualcuno passi anche da quella parte. Avremmo bisogno di...».

«Qualche collega per controllare più zone» interrompe il maresciallo.

Maurizio li fredda con lo sguardo: che non inizino a fare i primi della classe davanti a lui. Di pensieri ne ha già abbastanza.

Il cadavere.

Manca il cadavere.

Bisogna spingere Bacci a confessare, dire dove l'ha messa.

Perché non può che essere così: Non l'ho uccisa io, ha detto. Uccisa. Non rapita, *uccisa.* Sono segnali come questo che risolvono i casi: l'errore, il lapsus. Pensano a tutto per filo e per segno e si tradiscono per debolezza o distrazione. E poi finalmente la data, che coincide: il 28 giugno. L'ultimo giorno in cui Giorgia Sala è stata vista, sia al ristorante che nel borgo. Il giorno in cui era con Donato.

«Perché dovrei tenere nascosto che ho ucciso anche lei» ha detto prima che Maurizio se ne andasse.

Non lo sa. Non lo capisce. E in quel momento il dubbio ce l'ha avuto: che dopotutto sia innocente?

Però quel passaggio in auto, Giorgia che non è stata più vista dopo, il precedente di un omicidio.

Dev'essere andata così, pensa Maurizio: Bacci il giorno del passaggio l'ha tramortita, come aveva fatto con Antonella Franchi, l'ha chiusa da qualche parte e, se non l'ha ammazzata subito, Giorgia Sala è morta di fame nel frattempo. A meno che, appunto, non ci siano uno o più complici. Ma non ha senso. Non è stato chiesto alcun riscatto e il profilo di Bacci rispecchia pedissequo il ritratto dell'assassino seriale di bassa quota. Così Maurizio chiama quelli come lui: poveri, disoccupati, magari con un parente a carico, senza figli, pochi amici, rabbiosi, repressi. La razza degli ultimi che trova sfogo nella violenza.

Deve fare attenzione, però. Non incaponirsi, non sbagliare la prossima mossa. Tornare da lui con qualcosa, o fargli ripetere tutto ancora e ancora, fino a quando non cadrà in contraddizione. Ha poca resistenza, Donato, anche se sembra un bestione.

«Li conoscete questi?» dice indicando le figure che entrano nel riquadro della telecamera.

«La maggior parte sì» risponde il maresciallo.

Non avevo dubbi, pensa Nardi. D'altronde fa comodo un carabiniere che conosce il giro. Ignorante, fascista, ma con quell'istinto naturale che hanno in pochi. Mileto gli ha detto che con i tossici è fenomenale. Riesce a parlare con loro, stabilire rapporti di amicizia. Viene da Livorno, conosce il gergo, ha il loro stesso modo di fare. Là otteneva informazioni e in cambio chiudeva un occhio su qualche traffico minore. Era formidabile, aveva confidenti a ogni livello e li conosceva tutti. Hanno fatto belle operazioni grazie a lui.

«Da quanto è qui?» ha chiesto Nardi.

«Otto mesi».

E li conosce già. Un figlio di puttana, ma prezioso.

«Chi sono?» gli chiede.

Il maresciallo ferma l'immagine, punta il dito, inizia a fare nomi. Di ragazzi, perlopiù, che nelle inquadrature successive sono raccolti in gruppo a passarsi una canna.

Niente di che per adesso, pensa Maurizio. Altro?

«Questo è Musso».

«Musso?».

Mai sentito.

«Enrico Musso. Non sapevo fosse salito sin qui».

«La ascolto».

«È di Livorno, è già stato dentro per spaccio».

Maurizio guarda il maresciallo.

«Lo conosco perché abbiamo fatto le medie insieme».

Gli crede. Per lo sguardo che gli è calato sugli occhi. Se spaccia, toccherà a lui riportarlo dentro.

«Che fa?».

Quasi quasi spera per il maresciallo che questo Enrico Musso salga a Volterra per drogarsi, invece che spacciare.

«Parla, ma non ci sono scambi».

Non si passano quasi mai niente. A meno che non siano ragazzini reclutati a vendere per strada. Se è uno spacciatore stagionato, in situazioni come questa compila l'agenda, come dice Maurizio: dà indicazioni di luogo e ora e non si espone mai allo sguardo di troppe persone, anche se si riforniscono tutte da lui. Una precauzione che un pusher, soprattutto se è stato già beccato, prende per forza.

«Altri?».

Il maresciallo manda avanti il video, lo ferma: «Qui c'è un po' di gente, ma sono troppo giovani, non li conosco. Sarebbe stato utile lui, se non fosse un casa-chiesa» indica alle sue spalle, verso Sicomo. «Ci sono anche donne».

Maurizio si china sullo schermo: ragazze, tre o quattro, in gruppo. Fumano, si direbbe, poi una si allontana.

«Questa dove va?».

Il maresciallo manda avanti, riblocca. La ragazza passa accanto a un tipo, vanno via insieme. Non c'è bisogno di chiedere a fare cosa. Il maresciallo manda avanti ancora.

Un viavai di tre persone intorno a Musso: due uomini e una donna, che proseguono ognuno per conto proprio.

«Ferma un po'». Maurizio si avvicina al video: «Zooma».

Il maresciallo ingrandisce l'immagine.

«Qui» dice Maurizio puntando l'indice.

Quello esegue e allarga il primo piano della donna.

«Ma guarda».

Malina Guerrieri.

Che si avvicina a Musso.

Tornano indietro, guardano di nuovo: Malina parla a lungo, saluta. Si droga, si sorprende Maurizio.

«Mileto» chiama.

Poi, rivolto ai marescialli: «Aprite una nuova pratica delle indagini. Buttate giù un'informativa e fatemela vedere, che la mandiamo al PM in turno. Qui c'è da fare, bravi».

Quando Mileto entra, Nardi gli riassume la situazione. Ha bisogno delle sue orecchie e dei suoi occhi.

«Voglio il tabulato e l'intercettazione del telefono di Enrico Musso. E l'installazione delle telecamere. Tenetemi aggiornato su tutto».

«Poi c'è la foto. Quella del Capodanno a Parigi, quando mangiavo un'arancia mezzo addormentata. L'amico che me l'ha mandata mi ha ricordato che era il 1° gennaio e che eravamo tornati tardi dai festeggiamenti sugli Champs-Élysées e, una volta rientrati, abbiamo trovato la bottiglia di champagne esplosa nel congelatore. Di quella colazione non ricordo niente, solo il freddo di Parigi e la serenità di un Capodanno dei vent'anni. Non c'è traccia di quello che soltanto l'anno dopo avrei trovato nello specchio. Nulla di visibile. Ma il male era già lì, impiantato giù, dentro il corpo che sta disinvolto al tavolo pieno di bottiglie e piatti, dentro gli occhi gonfi che guardano l'arancia, dentro la bocca che morde ancora con serenità».

Me la fa sentire. La mia voce. Non mi riconosco.

«Mi piace molto, questa».

Non ricordo quando l'ho registrata. Non ho mai segnato una data.

Rischiaccia PLAY, la ascolta di nuovo.

«A volte in poche parole ci sono così tante cose. No?».

Ormai non stringe più le cinghie, talvolta mi lascia senza bavaglio per ore. Quando mi hanno spostata qui, mi sono svegliata senza. Se n'è accorto lui, era furibondo. Con tutto il Lexotan che le ho dato, gli ha risposto.

Non sento rumori, qua. Siamo più in alto, lo capisco dai latrati dei cani che arrivano attutiti.

Loro due si sono tranquillizzati, mi avranno messa in un nascondiglio sicuro.

Anche lui è calmo, le poche volte che lo lascia venire. È lei che decide. Spesso gli dà la sua dose e lui la fuma davanti a me. Pensa che io dorma. O non gliene importa niente.

«Mi chiedo quanto l'anoressia rifletta lo spirito dei tempi. Cioè, se l'essere belle volesse dire altro, come andrebbe? A leggere questo libro ho l'impressione che la questione *della bellezza* di per sé non c'entri proprio niente. O sbaglio?».

Mi guarda, aspetta sempre che io risponda. O solo che ascolti. Sa quando ci sono e quando no. Mi sente. Adesso sa che sono sveglia, che la aspetto.

«Credo piuttosto che la cosa stia a un livello più... cioè, chissenefrega delle modelle anoressiche, no? Ma vai a sapere come una cosa condiziona l'altra».

Per mangiare.

«Se ho ben capito, le sante anoressiche cercavano un rapporto esclusivo con Dio, con un ideale che per loro era spirituale, religioso, l'unione totale con lui. Per le anoressiche di oggi, per te, è l'aspirazione a un ideale che ti riguarda. Che riguarda *te*, come potresti essere *tu*. Una proiezione, no? C'è come uno stacco...» muove le mani a dividerle «una cosa vostra, intima, completamente separata. Mi spiego? Qualcosa che ha anche a che fare con i valori, che una volta erano spirituali e adesso... c'è questo vuoto».

Per continuare a vivere.

«In un certo senso» mi guarda «voi siete il vostro Dio».

Tu vai, papà.

«È rimasta con noi nove mesi».

Si è svegliata con questo pensiero. Si addormenta qui con me, ogni tanto. Va via all'alba, ha una sveglia puntata alla stessa ora. Non so quale, non mi dice mai che ore sono o che giorno è. Io ho perso il conto. Credo sia ancora estate. Ma in questi sotterranei – sono sotterranei? – fa sempre freddo.

«Avevo appena compiuto dieci anni».

Non sento più il mio odore. Credo sia rivoltante, lui ha smesso di avvicinarsi. Solo lei, che mi accarezza i capelli, mi passa delle salviette sulla faccia, mi cambia il pannolone. Il secchio è sparito, l'avranno lasciato nell'altro nascondiglio, adesso fa tutto con queste salviette. Sai di bebè, mi dice.

«Difficile».

Fatica. Lo vedo. Lo sento. Eppure prosegue. Vuole raccontarmi, parlare.

«Io andavo a scuola e lei stava a casa, quasi sempre a letto».

Andare fino in fondo.

«Non ha mai ripreso peso. La zia cercava di farla mangiare, ma non c'era verso. Le ha provate tutte: la pregava, la sgridava, le preparava cose buonissime che mia madre nemmeno toccava. È andata bene a me. Mangiavo tutto io. Lei sembrava che non ci fosse e invece vedeva tutto. Dopo un po' ha cominciato a cantarmi la filastrocca».

Inizia a sussurrarla, smette.

«Le facevo senso, mi diceva. Tu sei il male, tu sei la figlia del demonio».

Guarda per terra, un punto vicino ai miei piedi.

«Mi fissava con i suoi occhi verdi bellissimi e tremendi. Li ho presi da lei, te l'ho detto?».

Non mi vede più.

«A volte mi chiamava vicino al letto, faceva così col dito, diceva, Vieni qui che ti devo dire una cosa. Io ci andavo e lei mi guardava zitta, con la bocca tutta storta per lo schifo. Diceva cose orribili, sulla zia, sul manicomio. Oppure mi scacciava. Mi fissava e poi, *Grassa grassa grassa schifosa* e si girava dall'altra parte con la testa sotto il lenzuolo».

Dondola, di nuovo. Lo fa ogni tanto, quando si deve consolare.

«Ci ho messo un bel po' a capire che tutto le faceva paura.

Non hai idea della paura che lei faceva a me. Se avesse saputo... ma non sarebbe cambiato niente. Viveva in un altro posto. Anche se l'ho capito molto dopo, da adulta. A quell'età, avevo dieci anni, capisci, era solo mia madre».

Ci conosciamo così bene ormai. Ho imparato a conoscerla meglio che posso. Devo poter prevedere quando si arrabbia e se ne andrà senza darmi da mangiare.

Un cane obbediente.

«Pregava sempre. Dal letto, fissando il soffitto. Santa Caterina e la Madonna. Mi ricordo che un giorno ho chiesto alla maestra di parlarmi di Santa Caterina, così almeno potevo salire da lei e dirglielo. Mi sono fatta raccontare la sua vita, e chi era e cos'aveva fatto, sono tornata a casa e le ho detto che sapevo chi era la santa che le piaceva tanto. Non ti dico».

Scuote la testa, sbuffa.

«Gli insulti... ha iniziato a gridare, dicendomi che ero una blasfema e che io certi nomi non li dovevo nemmeno pensare. Sei la figlia del male, gridava, non osare, maledetta! Mi ha coperto di insulti terribili. La zia è salita, meno male che c'era! e mi ha portata via. Quando mia madre faceva così con me la zia mi abbracciava, diceva che non dovevo patirci, che lei era malata e che non ce l'aveva con me. Non sapeva cosa fare, la zia. Ma d'altronde non poteva buttarla in mezzo a una strada, no? Era sua sorella». Dondola, sospira. «E poi era convinta che... te l'ho detto. Che fosse colpa sua».

Apre lo zaino, tira fuori il libro. Cerca un segno, lo richiude.

«Un giorno mi ha detto una cosa terribile».

Mi guarda di colpo.

«Terribile».

Gli occhi si allargano, si infiammano. Piange?

Scuote la testa. Aspetta. Si calma.

«Poi ha smesso. Di parlarmi, di vedermi. Mi rivolgeva la parola solo per cantarmi la filastrocca. E sai che facevo io? La cantavo con lei».

Inizia a cantare, mi guarda. Muovo le labbra, come vuole lei.

Mala Malina
brutta bambina
grassa e sciocchina
male, Malina!

Riapre il libro, dondolando mugugna ancora la cantilena e sfoglia le pagine. Poi alza lo sguardo di colpo: «Così, per fare una cosa insieme. Per tenerla buona».

Si alza, punta un dito in aria, legge.

«"Nella notte della Domenica delle Palme del 1211 Chiara d'Assisi fugge dalla casa paterna e raggiunge la Porziuncola. Nella chiesina di Santa Maria degli Angeli, Francesco presiede il rito della tonsura, che trasforma Chiara da nobildonna a donna di penitenza"».

Posa il libro per terra, cerca ancora nello zaino.

Le forbici.

«È il giorno della tonsura».

Si accovaccia, mi passa una mano sulla nuca. Non faccio più resistenza, lascio che stacchi le ciocche dure dalla testa e le tagli via.

Le guardo cadere a terra, rigide e morte.

26-28 luglio 2019

Stavolta in turno non c'è Isa. È un PM che Maurizio conosce bene, uno che fa poche storie. In tribunale da sempre, vicino alla pensione: può fare meno attenzione a eventuali errori. La sua autorizzazione per le telecamere arriva subito, insieme a quella per i tabulati e l'intercettazione del cellulare di Enrico Musso.

Le stanno montando ora, questa sera i marescialli inizieranno a osservare da remoto cosa succede là dentro.

Nel frattempo, Maurizio ripassa gli appunti, legge una volta ancora l'informativa finale su Bacci, tenta ipotesi alternative. Ma non gli viene in mente altro. Gli indizi sono scarsi e conducono tutti dalla stessa parte. Se solo si trovasse il cadavere.

Ed è esattamente con questo pensiero in testa che, uscito a sgranchirsi le gambe, incontra Luigi Sala.

«Signor Sala».

Si incamminano insieme, in silenzio.

«Sa» dice l'altro d'un tratto «in questo periodo con mia moglie salivamo sempre in montagna. Aosta è una conca insopportabile d'estate».

Parlare del tempo. Non ha mai capito perché sia l'argomento di quando non si sa cosa dire.

«Quest'anno è tremendo anche qua a Volterra» risponde Maurizio. «Mai vista un'estate così».

Forse perché non suscita opinioni e, quindi, contrasti. Oppure è un conforto. Le cose che stanno sopra di noi, indifferenti a quello che ci succede.

«Si deve star bene, adesso, là dalle sue parti».

Luigi Sala annuisce, le mani dietro la schiena. Cammina più curvo dell'ultima volta. Sta appassendo, pensa Maurizio. Una pianta senz'acqua.

«Giorgia da ragazzina veniva malvolentieri. Aveva le amiche ad Aosta e non sopportava le escursioni in montagna».

«Comprensibile, a quell'età. Credo che tutti gli adolescenti siano così».

«Si chiudeva in camera sua con la radio accesa e il telefono attaccato all'orecchio. Mia moglie la chiamava "Telefono Amico". Della montagna non le importava niente».

Arrivano alle mura, oltre le quali si apre il paesaggio sulla Val d'Era. Soffusa, slavata. Il caldo ispessisce l'aria, scioglie i contorni delle colline e dei boschi in una chiazza svigorita di verdi e gialli.

«Mi piacerebbe portarcela presto, se la trovate».

Maurizio si gela, non risponde. Luigi Sala gli viene in soccorso con un sorriso: «Frasi da padre disperato, mi scusi. So che state facendo quello che potete. È perché Giorgia veniva sempre in questo periodo. Con gli anni ha sviluppato il gusto per la montagna. Ha iniziato a capirla».

Un falco. Questo sembra, di profilo. Anche per la perdita di peso, che gli ha acuito gli angoli. Ma lo sguardo. È più quello: gli occhi rapaci puntati contro l'ipotesi che sua figlia non tornerà.

«Signor Sala...».

L'uomo si volta di scatto a fissarlo. Un falco assetato, affamato.

«Non abbiamo molti elementi, purtroppo, e le ipotesi che abbiamo formulato...».

Sala alza una mano.

«Mi dirà quando avete certezze. Finché si tratta di ipotesi, le sue valgono quanto le mie».

Non è vero, e l'uomo deve saperlo. Ma Nardi non lo contraddice, riavviandosi accanto a lui.

Di Donato Bacci non dice niente. È ancora una fase delicata, non vuole dargli speranze. Speranze di cosa, poi. Trovarla, sì, ma morta dentro una cantina. Dal 28 giugno a oggi è quasi un mese. Cosa rimarrà di lei? Oppure, chissà, un complice. Sperare sempre che siano in più di uno per poter continuare a cercare, con l'illusione di trovare le persone scomparse ancora in vita. Quante, invece, suicide o a pezzi dentro i cassonetti. Quante mai più rintracciate, sparite chissà dove, se per loro iniziativa oppure imprigionate, violate, vendute. Vendute, sì. Soprattutto bambini. Nel migliore dei casi per essere adottati da famiglie ricche che non ne chiederanno mai la provenienza; nel peggiore, a trafficanti di organi o sesso, che ne faranno scempio.

Dove l'hai messa, Bacci.

E come può, lui, farlo confessare.

Percorrono in silenzio la stessa strada al contrario. Arrivati sotto la caserma, Sala gli stringe la mano forte, come a volerlo rinvigorire, a dirgli, Avanti, comandante, si mostri all'altezza.

Per questo Maurizio dice un sì che pare insensato e rientra in ufficio più stanco di prima.

Il giorno dopo i due marescialli arrivano presto, aprono il computer e gli mostrano cos'hanno visto.

«Ieri c'è stato un gran viavai. Ragazzi, perlopiù».

Venerdì, certo. E stasera sarà uguale, immagina.

«Avete qualcosa di particolare da segnalarmi?».

Il maresciallo di Livorno fa scorrere le immagini, quello nuovo gli sta dietro. Devono essersi accordati così: io parlo e tu intervieni se te lo dico.

«La gente cambia, ma ci sono un paio di costanti: Musso e la Guerrieri».

Maurizio guarda: Malina entra nel manicomio scavalcando lo stesso cancelletto che ha saltato lui, ha uno zaino in spalla, è sola. Riappare nel campo di un'altra telecamera, sale verso lo spiazzo del Charcot, dove si vede anche la sagoma di Musso, si ferma a parlare brevemente con lui. Poi prosegue a destra, sparisce dentro un fitto di alberi.

«Dove va?».

Il maresciallo manda avanti, ma di Malina non ci sono più tracce.

«Le avete posizionate dappertutto?».

«È enorme, là dentro. Ma possiamo spostarne qualcuna».

«Voglio poter vedere ovunque. Chiaro?».

Il maresciallo annuisce e ingoia. Non è uno abituato ai cicchetti.

Il giorno successivo va meglio: le telecamere adesso riprendono dai cancelli d'entrata sino al Ferri, e dietro. Il manicomio è integralmente coperto. Se succede qualcosa qui dentro, lo vedranno.

E vedono che pure quella notte Malina Guerrieri è entrata e ha incontrato qualcuno.

«Chi è questo?» chiede Maurizio.

«Andrea Taburri» risponde il maresciallo «un tossico. Consumatore, non spaccia».

Nardi fa tornare indietro le immagini, osserva di nuovo: Malina gli fa un cenno di saluto, quello si avvicina e la segue su per un sentiero. Fa ingrandire Taburri, lo osserva: la faccia scavata, gli occhi in fuori, il corpo secco, i capelli radi.

«Vai avanti».

La registrazione procede, Maurizio vede che non vanno da Musso, prendono la stessa direzione verso cui Malina era andata la sera precedente. Stavolta la telecamera inquadra lei e Taburri fino a quando arrivano in cima.

«Cosa c'è qui?».

Il maresciallo si volta verso il collega, che risponde pronto.

«Due padiglioni: il Ferri e il Maragliano».

Al Maragliano la settimana scorsa non è arrivato. Al Ferri sì. I graffiti, la carriola fuori, vetri rotti e porte sfondate dietro le inferriate.

Torna a guardare e vede che Malina e Taburri si infilano proprio lì dentro. Rimuovono la rete, spostano le assi, aprono il lucchetto, entrano. Quindi la catena l'hanno messa loro, pensa Maurizio.

Dove vanno?

Ricorda il commento del maresciallo su quelli che al manicomio fanno sesso. Maurizio ci pensa, ipotizza che anche loro. Ma Malina non può scopare a casa sua, si chiede, invece che in un posto così squallido?

Poi, subito dopo: non vanno a far sesso, vanno a drogarsi.

Eppure.

Taburri sì, si vede che è un tossico duro. Lei no. Non l'ha pensato quando ci ha parlato, non lo pensa adesso guardandola nell'inquadratura. Sana. Se è così, ponendo che non si droghi, cosa ci fa lì, in piena notte? Perché parla tanto con Enrico Musso?

«Comandante, sono arrivati i tabulati».

Mileto lo aspetta sulla soglia, Maurizio si alza: «Torno subito» dice ai due marescialli.

«Cos'hai trovato?».

Mileto gli mette davanti la stampata delle chiamate, indica con il dito una serie di voci.

«Ci sono contatti frequenti via sms tra il numero di Musso e quello della Guerrieri».

«I puntelli».

«Immagino di sì, ma bisognerebbe chiedere a Serpico là dentro».

Maurizio si gira a guardarlo: «Sei geloso, Mileto?».

Mileto fa finta di niente e non risponde.

«Prendono appuntamento per lo scambio».

Nardi torna a guardare i tabulati: il giorno, la cella. Questo Musso deve stare intorno a Porta San Francesco, o nel borgo. Si sentono spesso, sempre e solo via messaggio. Sì, probabile che prendano accordi.

Deve chiamare Lara, pensa, dirle che stasera mangia da sola.

«Allora, iniziamo da Giorgia Sala».

Maurizio scrive il nome in mezzo al foglio, fa partire una freccia e segna *Malina Guerrieri*.

«Poi».

Tracciano linee, trascrivono nomi, quando ci sono o si suppongono contatti evidenziano, rivedono i filmati, riportano i movimenti.

1. Malina Guerrieri è entrata nel manicomio tutte le sere (da installazione telecamere): ci va spesso?

2. Ha sempre uno zaino.

3. Parla con Enrico Musso, precedenti di spaccio a Livorno. È in stretto contatto con lui (sms). G. va al Ferri.

4. Ha incontrato Andrea Taburri, tossico incensurato. Sono entrati insieme nel manicomio. Perché? Che fa/fanno?

5. Frequenta i drogati. Si droga (?).

6. Sabato Taburri è uscito da solo dopo qualche ora, G. è rimasta fino all'alba (idem giorno prima).

Maurizio si raddrizza di colpo e si appoggia allo schienale della sedia. Inizia a roteare a destra e sinistra, ripassando l'ipotesi in testa.

«Stai a vedere...».

Mileto si volta, gli occhi appannati dalla stanchezza. Sono le due.

Nardi ha lo sguardo spalancato da una folgorazione.

«E se lo spacciatore fosse la Guerrieri?».

Mileto è disorientato: «La Guerrieri?».

Maurizio si alza, recupera i fogli, lo schema che hanno fatto il pomeriggio. Fa scorrere una volta ancora le registrazioni, si ferma su ogni contatto avvenuto tra lei e Musso.

«E se fosse lei che porta la droga nello zaino, la nasconde da qualche parte nel manicomio, per esempio al Ferri, e poi la passa a Musso perché la smerci?».

«E Taburri...».

«Taburri è un galoppino che le dà una mano e che lei paga con una dose quando le serve, per esempio».

Si sfrega i capelli, la faccia, il collo. Inizia a camminare per la stanza.

«Altro che archivista» commenta fermandosi davanti alla finestra, che spalanca respirando a pieni polmoni. Bisogna chiedere tabulati e intercettazione di Malina. Subito.

«E se stanotte la solfa si ripete» si volta verso Mileto «entriamo».

Ridono.

Parlano e ridono.

Lei viene verso di me che ancora sorride, lui chiude la porta. Non la sbarrano più. Prima sì, con una catena.

Tanto qua mica ti trovano.

«Buonasera» dice.

Mette una mano sulla mia fronte, la solleva a guardare.

«Dormi?».

Sbatto le palpebre, le voci arrivano a schiantare le orecchie, la stanza gira.

«Questa è più fatta di me».

La voce di lui. Ride.

Lei tiene le mani sui fianchi: «Devo diminuire ancora. Tanto ormai gliene basta poco per partire».

«E ti credo» risponde lui «l'hai ridotta a pelle e ossa».

Lei lo guarda seria, di colpo: «Tu fatti i cazzi tuoi».

Alza le mani, indietreggia: «Figurati, cosa me ne frega. Per me la puoi anche appendere al soffitto per la pelle del culo. A me interessa solo che mi dai quel che mi spetta, poi fai il cazzo che vuoi».

Lei apre lo zaino, tira fuori qualcosa.

Lui non guarda neppure, intasca. «Mi metto qua».

«Fai come ti pare».

Si allontana.

Lo sento preparare la stagnola, usare l'accendino, aspirare. L'odore di caramello amaro.

Lei si accovaccia davanti a me, fa un gesto con la mano, lo cancella da noi.

Andrà via più tardi, tra ore. Adesso sta buttato là, vedo la sagoma del suo corpo nell'angolo: si gratta, mormora, trema.

«Ma sei sveglia, invece».

La guardo, abbasso la testa. Slegami il bavaglio.

Lei ci pensa, poi avvicina le mani.

«Ma tu stai buona anche se sei sveglia, eh?».

Annuisco.

Toglie piano la benda. Si è attaccata alle labbra.

«Aspetta».

Prende dell'acqua, la fa cadere sopra. Succhio le gocce che mi arrivano, spingo in avanti la testa a succhiare la stoffa che si scolla e porta via la pelle.

Piango. Sanguino.

«*Shhh...*».

Tampona il bavaglio bagnato sulla ferita, lo aspiro.

«Adesso ti do da bere, smettila».

Picchietta il labbro, sputa sul cencio e lo passa sul taglio. Poi tira fuori una bottiglia d'acqua, me la appoggia alla bocca.

Inclino la testa, mando giù golate, l'acqua esce, mi bagna, dammela tutta.

«Piano che ti strozzi».

Toglie la bottiglia, tampona.

«Ancora» dico.

«Dopo».

Rimette via la bottiglia, si siede.

Dietro di lei, in fondo alla stanza, lui si curva e grugnisce.

«Oggi ho parlato con tuo padre».

Precipito su di lei.

«Guai a te se gridi».

Faccio segno di no. Non grido.

«Non ho resistito, dovevo conoscerlo. Quelle cose che senti di *dover* fare, hai presente?».

Sorride.

Le lacrime scendono, la guardo, non parlo, scendono.

Cosa gli hai detto.

Cosa gli hai fatto.

«Smettila di frignare, santo dio».

Passa il bavaglio sulla mia faccia. Mi fa male, lo sa. Provo a smettere.

«Hai finito?».

Calmo il respiro, aspiro il muco, lei lo lava via.

«Ci sei?».

Non piangere.

Papà sta bene. È fuori di qui.

Stai calma.

Annuisco.

«Gira in centro come un profugo e ogni sera viene a casa per vedere se sei tornata».

Non ci pensare. Non piangere.

«Oggi l'ho visto che camminava intorno alle mura. Ti cerca. Poi è entrato da Porta San Francesco, sta in un albergo in zona. L'ho seguito. Mi incuriosiva troppo. L'ho fermato con una scusa, che gli era caduta una moneta. Volevo sentire la sua voce».

Tiene il bavaglio stretto nel pugno, pronta.

Se grido.

«È un bell'uomo, a modo suo. Una faccia fiera».

Un buco dentro. Ogni parola entra nel buco. Scava scava scava nel buco.

«Però ha una voce che non gli sta bene. Un po' effeminata, no?».

La fisso.

«È inutile che mi guardi così, mica te l'ho offeso. Però

mi aspettavo qualcosa di più... ci ho scambiato due parole, niente di che. Non potevo attaccargli la pezza su com'è bella Volterra, ti pare?».

Ride.

Il buco scava il buco affonda il buco risucchia tutto anche me.

«Eccoti».

Apro gli occhi.

È in fondo, dov'era lui. È andato via.

È più chiaro.

Quasi l'alba.

Tra poco se ne andrà anche lei.

Tieni le palpebre aperte. Resisti.

«Sai quella cosa che mi ha detto mia madre?».

Ti darà da mangiare se fai quello che vuole.

«Ti ho detto, no? Quella cosa terribile. Vuoi sapere cos'è?».

Fai quello che vuole. Ascoltala. Fai segno di sì.

Lei si piega davanti alla mia faccia. Ha l'alito amaro.

«Mi ha detto: *Non sono riuscita a ucciderti*».

Poi si alza di colpo. Si allontana, cammina.

Torna da me. Mi crolla davanti. Mi fissa.

«Ti rendi conto?».

Mi guarda ancora. Aspetta.

La fisso anche io.

Non sono riuscita a ucciderti.

Ci guardiamo, dentro il buio che ci ingoia.

Mi tira su, sono scivolata su un fianco.

«Devo andare».

Prende il contenitore, il cucchiaio, la borraccia.

Toglie il coperchio, affonda il cucchiaio, lo riempie, me lo appoggia al labbro. Una fitta mi trapassa fino ai piedi. La ferita.

Lecco ingoio apro la bocca ancora non ti fermare.

Lei sta zitta, lo sguardo vuoto. Assente. Guardo lei e guardo il cucchiaio.

Ancora

Ancora

Sta' zitta

Affonda il cucchiaio

Mi dà da mangiare

Zitta

Poi mette via tutto, svita la borraccia, la avvicina.

Se voglio bere, devo bere il Lexotan.

Se voglio vivere, devo morire.

«Non mi ha più parlato, dopo».

Si muove piano.

Riavvita la borraccia, stende il bavaglio sulle cosce, lo piega e ripiega.

«Poi un giorno vado in camera sua. Ci andavo lo stesso, anche se non mi ci voleva».

Me lo mette sulla bocca, lo annoda dietro.

«Entro e lei è seduta a letto. Non l'avevo praticamente più vista dritta».

Apre lo zaino, infila la borraccia.

«Io mi avvicino, lei non mi scaccia. Piano piano sposta le coperte e tira giù i piedi».

Lo chiude, se lo porta in grembo.

«Due gambe secche da non credere. Le vedo ancora. I piedi blu. Le vene».

Lo stringe.

«Si siede sul bordo del letto, mi fa segno di andarle vicino, si appoggia alla mia spalla e si alza. Indica la finestra. Dice, Aprila. Fa freddo. Mi stringe la spalla mentre si affaccia».

I cani. Latrano lontano. La volpe cammina sul bordo della notte.

«Adesso guardami, dice a un certo punto».

Il soffio del vento negli alberi.

«Adesso guardami, ripete, quello che sto per fare è tutta colpa tua».

La luce del sole.

«Sono rimasta lì, immobile. Fino a quando ho sentito mia zia gridare».

29 luglio 2019

Malina Guerrieri arriva alle quattro. È sola. Fa la solita strada, Musso non c'è. È andato via ore fa, per conto suo. Non c'è neppure Taburri. Ha lo zaino in spalla, va dritta al Ferri. Sposta rete e assi, toglie il catenaccio, entra. Alle cinque riappare.

Sicomo, il maresciallo giovane e Mileto ascoltano Maurizio, le carte raccolte sinora sono sparse sul tavolo: lo schema tracciato nella notte, le informative, i dati. Il computer è ancora acceso, bloccato sull'inquadratura di Malina che esce dal Ferri all'alba.

«Non serve aspettare tabulati e intercettazioni. Andiamo a vedere e auguriamoci di beccarla in flagrante».

Guarda Mileto: «Entriamo in cinque. Chiama altri due».

«Tu» dice a Sicomo «resti qui in saletta e ti piazzi davanti alla telecamera. Quando vedi arrivare la Guerrieri con Taburri o da sola, ci avvisi. Entriamo noi tre».

«A che ora?» chiede il maresciallo.

Maurizio guarda il computer, poi Mileto.

«A giudicare da questi filmati, teniamoci pronti per le due. La notte scorsa è arrivata dopo, le altre volte alle due e mezza era già lì».

Non c'è altro. I colleghi si alzano, escono. L'appuntamento è a mezzanotte, ci fossero cambiamenti, poi si va.

«Chiudiamo prima possibile e speriamo che sia come pensiamo» dice Maurizio a Mileto quando rimangono soli.

Vuole tornare presto da Bacci, parlare ancora con lui.

Stavolta si porta dietro Mileto e lo torchia fino a quando non confesserà.

Adesso basta, pensa.

La notte è tiepida, l'afa è scesa, l'aria più fresca. Le chiome degli alberi oltre il cancello sono mosse da un vento leggero, il profumo di terra ed erba si alza a percorrere le strade. Non si sentono rumori, i cani dormono, le auto passano rare, lontane.

Nel buio il parco respira, Maurizio sta fermo e immagina gli animali guardinghi intorno a loro: vipere, rane, grilli. Ci sono le faine qui dentro? E la volpe, l'hanno poi catturata?

Mileto è più avanti, il maresciallo si sta allontanando adesso. Sale verso gli edifici in cima, prima degli altri.

Un appuntato aspetta istruzioni, gli sta alle spalle.

L'altro è rimasto fuori a fare da sentinella.

Una pattuglia in uniforme è nelle vicinanze, pronta a intervenire quando daranno il segnale.

È tutto silenzioso.

«È entrata, comandante».

Maurizio tace, non si muove.

«È sola».

Si china ancora di più, gli altri fanno lo stesso. Accucciati, invisibili negli abiti scuri.

Con i visori guardano attraverso la notte, aspettano.

«Non c'è nessuno in giro».

Bene. Musso? Vediamo. Vediamo dove va lei, che strada fa.

«Sale».

Maurizio è immobile, respira più lentamente che può e gli sembra di strappare l'aria. Spera che nessuno tossisca o starnutisca.

Gira piano la testa, Malina dovrebbe passare a pochi metri da lui tra poco.

Eccola.

Fermo.

Respira dalla bocca, piano.

Lei tira dritto, non passa dallo spiazzo dove incontra sempre Musso. Ha lo zaino.

Su c'è il maresciallo, aspetta che Nardi lo raggiunga.

«Andiamo».

Maurizio comincia a seguirla da lontano, attento a non pestare rami, a non smuovere troppo i cespugli. Gli altri, che lo sentono in auricolare, si avviano con lui, a distanza, pistola in pugno, Mileto con il mitra.

Raggiunge il maresciallo appostato fuori dal Ferri, indica con il dito: la rete smontata, le assi rimosse. È scesa.

Si raggruppano davanti, i giubbotti antiproiettile, le torce, le armi pronte.

Una voce.

Maurizio ascolta.

È Malina. Con chi parla?

Silenzio.

Aspetta.

Di nuovo la sua voce. Una frase più lunga, una domanda. Parla al telefono?

Un gemito.

Ascolta ancora.

Di nuovo.

Si guardano tutti: è una persona. Là sotto c'è qualcun altro.

«State fermi» sussurra Maurizio.

Va per primo.

Le scale sono ripide e sconnesse, scende veloce. Gli altri dietro di lui. Scivolano senza fare rumore.

Arrivano a una porta socchiusa. Dentro la stanza Malina parla, qualcuno risponde con un lamento.

I carabinieri guardano Nardi, aspettano.
Lui annuisce.
Sfondano.

È in piedi in mezzo alla stanza.
Si volta di scatto, davanti a una sagoma in un angolo.
C'è un cattivo odore, non c'è luce.
Puntano le torce, i fasci si concentrano in fondo: una persona, capiranno solo dopo che è una donna, seduta contro un muro, legata alla carcassa di un letto d'ospedale.
Maurizio si avvicina, gli altri schizzano la luce intorno a cercare.
Illuminano lo zaino, un contenitore di plastica, delle lattine vuote, una borraccia.
Avvertono un movimento: Malina si lancia verso la porta rimasta aperta, il maresciallo la segue.
«Ferma!».
Tira fuori la pistola, la immobilizza a terra.
Lei grida. Un grido roco, animalesco.
Grida e chiama.
Chiama Giorgia.
Maurizio si volta verso il corpo raggomitolato. Mio dio, pensa.
Gli occhi sbarrati. Puntati su di lui. È lurida, imbavagliata. Scarpe, capelli e pantaloni sono neri di sporcizia.
Maurizio si punta la torcia sulla scritta del giubbotto: «Siamo i carabinieri, Giorgia, stia tranquilla, non si preoccupi, siamo i carabinieri».
Si avvicina.
«Adesso le tolgo il bavaglio».
Lei si ritrae, spalanca gli occhi, manda versi muti.
Malina la chiama.
Giorgia la guarda, respira veloce, tossisce, ansima.

Sta andando in iperventilazione, pensa Maurizio, sbrigati.

«Giorgia, stia tranquilla» dice chinandosi.

Passa le mani dietro la nuca, un fetore osceno sale dalla testa della donna, dal suo corpo.

Scioglie il nodo, con delicatezza sfila il bavaglio dalla bocca, che sanguina.

Giorgia tiene gli occhi su Malina, che continua a gridare il suo nome.

Respira sempre più rapidamente, va slegata, soffoca.

«Le slaccio le mani, Giorgia, stia tranquilla».

Parla con lei mentre raggiunge le stringhe dietro la schiena. Maurizio non ha capito subito, soltanto adesso che è vicino ha visto che è una camicia di forza.

Cristo, pensa, l'ha messa in una camicia di forza.

«Comandante, dell'acqua».

«No». Maurizio blocca l'appuntato.

È sotto shock, non è in grado di bere.

«Adesso arriva l'ambulanza» dice.

Mileto l'ha già chiamata e ha avvisato l'autoradio, tra pochi minuti saranno qui.

Slega, fa scorrere i lacci, non la tocca. Giorgia ha braccia e mani anchilosate. Non toccarla, pensa. Parla, non toccarla.

Appena Maurizio sfila le stringhe, Giorgia urla.

Un urlo disumano, che copre quello di Malina, riempie la stanza e si sentirà fin dentro i borghi.

Il momento in cui l'hanno liberata, diranno.

9 ottobre 2020

È una mattina che tira la gente fuori di casa. Il cielo limpido, il sole tiepido a illuminare la vallata, l'aria autunnale, di un autunno atteso che sarà salubre e benefico. Non c'è una nuvola.

«Pare un dipinto» dice Maurizio a voce alta.

In ufficio non c'è ancora nessuno, potrebbe stare in mutande, se volesse. Non ha alcuna ragione per essere qui così presto ma, vista la giornata, è balzato dal letto, ha preparato la colazione per Lara ed è uscito a camminare. Ha preso l'abitudine da un anno. Gliel'ha trasmessa Luigi Sala che ogni sera, con le sue perlustrazioni caparbie, faceva chilometri intorno alle mura. Così crollo a letto, gli aveva spiegato. Non gli interessava dormire, ma a un certo punto aveva dovuto trovare un modo per chiudere gli occhi almeno un paio d'ore a notte. Non posso ammalarmi, diceva, ridotto a un falco scarno e atterrito.

Lo chiama ancora, quest'estate li ha addirittura invitati, lui e Lara, a Lillaz, ma Maurizio ha declinato: preferisco di no.

Stamane ha fatto il giro di Volterra due volte, incrociato la turista americana che ogni giorno di giri ne fa tre e di corsa. Pare sia lei la fidanzata del berlinese. Una donna che gli ricorda una statua messa a guardia di certi tribunali. Fanno un sacco di battute, al bar. Dicono che le mancano solo i baffi. «Ma poi magari i baffi ce li ha e poveraccio l'uccello del berlinese». E giù a ridere. Anche stamattina, quando è arrivato che aprivano e quelli erano già carichi.

Poi è venuto qui.

Ha spalancato le finestre, respirato a fondo.

Luigi Sala.

Pensa a lui spesso. A lui, a sua figlia. Ogni tanto se la sogna: uno spettro sgomento che esce da un muro coperto di ragni.

Lo stato in cui l'hanno trovata.

Aveva perso quattordici chili, gli organi interni avevano subito danni che ci sono voluti mesi a guarire. All'inizio, appena ricoverata, non voleva mangiare. Hanno dovuto nutrirla con il sondino, disintossicarla dalle benzodiazepine e nel contempo somministrarle dei calmanti perché di notte impietriva. Allucinazioni, tremori, uno stato confusionale durato settimane. Soltanto dopo mesi ha ripreso a mangiare e, gradualmente, dormire. È ancora in terapia, seguita da una psicologa. In questo momento è in montagna insieme al padre. Così gli ha fatto sapere lui. Anche se Maurizio invece vorrebbe andare avanti.

«Dovresti essere contento» dice Lara.

Che è fiera di lui non glielo confessa perché a tutti e due suonerebbe ridicolo, però è vero. L'ha sentita dirlo a un'amica, al telefono, la voce rotonda di quando è appagata. Metti da parte l'orgoglio, gli sussurra a letto.

Ma non è questione di orgoglio. Lei non lo capisce. Solo Mileto. Che ogni giorno, subito dopo la liberazione di Giorgia, gli veniva in ufficio con lo sguardo mesto.

Abbiamo scazzato alla grande, diceva Maurizio, e provavano a tirarsi su con un: Bene così. Che non serviva a nessuno dei due. Ma la responsabilità è solo sua. Mileto eseguiva degli ordini. Se Maurizio l'avesse reso più partecipe, forse Mileto l'avrebbe fatto ragionare, gli avrebbe detto che ostinarsi è il peggiore sbaglio che un investigatore possa commettere.

Perché poi si fallisce. Come ha fatto lui. Anche se gli dicono di smetterla: Lara, Isa, persino il capitano. Non importa per quale ragione Nardi, gli ha detto tronfio come un tacchino, l'importante è che l'ha trovata.

Per un errore. Per una valutazione sbagliata. Per un miraggio.

Come ho fatto a non capire, si è ripetuto mille volte.

Come ho fatto a non connettere.

Quindici anni. Questa, la condanna a Malina Guerrieri. Il massimo della pena per sequestro di persona più le aggravanti di sevizie e crudeltà. Dopo l'isolamento a Pisa l'hanno trasferita al carcere di Firenze.

Isa sta seguendo tutto, Maurizio invece a questo punto vorrebbe saldare.

«Mileto, buondì».

Mileto entra con il sorriso autunnale del cambio stagione: un uomo ritrovato, pensa Nardi guardandolo appoggiare il vassoio sulla scrivania. Dategli il fresco e lui sboccia.

«C'è una lettera per lei» dice posandogli la tazzina davanti.

Un'altra abitudine che ha preso da poco, da quando Maurizio fa colazione in ufficio dopo le sue sgroppate. Lui e Mileto si aspettano e poi bevono un caffè che non è della macchinetta ma del bar, che sia buono santo dio, prima di avviare la giornata.

«Una lettera?» chiede sorpreso.

La apre. Nella busta c'è una cartolina del Gran Paradiso dentro un foglio piegato a metà. Scorre subito fino in fondo, una vertigine gli attraversa la schiena: Giorgia.

Scrivo a lei perché è l'unica persona a cui posso rivolgermi. Non mi aspetto che capisca, Nardi. Nessuno deve capire.

Legge d'un fiato. Quel Nardi senza titoli, qualifiche o impacci. Le parole che rimbalzano in testa con la violenza di uno sparo.

Ognuno ha i propri motivi, le proprie colpe e le proprie redenzioni.

Poche righe così, incomprensibili pure dopo averle lette cento volte e, alla fine, la frase. Che gli rimbomberà in testa tutta la notte e nemmeno il vento di domattina riuscirà a spazzare via.

Mi porti da lei.

RINGRAZIAMENTI

Voglio ringraziare:

Cesare Neroni, ex comandante del Nucleo Investigativo del Gruppo Carabinieri di Aosta, per i racconti, l'immenso aiuto e l'inesauribile generosità nel condurre insieme a me le indagini di questo libro.

Maria Teresa Zonca, giornalista di cronaca nera e amica, per avermi dato una prima infarinatura sullo svolgimento delle indagini e per gli anni in cui, ragazze entrambe, eravamo ognuna ai propri inizi.

La ONLUS "Inclusione, Graffio e Parola", per la visita guidata all'ex ospedale psichiatrico di Volterra.

Riccardo Becucci, "Barudda", per avermi prestato gli scritti e i disegni del dottor Alberto Pacchiani.

Silvia Sestini e Alessandra Viti, per le informazioni su Volterra e i libri che mi hanno dato perché potessi documentarmi.

Tutti i volterrani che mi hanno raccontato aneddoti, storie e i loro ricordi sull'ospedale psichiatrico e sulla Volterra di quegli anni.

Ludovica Lumer, per il prezioso parere medico e l'essenziale presenza.

James Anderson e Dan Chaon che, senza saperlo, mi hanno aiutata a capire come scrivere questo romanzo.

Monica Malatesta e Simone Marchi, per la serietà, la passione e il vigore.

Eugenia Dubini e il suo animo visionario.

Serena Daniele, Marianna Gennari e Serena Cabibbo, per il rispetto e l'attenzione.

NNE, per l'accoglienza rinnovata e il lavoro robusto, appassionato, instancabile.

E Nicolas, per tutto.

INDICE

FINITO DI STAMPARE NEL MESE DI SETTEMBRE 2020
PRESSO CONSORZIO ARTIGIANO LVG (AZZATE)

Printed in Italy